살의의 대담

殺意の対談

살의의 대담

후지사키 쇼 지음 김은모 옮김

엘릭시르

차례

이 소설은 거의 전편에 걸쳐
'잡지 대담 기사+대담중 등장인물들의 마음속 목소리'라는
아주 기발한 형식으로 진행됩니다.
익숙해질 때까지는 다소 읽기 불편할 수도 있겠지만
부디 끝까지 읽어주시면 감사하겠습니다.

후지사키 쇼

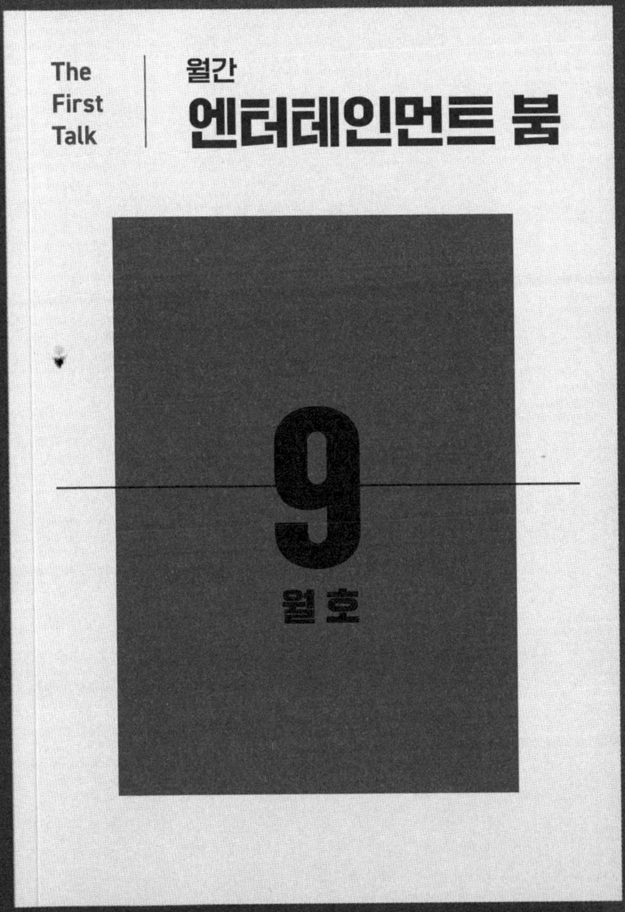
The First Talk
월간
엔터테인먼트 북
9
월호

영화 〈마녀의 도망〉
개봉 기념 대담

배우 이데 나쓰키 × **작가** 야마나카 레이코

9월 12일 개봉되는 초특급 서스펜스 영화 〈마녀의 도망〉. 개봉을 앞두고 주연 이데 나쓰키 씨(26)와 원작 소설의 저자 야마나카 레이코 씨(50)의 만남이 성사됐습니다!

이데 씨는 이번 작품에서 폭력적인 남자 친구를 죽이고 달아나는 주인공 아카리 역할을 맡아 아역 출신 청순파 여배우라는 이미지에서 벗어났는데요. 내년에는 인기 만화 『너의 옆얼굴』의 실사 영화에서도 주연으로 활약할 예정입니다. 그리고 미스터리 작가로 수많은 베스트셀러를 탄생시킨 야마나카 씨는 최근 텔레비전 방송에도 출연해 주목받고 있습니다. 지금 가장 핫한 두 사람의 대담은 스태프까지 참여해

후끈 달아올랐습니다.

취재 및 글 다니가와 마이코 | **사진** 구라모토 다카노리

이데 선생님, 오늘 잘 부탁드립니다.

아~ 덥다, 더워. 피곤해죽겠네. 이 아줌마만 아니었으면 어제랑 오늘 오랜만에 연휴였는데. 매니저한테 대담을 거절하랄걸 그랬어.

야마나카 만나서 반가워요, 나쓰키 씨. 아무쪼록 잘 부탁해요.

아~ 짜증 나. 끝나고 약속 있는데 이 계집애가 삼십 분이나 지각을 해? 그래놓고 미안해하는 기색도 없이 생글생글 아양 떨기는. 뻔뻔한 년.

기자 두 분은 오늘 처음 만나시는 게 아니죠?

야마나카 네. 제가 촬영 현장을 견학하러 갔을 때 잠깐 인사를 나눴어요. 그후로 처음이니까 반년 만인가. 그렇죠, 나쓰키 씨?

이데 네, 맞아요. 오랜만이네요, 선생님.

진짜? 내가 이 아줌마랑 만난 적 있다고? 휴, 아까 하마터면 '처음 뵙겠습니다'라고 할 뻔했네. 뭐, 배우니까 할 수 없잖아? 상대는 나랑 만난 걸 기억해도 내가 그런 걸 전부 기억할 수는 없잖아. 그래서 '처음 뵙겠습니다'는 가장 위험한 인사니까 늘 조심은 하지만.

야마나카 그때 제가 현장에 간식을 가지고 갔는데, 어찌나 반응이 시

원찮던지(웃음).

이데 아니에요, 시원찮기는요.

어, 이 아줌마가 간식도 가지고 왔었다고? 하나도 기억이 안 나네. 하기야 왔던 것도 까먹었는데 그게 기억이 나겠어.

기자 야마나카 씨, 뭘 가지고 가셨나요?

야마나카 살미아키라는 핀란드 과자요. 감초를 넣은 검은색 소프트 캔디인데요. '세상에서 제일 맛없는 사탕'이라고도 불려요. 우스개 삼아 가지고 갔는데 감독님이 진심으로 화를 내셔서(웃음).

이데 에이, 아니에요, 그거 재미있었어요! 덕분에 현장 분위기가 많이 부드러워졌는걸요(웃음).

생각났다, 그거 이 망할 할망구 짓이었구나! 대기실에 있길래 초코 맛인 줄 알고 먹었다가 너무 맛없어서 진짜로 토할 뻔했다고!

야마나카 그러고 보니 요전에 '세상에서 제일 맛없는 아이스크림'을 아는 사람한테 세 통이나 받았어요(웃음). 나쓰키 씨, 괜찮으면 한 통 어때요?

이데 아니요, 사양할게요(웃음). 선생님은 그런 먹거리를 모으는 게 취미신가 보군요.

악취미가 따로 없네! 그딴 장난질에 당하는 입장도 생각 좀 해봐.

야마나카 맞아요(웃음). 옛날에 알고 지내던 사람의 영향으로 모으기 시작했는데, 늘 남에게 먹이다 보니 요즘은 남들이 주기도 하더라고요. 기자님이랑 사진작가님은 어때요?

기자 아니요, 저도 괜찮습니다(쓴웃음).

사진작가 저도요. 지금 집 냉동실이 꽉 차서(쓴웃음).

야마나카 그래도 한 통 정도는 안 들어가려나? 저 혼자서는 다 못 먹어요(웃음).

이데 그나저나 선생님, 이제 슬슬 본론으로 들어가실까요(웃음)?

기자 이데 씨, 도와주셔서 감사합니다(웃음). 자, 이데 씨는 학창 시절부터 야마나카 씨의 광팬이셨다고요?

이데 네, 맞아요. 이번에 주연을 맡은 『마녀의 도망』은 물론이고 『사랑해야 할 독』이랑 『살의의 레슨』 같은 작품도 푹 빠져서 읽었어요.

야마나카 정말요? 기쁘네요. 어떤 점이 재미있었을까(웃음)?

이데 아아, 너무 좋아서 한마디로는 표현하기가 힘든데요…….

잠깐, 잠깐잠깐. 인사치레를 진지하게 받아들이면 어쩌라고! 사실 당신 책은 매니저가 하도 닦달해서 『마녀의 도망』 한 권만 마지못해 읽었단 말이야. 그조차도 주인공의 어두운 심리만 줄줄 묘사해 놓은 탓에 지루해서 다 읽지도 못하고 잠들었고.

야마나카 한마디로 표현 못 할 것 같으면 두 시간쯤 말해도 돼요(웃음).

이데 아하하(웃음). 선생님 작품에는 여자의 무서움과 정념이 두드러진다고 할까요. 미스터리적인 측면에서도 매번 깜짝 놀랄 만한 반전이 숨어 있어서 좋고요.

후우, 간신히 넘겼다. 매니저가 오늘을 대비해 준비한 예상 문답집을 훑어보길 잘했어.

야마나카 고마워요. 이런 대스타가 칭찬해주니 힘이 막 솟네요(웃음).

『마녀의 도망』 문고본 해설에 적힌 내용을 고대로 외운 것 같은데. 이 계집애, 실은 내 작품을 기껏해야 한두 작품밖에 안 읽었을 거야.

기자 야마나카 씨는 이번 영화 〈마녀의 도망〉 시사회에도 참석하셨는데, 원작자로서 어떻게 보셨는지요?

야마나카 주인공 아카리가 야반도주하는 장면과 그 모습이 담긴 CCTV 영상을 보고 경찰이 추적하는 장면, 그리고 아카리가 몸을 숨긴 환락가의 분위기 등 제가 집필하면서 그려냈던 정경을 충실하게 재현해서 감격했어요. 나쓰키 씨가 열연해준 덕분에 아카리의 내면도 원작 이상으로 세심하게 표현됐고요. 자화자찬 같지만 나쓰키 씨의 연기 경력 중에서 이번에 연기한 아카리가 제일 꿋꿋하고 아름다운 것 같아요.

그래도 내 원작이 훨씬 재미있지만! 그야 그렇지, 그 정도 대작을 고작 두 시간짜리 영화에 욱여넣는 것 자체가 무리니까. 뭐, 이 계집애의 연기도 나쁘지는 않았지만 유두도 안 보이는 정사 신을 연기했답시고 "청순파 이미지를 벗었다"고 절찬받다니, 벌어먹기 편해서 참 좋겠어.

이데 그렇게 말씀해주시니 영광이에요.

기자 야마나카 씨 말씀대로 이데 씨는 이번 영화에서도 눈을 뗄 수 없을 만큼 아름다운 모습을 선보이셨는데요. 미용을 위해 특별히 하는 일이 있으신가요?

이데 운동을 거르게 되는 날이 많아져서 촬영장에 자주 자전거를 타고 가요. 글리온에서 내놓은 하이브리드 자전거를 애용하죠. 여자도 타기 편하거든요. 그리고 최근에는 아침 식사 대용으로 주스를 만들어서 마셔요. 저스트텍스라는 회사의 '하이퍼제트 주서'라는 믹서기를 사용하는데, 아주 강력한 칼날과 모터로 당근이나 사과도 순식간에 갈아버린다니까요. 일정상 밖에서 식사가 잦을 때는 특히 유념해서 마셔요.

야마나카 아직 젊은데도 건강에 신경 쓰다니 대단하네요. 저는 이십대 때 아무 생각도 없었어요(웃음).

뭐야, 얘. 갑자기 회사 이름까지 꺼내가며 자전거와 믹서기 이야기를…… 앗, 혹시 스텔스 마케팅? 맞아, 분명 그거야! 광고주한테 돈을 받고 이렇게 대담 사이에 은근슬쩍 홍보하는 거지. 이 계집애 얼굴은 예쁘장한 게 완전히 돈벌레였네.

이데 그리고 웬만하면 일찍 자고 일찍 일어나려고 애쓴답니다.

미모의 비결요? 먹은 걸 다 토해가며 날씬한 몸을 만들었고, 성형수술 세 번으로 예쁜 얼굴을 얻었답니다. ……입이 찢어져도 그런 소리는 못 하지.

기자 미용 하니까, 야마나카 씨도 최근 텔레비전에서 '아름다운 마녀 작가'니 '매우 아름다운 여성 작가'라고 불리며 주목을 받고 계시는데요.

이데 저도 텔레비전에서 선생님 많이 봤어요. 저야말로 선생님께 미모의 비결을 듣고 싶은데요(웃음).

헐, 이 아줌마를 방송에서 그렇게 띄워주는가 보구나. 한 번도 못 봤는데. 여자 작가는 다들 수수하니 못생긴 할망구니까 이 정도 낯짝으로도 '매우 아름다운'이라는 수식어가 붙는 거겠지. 참 벌어먹기 편해서 좋겠어.

야마나카 아니에요. 저는 건강도 제대로 안 챙기고 올빼미 체질인걸요. 미모의 비결이고 뭐고 없어요. 뭐, 굳이 따지자면 밤이면 밤마다 미녀를 납치해서 피를 빨아 먹는 것 정도려나(웃음).

이데 아하하(웃음). 선생님이 이렇게 농담을 잘하시는 분인 줄은 몰랐네요. 의외예요. 여자의 무서운 면을 작품 속에 워낙 잘 그려내셔서 솔직히 좀 무서운 분일 줄 알았어요.

야마나카 어머나, 충격~(웃음).

뭐야, 이 계집애. 버르장머리하고는.

이데 그게, 미스터리 작가는 사람을 어떻게 죽일지 고민하는 게 일이잖아요. 그래서…….

야마나카 나쓰키 씨, 설마 사람을 마구 죽이고 다니는 게 제 일상이라고 생각한 거예요?

이데 마구 죽이고 다니지는 않겠지만, 뭐, 한두 명 정도는(웃음)?

야마나카 아하하하(폭소). 아유, 나쓰키 씨도 참.

아까부터 예의 없는 멍청이다 싶었지만 이번 말은 흘려 넘길 수 없겠네.

내가 사람을 한두 명 죽였다고?

이 계집애…… 제법 감이 좋잖아.

뭐, 나뿐만 아니라 미스터리 작가라면 누구나 한 번은 '정말로 사람을 죽여본 적 있어?' 같은 질문을 농담조로 들어본 적 있으리라. 더구나 나는 사람이 사람을 죽이기에 이르기까지의 질척질척한 정념과 갈등을 철저하게 묘사하는 편이라 "심리묘사가 그렇게 실감 나다니, 진짜로 사람 죽여본 적 있죠?"라는 말을 이따금 듣는다.

그러면 난 언제나 "에이, 그렇게 따지면 히가시노 게이고는 과학적인 트릭을 구사해서 수십 명이나 죽였고, 니시무라 교타로는 전철을 환승하는 방법으로 수백 명이나 죽였게요?" 하고 받아친다. 그러면 대개 빵 터진다. 소위 언제나 잘 먹히는 유머다.

하나, 다른 작가는 어떤지 모르겠지만 적어도 나는 경험해보지 못한 일을 실감 나게 쓸 능력이 없다.

내 경험…… 지금으로부터 십 년 전 여름이었다.

다카시는 내가 진심으로 사랑한 마지막 남자였다.

지금으로부터 십칠 년 전, 내 작품이 드라마로 제작되어 업계 사람들의 파티에 참석한 것을 계기로 다카시와 안면을 텄다. 당시 나는 이미 삼십 대였고, 그는 신출내기 이십 대 방송 작가였다. 하지만 나와 육 년을 사귀는 동안 주가가 올랐으니 그도 잘 풀렸다. 나랑 사귄 덕을 봤다고 자랑하는 건 아니지만.

독특하고 호기심 왕성하고 어린아이처럼 엉뚱한 다카시의 성격이 좋았다. 연상인 내가 점점 빠져들어 먼저 사귀자고 했다.

업무 때문인지 원래 취미인지 다카시는 이상한 물건을 모으기를 좋아했다. '망겜'이라 불리는 재미없는 게임 소프트, 디자인이 너무 으스스해서 판매가 중지된 어린이용 캐릭터 인형, 누가 이상한 글을 적어놓은 중고 책 따위를 일부러 사 모았다.

다카시가 특히 열심히 모은 것은 '세상에서 제일 특이한 먹거리'였다. 세상에서 제일 맛없는 과자, 세상에서 제일 냄새가 고약한 통조림, 세상에서 제일 달콤한 사탕……. 찾아내서 내게 먹이고 내가 괴로워하는 모습을 보며 박장대소했다. 하지만 정도가 지나쳐서 내 기분이 나빠지면 이번에는 "미안해, 미안해" 하고 울상을 지으며 사과했다.

그렇다. 다카시는 내가 웃으면 함께 웃고, 내가 울면 함께 울어 주었다. 언제나 내 감정에 동조했다. 마치 어린아이가 엄마 기분을 살피듯이.

예를 들면 지금으로부터 십오 년 전. 초등학교 때부터 친하게 지냈고, 내가 데뷔한 직후에 취재에도 협조해준 유코가 화학약품 공장에서 일하다 폭발 사고에 휘말렸을 때. 가련한 모습으로 중환자실 침대에 누운 유코를 보고 내가 훌쩍훌쩍 울자 옆에서 다카시도 함께 눈물을 흘렸다. 섣불리 위로하기보다 함께 울어준 게 당시 내게는 위안이 됐다.

또 지금으로부터 십삼 년 전. 밤길에 변태가 쫓아와서 간신히 집으로 달아난 적이 있었다. 다카시에게 전화하자 걱정하며 부리나케 달려와, 업무 때문에 부득이한 경우를 제외하면 보름이나 우리 집에서 한 발짝도 나가지 않고 나를 안심시켜주었다. 나아가 유사시에는 이걸로 몸을 지키라며 전기 충격기까지 사주었다.

그런 한편으로 다카시는 바람기가 있었다. 나와 사귀는 동안, 일하면서 알게 된 화보 모델 등에게 가끔 집적거렸다. 하지만 잠깐 한눈을 팔았을 뿐 그게 본심은 아니라는 걸 알고 있었고, 결국은 언제나 내 곁으로 돌아왔으므로 나도 다카시를 나무라지는 않았다. 차라리 이대로 결혼해 남편의 바람도 의연하게 받아들이고 대처하는 속 깊은 아내로 살아가는 것도 나쁘지 않겠다는 생각마저 들었다.

그러므로 지금으로부터 십일 년 전, 사귄 지 육 년이 되던 해의 가을. 다카시가 나와 헤어지고 다른 여자와 결혼하고 싶다고 했을 때는 정말 놀랐다.

"미안해, 미안해."

다카시는 맛없는 과자를 먹였을 때와 같은 말투로 사과했다.

"하지만 꿋꿋하게 살아가는 그녀를 평생 곁에서 떠받쳐주고 싶어. 진심이야."

다카시가 그러기로 마음먹은 여자는 왼눈이 의안에 왼손이 의수라는 장애를 안고서도 어엿하게 회사에 다니고 있었다.

만약 그 여자가 생판 남이었다면 허락했을지도 모른다.

하지만 그 여자는 내 친구였다. 게다가 나를 통해 다카시와 알게 됐다.

다카시는 화학약품 공장 폭발 사고에서 구사일생한 내 친구 유코와 나 모르게 사랑에 빠졌던 것이다. 유코가 입원한 동안에도 몰래 수없이 병문안을 갔다고 한다.

더구나 다카시는 유코에게 나에 대해서 어디까지나 친한 친구일 뿐 연애 관계로 발전한 적은 없다고 설명한 모양이다. 그 점은 내 실수였다. 나도 유코에게 다카시를 연인이라고 확실하게 소개하지 않았다. 즉, 유코는 나를 배신하고 다카시와 교제한 게 아니었다. 그게 최소한의 위안이었다.

하지만 나를 버리고 다른 여자로 갈아탄 다카시는 절대로 용서할 수 없었다.

아니…… 그게 아니다. 내 기분은 그렇게 단순하지 않았다.

다카시보다 더 용서가 안 됐던 건 사실 유코였다.

유코. 초등학생 때부터 활달하고 성격도 좋았던 넌 내 소중한 친구였지. 하지만 사고로 장애만 생기지 않았다면 네게 다카시를 끌어당길 매력은 없었어. 그런데 사고를 당해 '가만히 있기만 해도 갸륵하게 보인다'는 매력 포인트를 얻어 내 남자를 약탈했어. 비겁한 년. 삼십 대 중반까지 남자와 한 번도 못 사귀어봤을 만큼 못생긴 년이 사고 덕분에 행복해진 셈이잖아. 게다가 얼굴에 입은 화상과 상처를 치료한답시고 전액 회사 부담으로 최첨단 성형수술을 받은 덕분에 끔찍한 흉터는 대부분 사라지고 결과적으로 원판보다 좀더 예뻐지기까지 했어. 눈도 좀 커지지 않았나? 본래부터 못생긴 부분도 사고 탓으로 돌릴 수 있잖아. 아아, 교활해라. 정말로 고생하고 있는 장애인에게 사과해. 애당초 왜 그 사고로 안 죽은 거야. 죽었으면 진심으로 널 위해 눈물을 흘리고, 소중한 친구로 영원히 마음속에 간직했을 텐데. 그런 음침한 감정이 한없이 흘러넘쳤다.

다만 용서가 안 됐던 건 다카시와 유코만이 아니었다. 친구인 유코에게 이런 감정을 품는 나 자신도 용서할 수 없었다. 다카시와 유코를 만나게 하는 불찰을 저지른 과거의 자신도 용서할 수 없었다. 다카시도, 유코도, 나도, 과거도, 미래도…… 전부 용서할 수 없었다.

왜 내가 아니라 유코야?

왜 나는 행복해질 수 없어?

질투, 증오, 후회, 분노, 슬픔, 패배감, 좌절감, 그리고 살의. 온갖 감정이 내면에서 복잡하게 뒤얽혀 소용돌이쳤다. 이 체험이 훗날 내 작품 속 등장인물들의 심리묘사에 크게 반영된 건 틀림없다.

그런 기분은 꼭꼭 숨기고 다카시와 원만하게 이별했다. "유코를 행복하게 해줘"라는 갸륵한 대사마저 남기며.

이때 이미 계획은 거의 완성되었음에도.

만약을 위해 계획을 실행하기까지 일 년쯤 간격을 두었다. 그사이에 의지가 사그라지면 실행을 단념할 생각이었지만, 아쉽게도 시커먼 감정의 소용돌이는 시간이 흐를수록 점점 커져가기만 했으므로 예정대로 실행하기로 했다.

지금으로부터 십 년 전 여름, 어느 일요일.

나는 포장한 과자 상자와 가방을 들고, 결혼을 준비하며 동거 중이던 두 사람 집을 약속 없이 찾아갔다.

"오랜만이야! '세상에서 제일 맛없는 과자'로 유명한 핀란드의 살미아키도 저리 가라 할 만한 아프리카 과자를 구했거든. 반가운 마음에 나도 모르게 와버렸네!"

인터폰에 대고 그렇게 말한 단계에서 계획은 거의 성공한 셈이나 마찬가지였다.

다카시는 예상대로 기뻐하며 나를 맞아들였다. 유코도 원래 밝고 분위기를 잘 맞추는 성격인데다 다카시의 취미가 완전히 옮아서 맛없는 과자라는 말에 흥미진진해하는 태도를 보였다.

"각오해. 이거 진짜 맛없으니까."

나는 세 개씩 세 줄로 담긴 아홉 개의 과자 중에 유일하게 안전한 한복판의 과자를 먼저 집어 들고 말했다.

"그럼 셋에 동시에 먹자" 유코도 흔쾌히 과자를 하나 집었다.

"좋아, 그럼 간다. 하나, 둘, 셋!" 다카시의 구령에 맞추어 셋이 동시에 과자를 입에 넣었다.

내가 집을 찾아와서 두 사람이 과자를 먹기까지 십 분도 걸리지 않았다.

고통에 겨워 둘이 함께 가슴을 쥐어뜯는 동안 유코는 생각났을까. 아니면 이미 까맣게 잊어버렸을까. 일찍이 내가 신출내기 추리작가였던 시절에 취재에 응해 화학약품 공장의 상품 중에서 소량으로도 사람을 죽일 수 있는 농약을 몇 가지 소개해주었던 걸. 그리고 아직 규제가 느슨했던 당시, 내가 그것들을 실제로 구입해 소설 묘사에 반영했다는 걸.

그 농약은 입에 넣으면 아주 쓴 맛이 나는 모양이지만 "세상에서 제일 맛없는 과자"라는 말에 실은 내가 만든 과자를 꿀꺽 삼켰겠지. 미안해, 유코. 소설에 도움이 되라고 알려준 약품을 결국 다른 용도로 써버렸네.

나는 찬장에서 접시를 하나 꺼내 죽은 유코의 오른손에 쥐였다가 테이블에 내려놓고, 거기에 농약이 든 과자가 놓여 있었던 것처럼 과자 부스러기를 뿌렸다. 설탕, 밀가루, 달걀 같은 과자 재료를 가방에 넣어서 가지고 왔지만, 부엌을 확인해보자 전부 갖추어져 있었다. 부엌에서 조리 도구를 씻어 식기건조대에 얹어놓고, 밀가루를 바닥에 조금 엎지르는 등 유코가 과자를 만들고 뒷정리를 한 듯한 흔적을 남긴 후 가져온 재료와 남은 과자를 챙겨 돌아갔다.

내 지문이 어디에도 남지 않도록 주의해서 작업했고, 맨션을 나설 때도 마주친 사람은 없었다. 맨션에는 CCTV가 없으며 두 사람 집과 같은 층에 있는 집이 빈집이라는 것도 사전에 확인했다.

경찰 수사도 너무나 내 계산대로 진행되어 김이 샐 정도였다.

두 사람이 먹은 과자에 들어 있던 농약이 유코가 다니는 회사 제품이었다는 것. 유코는 어렸을 때부터 과자 만들기가 특기였고, 왼손을 잃고 나서도 요리 솜씨가 좋았다는 것. 다카시가 유코와 약혼한 후에도 여러 여성과 연락을 주고받았다는 것. 그리고 장애가 있는 유코와의 결혼을 다카시의 가족이 반대했다는 것. 이와 같은 이유로 유코가 다카시의 동의 없이 동반 자살을 꾀했다고 결론이 내려졌다.

이게 내 경험.

아, 내 정신 좀 보게. 옛날을 회상하다가 계집애랑 기자의 이야기를 놓치겠어. 제대로 들어야지…….

이데 농담은 접어두고(웃음), 선생님의 멋진 원작은 물론, 감독님 및 스태프 여러분이 물심양면으로 도와주신 덕분에 선생님께서 '꿋꿋하고 아름답다'고 평하신 연기가 가능했던 것 같아요.

기자 이데 씨의 연기는 개봉 전부터 높은 평가를 받아 영화상 수상도 확실시될 정도인데요. 이번에 배역을 소화하기 위해 특별히 신경 쓰신 점은 있으십니까?

이데 아니요. 감독님과도 상의한 결과, 이번 작품에서는 일부러 배역을 연구하지 않고 연기하기로 했어요.

기자 연구를 안 하셨다고요? 흔치 않은 일이로군요.

이데 네. 그게, 이번에 연기한 아카리라는 인물은 그저 남들처럼 행복하게 살고 싶은 아주 평범한 여성이에요. 이렇듯 평범한 여성이 심한 폭력에서 몸을 지키기 위해 남자 친구를 살해하고 부득이하게 도피 생활을 하게 되죠. 그런 상황에 몰렸을 때 만약 나라면 어떤 표정을 지을까, 평범한 한 여성으로서 표현하기 위해 일부러 배역을 깊이 있게 연구하지 않기로 했어요.

기자 그래서 그런 연기가 나온 건가요?

이데 네. 오히려 연기를 하겠다는 마음을 버리고, 진심으로 캐릭터와 동화되어 그 상황에서 캐릭터가 할 생각과 느낄 감정을 고스란히 받아들이면 저절로 좋은 연기가 나오죠.

야마나카 우와, 솔직히 의외네요. 제가 보기에는 나쓰키 씨가 배역을 치밀하게 연구한 것 같았거든요.

흥, 뭐가 그리 잘났다고 연기 운운하는 거야. 어디서 주워들은 연기 철학은 집어치우고 일할 때는 시간을 엄수한다는 최소한의 상식부터 지켜.

이데 매번 배역 연구를 철저하게 할 거라고 보통 생각하시지만, 의외로 그렇지도 않답니다.

뭐, 내 연기가 뛰어나니까 다들 그렇게 생각하는 거지. 후후후, 난 재능도 많다니까.

야마나카 그럼 나쓰키 씨도 힘든 연애를 경험한 거 아니에요?

이데 어, 무슨 말씀이세요?

야마나카 평범한 한 여성으로서 연기했는데, 그토록 귀기가 등등한 표정 연기가 나왔잖아요? 그러니까 나쓰키 씨도 실제로 못된 남자와 사귀다 아카리 같은 경험을 한 게 아닐까 싶어서(웃음).

이데 어머나 선생님, 아무리 그렇기로서니 그렇게 험한 일을 겪었겠어요~(웃음).

어휴, 깜짝이야. 역시 작가는 인간을 관찰하는 눈이 예리하구나.

하지만 아줌마, 내가 아카리 같은 경험을 한 게 아니겠냐는 추측은 아쉽게도 틀렸어. 아카리는 남자 친구를 죽인 후 윤락업소에서 일하면서 파란만장한 도피행을 벌인 끝에 마지막 장면에서 경찰에 체포되잖아?

하지만 난 도망치지도 숨지도 않고, 경찰에도 절대로 안 잡힐 거야.

지금 돌이켜보면 왜 그딴 놈이랑 사귀었나 싶어.

하지만 몸도 마음도 너덜너덜할 때는 왠지 그런 남자의 사랑을 원하게 되더라고.

애당초 나는 어릴 적부터 사랑에 굶주렸다. 세 살 때 부모님이 교통사고로 돌아가셔서 친부모의 기억은 거의 없고, 나를 거두어서 키워준 외할머니는 상냥했지만 병치레가 잦아서 내가 초등학교에 입학한 무렵부터 입퇴원을 반복했다. 그래서 초등학교 저학년 때부터 혼자 집을 보고 집안일도 하며 할머니께 최대한 부담을 주지 않으려고 애썼다. 집에서 즐거웠던 기억은 거의 없다. 늘 고독하고 힘들었다.

그러다 초등학교 3학년 때 전환점이 찾아왔다.

할머니 친구가 멋대로 내 사진을 연예기획사에 보낸 걸 계기로 시험 삼아 오디션을 봤는데 합격했고 순풍에 돛 단 듯이 드라마 데뷔까지 결정됐다. 뭐, 요컨대 내가 그만큼 예뻤다는 뜻이지만.

게다가 그 드라마가 대박 난 덕분에 천재 아역이라는 평가를 받았고, 단숨에 일거리가 늘었다. 그때부터는 기획사 직원이 부모를 대신해주는 느낌이었다. 인사와 예의범절을 교육하는 건 물론이고 '연예인은 이가 생명', '사치를 부리는 아역은 오래가지 못한다' 같이 누가 만들었는지도 모를 표어까지 단단히 주입시켜 힘들 때도 있었지만 이 시기에 배운 게 몸에 배어 훗날까지 도움이 됐다. 그리고 내가 활약하면 몸져누운 할머니도 기뻐해주었다. 나는 아역으로 순조롭게 경력을 쌓다가 중학교 때 상경해 기획사 근처 맨션에서 자취를 시작했다.

하지만 신데렐라 스토리는 영원하지 않았다.

뭐, 아역이 성장하면서 흔히 겪는 일이지만 중학교 2학년 즈음부터 서서히 일거리가 줄었다. 예능반이 있는 고등학교에 진학했지만 당시 일거리는 일주일에 한 번 출연하는 심야 방송이 전부였다. 그러자 예능반 아이들은 배려라는 이름의 미묘한 벽을 만들었고, 부모처럼 대해주던 기획사 직원과도 묘하게 서먹서먹해졌다. 더군다나 그럴 때 유일한 육친이던 할머니가 돌아가셨다. 다른 친척과는 소원했으므로 나는 열다섯 살의 나이에 천애 고아가 되고 말았다.

그런 시기였다. 이와시타 씨와 사랑에 빠진 건.

이와시타 씨는 내 유일한 일감이었던 심야 방송의 구성 작가였다. 그는 공사 양면으로 불안과 고독에 몸부림치던 내 곁에 다가와 다정하게 위로해줬다. 뭐, 지금 생각해보면 내가 약해진 상황을 노린 건 부정할 수 없는 사실이고, 고등학생인 나와 육체관계까지 맺은 시점에서 청소년보호법 위반이었지만 그래도 당시 내가 우는소리를 할 수 있는 사람은 이와시타 씨뿐이었다.

이와시타 씨는 늘 나를 걱정해주었다.

"연예계에는 몹쓸 놈들이 많으니까 유사시에 자기 몸은 알아서 지켜야 해" 하며 전기 충격기를 선물해주기도 했다. 일부러 날 위해 사준 줄 알았는데, 들어보니 예전에 예능 프로에서 벌칙으로 사용하려고 몇 개 구입했지만 위력이 너무 강해서 써먹지 못하고 창고에서 썩고 있는 걸 이와시타 씨가 집에 가져갔다고 한다. 뭐, 요컨대 남는 걸 준 셈이다.

하지만 날 걱정하는 마음 하나만으로도 충분히 기뻤다. 정말로 좋아하는 사람에게는 남는 물건을 선물로 받아도 기쁜 법이구나. 지금 생각하면 아역인 내게 손을 댄 이와시타 씨가 제일 몹쓸 놈이었지만. 이와서타 씨, 말과 행동이 일치하지 않는 인간이었어.

그렇다. 이와시타 씨는 마지막까지 말과 행동이 일치하지 않았다.

무슨 소리냐 하면 자기 몸은 알아서 지켜야 한다던 이와시타 씨가 지금으로부터 십 년 전, 내가 열여섯 살 여름에 약혼자가 독을 넣어 만든 과자를 먹고 동반 자살에 휘말렸거든.

그가 나 몰래 약혼한 여자와 죽다니 이중으로 충격이었다. 하지만 양다리를 걸쳤음을 알고도 희한하게 그가 싫어지지는 않았다. 설령 호색한일지언정 이와시타 씨는 당시 내게 정말로 소중한 존재였다.

그렇듯 소중한 사람을 잃은 탓에 결국 나는 이상해지고 말았다.

그는 과자를 먹고 죽었다. 그 생각이 머리를 떠나지 않아 아주 좋아했던 과자를 일절 입에 대지 못하게 됐다. 더 나아가 과자는 물론이요, 어떤 음식도 목구멍으로 넘어가지 않았다. 당시 살짝 통통했던 나는 살이 점점 빠졌다. 처음에는 이제 다이어트를 안 해도 되겠다는 생각도 얼핏 들었지만, 생리가 멈추자 초조해졌다. 하지만 억지로 먹으면 토하는지라, 먹고 토하고를 반복하는 나날이 계속됐다.

그러는 동안 '말라서 예쁘다'고 할 수 있는 수준을 넘어 '너무 말라서 보기 싫다'는 수준에 다다랐다. 소속사에서도 "이러면 일을 못 준다"라고 선언했다. 하지만 원래 일거리가 줄어든데다 성장한 아역이 학업을 우선하여 일을 줄이는 건 흔한 일이므로 매스컴에서도 내 휴업을 크게 다루지는 않았다. 사실은 학업이고 뭐고 학교에 가기가 체력적으로도 정신적으로도 힘들어서 고등학교를 중퇴했지만.

다시 사랑에 빠지면 몸과 마음이 원래대로 돌아올지도 모르겠다 싶었지만, 일을 쉬고 학교에도 다니지 않자 남자는 둘째 치고 여자와도 만날 기회가 거의 없었으므로 당연히 새로운 사랑은 찾아오지 않았다. 가끔 여자 매니저와 연락을 취하고, 동성 친구 몇 명이 걱정해서 보러 오는 게 얼마 안 되는 내 인간관계의 전부였다.

집에 틀어박혀 남들 모르게 먹고 토하고를 되풀이하던 끝에 위태로운 지경에 다다른 칠 년 전 어느 날. 패션 잡지 모델로 일하는 친구 나미가 기분을 전환하자며 라이브하우스에 데려갔다.

거기서 만난 것이 히로야였다.

밴드 보컬이었던 히로야에게는 유일무이하리만치 강렬한 개성이 있었다. 그는 앞이 벌어진 무대 의상을 입어 목울대 밑에서 명치까지 이어진 안쓰러운 수술 자국을 일부러 드러냈다. 곡 사이사이 토크 시간에는 무거운 심장병을 달고 태어나 친어머니에게 버려졌다는 것, 수술 후에도 새어머니에게 사랑받지 못했고, 사춘기 때는 비행을 저질러 감별소◆에도 들어간 적이 있다는 것, 중학교를 졸업하고 집을 뛰쳐나와 십 대에 노숙자가 됐다는 것…… 등등

어두운 사연을 잡담이라도 하듯이 담담히 들려주었다. 그리고 그러한 경험을 바탕으로 혼을 뒤흔드는 노래를 무대에서 열창했다.

나는 상처 입은 내 모습을 세상에 드러내지 못하고 그저 꾹 갇혀 지냈다. 하지만 이 사람은 상처를 숨기지 않고 전부 드러낸다. 난 그런 히로야에게 단번에 반했다.

공연 후에 관객도 참석할 수 있는 쫑파티가 열렸다. 나미가 히로야와 아는 사이라 나미를 통해 히로야와 연락처를 교환했다. 그리고 한눈에 당신 팬이 됐다고 히로야에게 솔직하게 전했다.

그후로는 진도가 빨랐다.

그다음 주에 단둘이 데이트를 했고, 두 번째 데이트 때 키스했고, 세 번째 데이트 때 우리 집에서 자고부터 히로야와 동거를 시작했다.

히로야와 함께 있으면 음식이 잘 넘어갔다. 먹는 모습을 남자 친구가 보면 부끄럽다는 여자도 있지만, 나는 반대였다. 일본 록을 바꿔버리겠다는 히로야의 야망을 들으며 먹는 밥은 몇 년인가 만에 정말로 맛있었고, 다 먹고 토하지도 않았다. 히로야와 동거를 시작한 뒤로 내 몸무게는 오랜만에 40킬로그램대로 돌아와서 '말

◆ 범죄를 저지른 미성년자를 위탁받아 죄질을 판단하여 심사하는 기관. 한국에서는 소년분류심사원이라고 부른다.

라서 예쁘다'고 할 수 있는 수준까지 회복됐다.

하지만 바로 연예계 복귀로는 이어지지 않았다. 한때 생리도 멈출 만큼 너무 마른 탓에 호르몬 균형이 깨졌는지 내 몸에는 열아홉 살이라고는 믿기지 않을 정도로 검버섯과 주름이 두드러졌다. 나도 히로야처럼 상처를 감추지 않고 살아가고 싶었지만, 직업상 그럴 수도 없어서 결국 소속사가 소개해준 미용성형의원에서 얼굴을 깨끗하게 손보기로 했다.

개인이 경영하는 그 작은 병원은 요금이 아주 비쌌지만 연예인 수백 명이 극비로 수술을 받았을 만큼 실력이 좋기로 유명했다. 의사 선생님은 검버섯과 주름을 제거하는 김에 눈, 코, 입술도 튀지 않을 정도로 살짝 손봐주었다. 수술을 세 번 받은 후 나는 연예계로 복귀했다.

그러자 내 예상 이상으로 순풍이 불었다.

한동안 일선에서 자취를 감췄지만 어른이 되면서 군살이 빠져 몰라볼 만큼 예뻐진 모습으로 오랜만에 나타난 아역 출신 배우. 그런 내게 온 업계가 달려들었다. 드라마, 영화, 광고가 척척 계약되어 나는 스무 살의 나이에 다시 인기를, 아니 아역 시절에도 누려본 적 없는 어마어마한 인기를 얻었다.

그러자 당연히 주간지가 주변을 어슬렁거렸지만 히로야는 밖에 데이트하러 나가는 걸 좋아하지 않았고 나도 바빴던 터라 쉬는 날은 집에서 게임이나 섹스만 했고, 둘이 동시에 밖에 나가거나 창가에 서지 않도록 주의했으므로 사진은 단 한 번도 찍히지 않았다.

사랑도 일도 순조로워 이와시타 씨를 상실했다는 마음의 상처마저 어느덧 사라졌다.

한편 히로야는 그 무렵 밴드를 조용히 해체했다.

솔직히 그 밴드는 음악에 문외한인 내가 듣기에도 히로야를 제외한 멤버들의 연주가 서툴렀으니까 해체는 시간문제로 보였다. 그런데 솔로 활동에 나설 줄 알았던 히로야가 뜻밖의 선언을 했다.

"나, 작가가 돼서 일본 문학계를 바꿔버릴 거야."

괜찮은 생각 같았다. 히로야는 멋진 가사를 쓰니까 작가로도 분명 대성할 수 있다. 아니, 그 멋진 가사를 고음부에서 약간 삑사리가 나는 히로야의 목소리로 부르면 근사함이 백 퍼센트 전달되지 않는 감이 있으니까 작가야말로 히로야의 천직이다! 나는 그렇게 생각하고 성심성의껏 히로야를 지원하기로 했다.

내가 밖에서 일하고 히로야가 집에서 글을 쓰는 나날이 시작됐다. 내가 밤늦게 돌아와도 히로야는 책상 앞에 앉아 창작 노트에 열심히 소설을 쓰고 있었다. 히로야는 청소와 쓰레기 내놓기 같은 집안일도 해주었고, 가끔은 밥을 차려놓고 기다리기도 했다. 그렇듯 평온한 나날이 일 년, 이 년 지나갔다.

나는 더욱 바빠졌다. 광고와 드라마 출연료가 들어와서 돈도 모였으므로 맘먹고 더 넓고 조용한 맨션을 사서 히로야와 함께 이사했다. 저금은 단숨에 줄었지만 이로써 히로야도 한층 집필에 집중할 수 있을 것 같았다.

그런데 그 무렵부터 내가 돌아왔을 때 히로야가 책상 앞에 앉아 있는 일이 점점 줄어들었다. 히로야는 잠을 자거나, 깨어 있어도 텔레비전을 보거나 술을 마셨다. 밥도 안 차려줬고, 내가 쉬는 날에도 소설을 쓰지 않고 하루 종일 빈둥거릴 때가 많아졌다. 하지만 "소설은 잘 써져?" 하고 물으면 히로야가 몹시 기분 나빠 했으므로 더이상은 물어볼 수 없었다.

세월이 더 흘러갔다. 집에만 틀어박혀 있는데다 선천적으로 심장이 약한 탓인지 히로야는 점점 여위고 초췌해졌으며 체력도 떨어져 보였다. 피곤한지 내가 집에 와도 자고 있을 때가 많았다. 가끔 깨어 있을 때면 몹시 흥분한 기색으로 몸을 요구했지만, 늘 혼자 바로 절정에 다다르고 냉큼 잠들어버렸다. 몸은 이어져 있지만 마음은 엇갈리는 생활이 계속됐다.

게다가 내가 일하는 동안 히로야는 집에만 있을 텐데도 어째선지 돈이 점점 줄었다. 히로야를 믿고서 은행 계좌 비밀번호도 가르쳐주었는데, 아무래도 히로야는 내가 번 돈을 뭔가에 쏟아붓고 있는 것 같았다.

어느 날, 결국 참지 못하고 히로야를 다그쳤다.

"소설은 언제 완성돼? 그리고 돈은 어디다 쓰는 거야?"

그 직후, 히로야가 주먹으로 내 턱을 힘껏 후려갈겼다.

바닥에 쓰러진 나는 너무 큰 충격을 받아 펑펑 울었다. 그러자 히로야가 금세 나를 끌어안고 "미안, 미안" 하며 눈물 어린 목소리로 사과했다. 어느 틈엔가 팔이 더 앙상해졌다.

그제야 나는 깨달았다. 소설을 쓰지 못해 괴로운 나머지 히로야도 거식증에 걸렸음을. 나는 바로 히로야와 얼싸안고 울면서 말했다.

"아니야, 내가 잘못했어. 히로야가 고민에 빠진 줄도 모르고 몰아붙인 내 잘못이야! 돈이 다 뭐라고. 히로야만 곁에 있어주면 돼!"

거식증에 걸리면 얼마나 힘든지 알면서 히로야를 몰아붙였으니 얻어맞아도 싸지. 히로야는 거식증에 걸린 나를 구해줬어. 그러니까 이번에는 내가 히로야를 구할 차례야. 그렇게 생각하고 다시는 히로야를 채근하지 않기로 맹세했다.

그날부터 히로야는 다시 창작 노트를 펼쳤다.

하지만 동시에 점점 정서가 불안정해져 걸핏하면 나를 때렸다. 사소한 이유로 때리고 잠시 후에 사과하는 짓의 반복. 내 직업을 배려해서인지 이제 얼굴은 때리지 않았지만, 배를 때려 오줌에 피가 섞여 나온 적도 있었다.

그래도 때려서 글이 잘 나온다면 얼마든지 맞을 각오를 했다. 다만 히로야가 잠든 사이에 노트를 들여다보자 아마추어인 내 눈에도 졸작이 분명해 보이는 소설을 발로 쓴 것처럼 지저분한 글씨로 몇 페이지 끄적여놨을 따름이었다. 글씨가 적혀 있으면 그나마 나은 편이고, 의미가 불분명한 기호나 그림만 그려놓은 페이지도 있었다.

그래도 나는 히로야를 믿었다. 이건 분명 초고다. 언젠가 소설이 완성될 거다. 그렇게 스스로를 타일렀다. 히로야는 가끔 상냥한 모습을 보였고, 청소와 쓰레기 내놓기는 변함없이 자진해서 해주었다. 괜찮다. 히로야는 얼마 지나지 않아 엄청난 걸작을 완성할 거다. 그러면 전부 다시 잘 풀린다. 나는 그렇게 믿고 일에 매진했다. 매니저에게 부탁해 쉴 새 없이 일했고, 때로는 매니저를 통하지 않고 소속사 몰래 일감을 받기도 했다.

지금 돌이켜보면 용케도 육 년이나 그런 식으로 동거했다 싶다.

작년 봄. 끝은 느닷없이 찾아왔다.

그날 비 때문에 영화 로케가 오전에 중지됐다. 열심히 글을 쓰는 히로야를 방해하기가 미안해서 나는 연락 없이 집에 돌아갔다.

현관문을 열고 "다녀왔어" 하고 작게 말한 후, 살그머니 거실로 들어갔다.

그러자 거실 테이블 앞에 앉아 있던 히로야가 놀란 표정으로 돌아보았다.

왼손에는 주사기를 쥐고 있었다.

테이블에는 색색의 알약도 흩어져 있었다.

그 순간 모든 수수께끼가 풀렸다.

히로야가 수척해진 이유는 거식증이 아니었다. 약이었다.

돈도 약값을 대는 데 사용했다.

자진해서 청소를 하고 쓰레기를 내놓은 것도 약을 한 흔적을 내게 들키지 않기 위해서였다.

"헤어지자. 지금 당장 내 집에서 나가."

나는 스스로도 놀랄 만큼 냉정하게 말했다.

그러자 히로야는 죽일 듯한 눈으로 노려보며 벌떡 일어나더니 무서운 기세로 달려와서 나를 확 떠밀었다. 나는 핸드백을 든 채 바닥에 나동그라졌다. 비명을 지를 틈도 없었다.

히로야는 내 몸 위에 올라타 기절하기 직전까지 목을 조른 후 갑자기 내 윗옷을 걷어 올리고 억지로 브래지어를 벗겨서 가슴을 노출시켰다.

"날 버리면…… 사진을 유출해서 스캔들을 내겠어!"

히로야는 혀 꼬인 말투로 으르대더니 바지 왼쪽 호주머니에 손을 넣었다. 휴대전화로 알몸이 된 내 상반신을 찍을 생각인 것 같았다.

하지만 늘 휴대전화를 넣어두는 주머니에 마침 없었는지 히로야는 작게 혀를 차고 테이블을 보았다. 거기에 자기 휴대전화가 놓여 있는 걸 알고 일어서서 가지러 갔다.

나는 히로야가 휴대전화를 집어 이쪽으로 돌아서기 전에 핸드백에서 전기 충격기를 꺼내 정신없이 달려들었다.

그렇다고 단 한 방에 심장이 멈출 줄은 몰랐지만.

나중에 알았는데 심장에 지병이 있는 사람은 전기 충격기 한 방으로도 죽을 수 있다고 한다. 아무튼 그때 나는 완전히 혼비백산했다. 바닥에 쓰러져 옴짝달싹도 않고 맥박도 호흡도 없는 히로야. 심폐소생술을 하려도 어떻게 하는지 모른다. 아, 그래도 전기 충격은 가할 수 있겠다 싶어 히로야의 가슴에 전기 충격기를 대려다 잠깐, 이거 때문에 히로야가 죽을 지경에 이르렀는데 한 번 더 충격을 준다고 효과가 있을까, 하지만 이판사판이니 해볼까……. 그렇게 망설이던 중에 문득 이성을 되찾았다.

히로야를 살려서 어쩌자고?

한참 전부터 이 자식이 재활용도 안 되는 폐기물이라는 건 알고 있었잖아?

무엇보다 이 상황에서 구급차를 부르면 내 입장이 위태로워져.

그런 헛짓을 하기보다 이대로 히로야가 사라지는 편이 훨씬 편하잖아.

난 잠시 생각하다 훗 하고 웃고 전기 충격기를 내던졌다. 그리고 눈을 부릅뜬 채 쓰러진 히로야의 목을 꽉 졸라서 완전히 숨통을 끊었다.

내가 히로야와 동거하는 줄은 아무도 모른다. 내게 히로야를 소개해준 나미는 모델을 그만두고 고향으로 돌아가 결혼했다. 설마 내가 아직도 히로야랑 사귄다고는 생각지 않으리라. 남자 친구가 있다고 매니저에게 넌지시 눈치를 준 적은 있지만 그것도 아주 오래전 일이고 동거한다는 말은 안 했다.

히로야의 휴대전화를 뒤져봐도 나와 사귄다는 내용의 문자 메시지는 눈에 띄지 않았다. 더구나 최근 문자 메시지는 "내일 4 필요"나 "그럼 7.5로"같이 약 판매자로 보이는 사람과 약 중량이나 금액을 나타내는 듯한 숫자로 나눈 대화뿐이었다. 지인과 평범하게 주고받은 메일은 이럭저럭 이 년 이상 없었다. 통화 이력을 보아도 나 말고 다른 사람과 마지막으로 통화한 지 이 년이 넘었다.

즉, 최근에 히로야는 약물에 중독된 고독한 폐인이었다는 뜻.

이런 인간이 사라진들 걱정할 사람이 어디 있을까.

뭐, 히로야와 약을 거래한 판매자는 히로야가 사라진 걸 눈치챌지도 모르지만, 그런 사람이 경찰에 신고할 리 없으니까 괜찮다. 상황은 완전히 내 편이었다.

시체는 어떻게든 빨리 처리해야 한다. 자, 어떻게 할까…… 하고 고민하다가 문득 부엌을 보고 최고의 아이디어가 떠올랐다.

저스트텍스사. 소속사에는 비밀로 계약을 맺은 내 스폰서. 잡지와 취재하면서 상품을 간접적으로 홍보만 해도 용돈을 주는 착한 회사다. 뭐, 그 용돈도 대부분 히로야의 약값으로 사라진 것 같지만.

그나저나 그 상품, 하이퍼제트 주서는 정말 굉장하다. 아주 강력한 칼날과 모터로 아무리 딱딱한 물건도 분쇄한다. 자료 영상에서는 돼지 뼈와 목재, 골프공까지 산산이 갈아버렸다. 그리고 저스트텍스사는 이데 씨도 꼭 한번 사용해보라면서 자랑스러운 자사 상품을 한 대 보내주었다. 그건 몇 번 써보지도 않고 부엌에 방치해두었다.

괜찮다, 분명 할 수 있다. 나는 히로야의 시체를 내려다보며 힘있게 고개를 끄덕였다.

일단 아무도 못 알아보도록 변장하고 밖으로 나갔다. 택시를 잡지 않고 도보로 왕복 한 시간 넘게 걸리는 대형 마트에 가서 톱을 구입해 집에 돌아왔다.

낡은 운동복으로 갈아입고 히로야의 시체를 욕실까지 끌고 갔다. 히로야는 마치 내게 처분될 준비를 했던 것처럼 가벼워서 옮기기 수월했다.

이제 톱으로 히로야의 시체를 적당한 크기로 썰어 믹서기에 갈

기만 하면 된다. 역시 성능은 끝내줬다. 살은 물론 뼈까지 죽처럼 갈아버리는 덕분에 변기에 붓고 물을 내리면 그만이었다. 교체용 날도 덤으로 세 개 받았으므로 칼날이 무디어지면 교환해가며 작업을 척척 진행했다. 물론 나도 작업을 하면서 죽 같은 토사물을 수십 번이나 게워냈지만, 삼 년 가까이 토하는 생활을 해온 터라 금방 요령을 살려 게우기 편한 자세를 잡았다.

그리고 히로야가 남긴 알약을 시험 삼아 먹어보자 단숨에 집중력이 높아져서 작업에 몰두할 수 있었다. 내가 너무 오냐오냐한 탓에 인생이 망가진 히로야를 제대로 갈아서 처분해야 책임을 다하는 게 아닐까 싶었다. 한밤중에 머리를 제외한 나머지를 전부 처분했다.

다만 알약의 힘을 빌려도 머리만은 무리였다.

머리가 통째로 믹서기에 들어갔다면 별생각 없이 버튼을 꾹 눌렀을 것이다. 하지만 크기가 맞지 않아 톱으로 토막을 내야 했다. 팔다리와 몸뚱이는 히로야든 누구든 크게 다를 바 없다, 비슷비슷한 모양으로 대량 생산한 인체 부품이라고 스스로를 타일러 마음을 추스를 수 있었지만, 얼굴은 누가 뭐래도 히로야였다. 당장이라도 비명을 지를 듯한 표정의 히로야. 오늘 아침까지는 사랑했었던, 아니 사랑하는 척 연기했을 뿐인지도 모르지만, 그래도 내가 한눈에 반해 육 년이나 같이 살았던 남자. 톱질을 해서 그 얼굴을 절단한다……. 그건 아무래도 무리였다.

날짜가 바뀔 무렵까지 몇 번이나 시도했지만 그때마다 토해서 고민한 끝에 결국 포기하고 쓰레기로 내놓기로 했다.

집에 있던 비닐봉지와 종이봉투를 싹 꺼내 십 수 겹으로 감싼 머리를 세 겹으로 겹친 쓰레기봉지에 넣었다. 주인이 누군지 모르도록 침수시킨 휴대전화와 개인 정보가 적힌 물건을 빼낸 지갑도 약, 주사기, 옷, 가방 같은 자잘한 짐과 함께 쓰레기봉지에 넣었다. 그리고 톱과 믹서기, 피를 뒤집어쓴 운동복도 잘 씻은 후, 봉지가 찢어지지 않도록 전부 운동복으로 잘 감싸서 세 겹으로 겹친 쓰레기봉지에 넣었다. 한 아름은 됨 직한 쓰레기봉지 세 개를 쓰레기 수거장에 내놓고 집에 돌아와 욕실에 튄 피와 살점을 깨끗이 닦아 내고 탈취제를 마구 뿌린 후 밤새 환풍기를 돌렸다.

한숨도 못 자고 아침을 맞았다. 그날도 비가 내려 영화 촬영이 중지된 게 불행 중 다행이었다. 하지만 경찰이 올지도 모른다는 공포와 약효가 떨어진 후의 무력감 때문에 지옥에 있는 것 같은 기분이었다. 몹시 피곤해서 자리에 누워도 전혀 잠이 오지 않았다. 역시 쓰레기봉지를 더 겹쳐야 했나, 피는 완전히 씻어냈을까, 무엇보다 그걸 쓰레기로 회수해 갈까, 그런 불안들이 머릿속에 가득했다. 이렇게 불안하고 괴로울 바에야 차라리 빨리 붙잡히고 싶다는 생각마저 들었다.

하지만 그날도, 다음 날도, 그다음 날도 경찰은 오지 않았다.

쓰레기 사이에서 잘린 머리가 발견됐다면 특종감일 텐데 어느 방송국의 뉴스를 보아도 태평하게 벚꽃이 개화하는 날짜나 내보낼 뿐이었다.

이거 혹시 완전범죄?

설마 정말로 성공하다니…….

이게 작년 봄에 있었던 일이다. 그로부터 일 년 넘게 지났다. 이제 걱정 없다, 경찰은 절대로 모른다. 그때 버린 믹서기 대신 새것을 가지고 싶어서 요전에 스폰서를 졸라 '하이퍼제트 주서 라지'를 얻었고. 난 앞으로도 모두에게 지지와 예쁨을 받으며 스타의 길을 달려갈 거야. 괜찮아. 아무 문제도 없어.

아, 딴생각하는 사이에 작가 아줌마랑 기자 아줌마가 뭐라고 떠들고 있네. 제대로 들어야지…….

야마나카 그러게요, 정말로 아카리 같은 경험을 했다면 작가인 저도 혀를 내두르는 수밖에요(웃음). 하지만 나쓰키 씨의 아역 시절을 텔레비전으로 본 입장에서는 어느 틈에 저렇게 대담한 연기를 할 수 있게 됐나 싶더라고요. 시사회 때 눈을 못 뗄 지경이었어요.

기자 참고로 이데 씨는 내년에 데뷔 이십 년 차입니다.

야마나카 굉장하네요! 저는 스물여덟 살 때 데뷔해서 이십이 년을 작가로 활동했으니 나쓰키 씨의 경력과 별 차이 없군요(웃음). 게다가 요즘에야 텔레비전에 출연하고 있으니 연예계에서는 나쓰키 씨가 대선배고요. 나중에 촬영 현장에서 나쓰키 씨와 또 만날 일이 있으면 깍듯하게 존댓말을 써야겠네(웃음).

이데 아니요, 무슨 말씀을(웃음). 상상만 해도 송구스러운걸요.

야마나카 그나저나 어렸을 적부터 보아온 아이가 훌륭하게 성장하여 이렇게 저와 잡지 대담을 하게 되다니, 그저 배우와 대담을 한다는 기분이 아니네요. 마치 장성하여 독립한 딸이 정월에 귀성한 것 같은 기분이에요.

이데 그럼 선생님이 제 어머니이신 건가요(웃음).

웃기고 자빠졌네. 유행 따라 젊게 꾸미고 다니는 전형적인 아줌마가 어머니라면 창피해서 고개도 못 들어.

야마나카 뭐, 딸은 없으니까 그냥 추측이지만(웃음). 하지만 시사회 때도 정말로 친딸의 성장을 실감한 듯한 기분이었어요.

얘가 마치 친딸 같다고?

나도 참 무슨 말을 하는 거람.

아무리 마음에도 없는 말을 늘어놔야 하는 삼류 잡지 대담이라지만 내가 생각해도 역겨운 소리네.

나한테 딸은 없어.

고작 한 살에 헤어진 아들뿐이야.

나는 대학을 졸업하자마자 이른바 속도위반 결혼을 하고 그해 연말에 출산했다. 남편은 대대로 부동산업을 해온 집안의 후계자로, 속된 말로 결혼으로 팔자를 고친 셈이었다. 그렇다고 재산을 노리고 결혼한 건 아니고, 처음에는 진심으로 남편을 사랑했다.

그런데 막상 결혼을 하자 성깔머리가 고약한 시부모를 모셔야 했다. 고리타분한 가치관을 지닌 그들은 속도위반 결혼 자체가 마음에 들지 않았던 듯 출산도 하기 전부터 툭하면 꼬투리를 잡아 싫은 소리를 해댔다. 그래도 남편이 내 편을 들어주었다면 참을 만했겠지만, 그는 잡은 물고기에게는 미끼를 주지 않는 유형인데다 부모님 말이라면 깜빡 죽는 사람이었다. 이제 며느리가 됐으니 참으라고 할뿐더러 가끔은 폭력까지 휘둘렀다. 뭐, 지금 생각하면 그땐 인간의 본성도 꿰뚫어 보지 못한 내가 남자 보는 눈이 없었던 거지만. 아무튼 나는 이런 곳에 평생을 바치기가 싫어서 태어난 지 얼마 되지 않은 아들을 데리고 집을 뛰쳐나왔다.

냉큼 이혼하고 위자료를 받아내 혼자 아들을 키울 작정이었다. 그러자 남편은 돈으로 우수한 변호사를 고용해 이혼 재판에서 있는 말 없는 말, 아니 거의 없는 말로 내가 며느리와 어머니로서 얼마나 형편없었는지 주장해 친권을 빼앗으려 했다. 나는 불리한 상황 속에서도 그런 집안에서 자라면 돈은 궁하지 않을지언정 반드시 불행해지리라는 생각으로 아들의 장래를 위해 열심히 싸웠다.

그때 아들이 심각한 선천성 심장병을 안고 있다는 게 밝혀졌다. 치료를 하려면 해외에서 수술을 받아야 했다. 수술비는 내 저금과 결코 유복하지 않은 본가의 전 재산을 합쳐도 영이 하나 모자랐다. 더군다나 의사는 하루라도 빨리 수술을 받는 게 바람직하다고 했다.

싸우고 있을 시간은 없었다. 나는 막 돌이 된 아들의 목숨을 구하기 위해 하는 수 없이 친권을 포기했다. 그후 아들의 수술이 성공했다는 연락은 받았지만, 내가 아무리 아들을 보고 싶다고 애원해도 그들은 모질게 거절했다.

나는 혼자 먹고살기 위해 방재용품을 제조하는 중소기업에 취직했다. 한편으로 아들과 헤어져 헛헛한 마음을 채우고자 남들 모르게 소설을 쓰기 시작했다. 취미로 가끔 글을 쓰던 학창 시절과는 비교도 안 될 만큼 창작에 몰두했다.

이윽고 전남편은 재혼했고, 아들을 위해서도 다시는 나타나지 말라는 내용의 편지가 왔다. 나는 원통함을 달래고자 한층 창작에 전념했다. 온갖 장르를 써서 다양한 문학상에 응모한 끝에 스물여덟 살의 나이로 추리소설 신인상을 수상해 마침내 작가로 데뷔했다. 그후 소꿉친구였던 유코의 협력을 받아 연쇄 독살 사건을 그려낸 『사랑해야 할 독』 등 히트작을 꾸준히 내놓았고, 어느덧 제법 잘나가는 작가의 반열에 올랐다.

인기를 얻은 뒤로는 화려한 파티에도 초대받는 등 아들과 헤어진 슬픔을 맛볼 겨를이 거의 없었다. 파티에서 만난 몇몇 남자와 재미 삼아 사귀기도 했지만 이제 결혼 생활은 지긋지긋했으므로 깊은 관계까지 발전하지는 않았다. 이와시타 다카시와는 진심으로 결혼도 생각했지만, 결국 그와도 최악의 이별을 하고 나서는 연애 생각이 싹 사라졌다.

이제 와서 가끔 불현듯 아들 생각이 날 때가 있다.

히로야, 잘 지내니? 지금 어디에 있니?

사회적으로 성공하지 못해도 괜찮으니 착실하게 살기 바란다. 실수로라도 네 아빠처럼 사랑하는 여자에게 상처를 주는 남자는 되지 말기 바란다.

하기야 히로야는 내 얼굴을 기억도 못 할 테지. 얼굴이 다 뭐야, 내가 친엄마라는 것조차 모를 텐데. 설령 알려주었더라도 그 집안 성격상 내가 널 버리고 나갔다는 거짓말을 늘어놨겠지.

하지만 만약 허락된다면 미움받아도 좋으니 히로야와 만나고 싶어.

내가 이 세상에 똑똑히 남긴 증표를 보고 싶어.

진심을 말하자면, 살면서 가장 사랑했던 남자와 둘도 없는 소꿉친구를 격정에 못 이겨 죽인 뒤로 뭘 위해 사는지 모르겠어.

널 만나면 살아갈 의미를 되찾을 수 있을지도 몰라.

그러니 히로야. 제발 어딘가에 살아 있으렴.

아, 내가 대체 왜 이러지. 지금 이런 생각을 해서 어쩌자고? 지금은 삼류 잡지와 대담중이니까 깊이 생각하지 말고 얄팍한 대화만 나누면 돼. 적당히 떠들면서 이딴 쓸데없는 시간이 빨리 끝나기를 기다리는 거야…….

이데 딸 같다고 하시는 분이 제법 있어요. 역시 아역 시절 이미지가 강한 걸까요. 그래서 악역을 맡으면 착한 애인 줄 알았는데 그렇게 못된 짓을 할 줄은 몰랐다는 말이 들리기도 하지만요(웃음).

기자 그렇군요, 배우도 쉬운 일이 아니네요.

이데 아니요, 제가 보기에는 작가가 훨씬 힘들 것 같아요. 저는 일이 하나 끝나면 한동안 쉬면서 여행도 다니고 기분 전환 삼아 집 청소도 하며 마음 편히 지내지만, 작가는 연재도 있으니 늘 아이디어를 짜내야 하잖아요. 좀처럼 못 쉬지 않으세요?

야마나카 작업 속도 나름이죠. 글이 잘 나와서 마감을 엄수하면 꽤 쉰답니다. 쉬는 동안에 아이디어가 번쩍 떠오르기도 하고.

이데 쉬실 때는 뭘 하시나요? 역시 책을 읽으시나요?

야마나카 으음, 최근에는 활자를 별로 접하지 않네요. 뭘 읽어도 작가의 시점에서 보는지라 일하는 기분이 들거든요. ……어때요, 사진작가님도 쉬는 날에 카메라를 들고 나가지는 않죠? 아, 미안해요. 나쓰키 씨를 찍고 있는데 갑자기 말을 걸어서(웃음).

사진작가 아뇨, 아뇨(웃음). 그러고 보니 저도 휴일에는 카메라를 잘 안 만지네요.

아아, 작가님이 갑자기 말을 돌려서 깜짝 놀랐네. 하지만 나쓰키 씨도 이쪽을 봐서 예쁘게 웃는 얼굴을 찍었으니 잘됐어.

자, 나쓰키 씨. 좀더 웃어요. 예쁘게 웃는 그 얼굴을 자알 보여 줘요.

이제 곧 나만의 것이 될 그 얼굴을.

난 지금이야 이렇게 잡지 전속 사진작가랍시고 성실한 얼굴로 연예인의 대담 사진 따위를 찍고 있지만, 최근까지 이십 년 넘게 프리랜서로 먹고살았어. 게다가 그 시절은 연예인들이 질색하는 일을 했지.

바로 파파라치야. 연예인 집 근처에 차를 대고 잠복하고 있다가 연인과 함께 나오는 사진 따위를 찍어서 주간지에 팔아먹어. 아주 개떡 같은 짓이지? 그래도 사진 주간지가 잘 팔리던 시절은 호주머니가 넉넉해서 지금 살고 있는 맨션도 샀고, 일주일에 한 번은 윤락업소에도 다니며 독신 귀족 생활을 누렸어. 그런데 이제 사진 주간지의 수가 줄어들어 연줄로 간신히 이 일자리를 얻었어. 윤락업소도 한 달에 한 번 갈까 말까야. 독신 귀족의 몰락이지.

예전에 헤아릴 수 없을 만큼 많이 연예인을 도둑 촬영했지만, 이데 나쓰키는 아무리 잠복해도 남자의 코빼기도 보이지 않아서 '무사고 연예인'이라 불렸지. 나 말고 다른 사진작가들은 아무것도 안 나오리라고 보고 일찌감치 단념했어.

하지만 나는 혹시 특종거리를 찍으면 혼자 독식할 수 있는데다 옛날부터 나쓰키의 팬이라서 몇 달이나 버텼어. 미안해, 좀 스토커 같네. 그렇지만 뭐가 없어서 아무래도 물러나야 하나 생각하고 있었어.

그러던 작년 봄 어느 날 늦은 밤.

나쓰키가 쓰레기봉지를 세 개나 들고 쓰레기 수거장에 가더라고.

뭐, 그걸 보고 감이 딱 온 건 아니지만 이대로는 아무 수확도 없을 것 같아 일단 나쓰키가 쓰레기를 내놓는 순간을 찍었지. 그러고 나서 저 많은 쓰레기는 뭘까, 혹시 남자와 헤어지고 추억의 물건을 정리해서 처분한 걸까, 하고 상상의 나래를 펼치다가 어쩌면 남자의 실마리라도 건질 수 있지 않을까 싶어 쓰레기봉지 세 개를 차에 싣고 돌아갔어. 스스로 생각하기에도 참 저질이었지만, 솔직히 조금 흥분되더라.

하지만 집에서 봉지를 풀어보고 기겁했어. 남자의 실마리 정도가 아니라 머리가 들어 있었거든.

이런 특종은 남에게 팔면 아깝지. 나만의 비밀로 삼기로 마음먹었어.

게다가 그 남자 얼굴이 기억나더군. 맨션에서 나가거나 쓰레기를 내놓는 모습을 잠복하다 몇 번 봤어. 그때만 해도 나쓰키와는 무관한 아래층 사람이겠거니 했지만, 나쓰키가 잘린 머리를 내다 버렸으니 무관할 리 없지.

놈의 정체를 조사하느라 어찌나 시간을 잡아먹었는지.

머리만 남았지만 비쩍 마르고 이도 엉망진창인데다 다른 쓰레기봉지에 주사기와 약이 들어 있어서 놈이 약물중독자임은 금세 알았어. 그래서 판매상들에게 접촉해 놈의 얼굴 특징을 설명하고 "이런 남자를 모르느냐"고 물어봤지. 놈을 안다는 판매자를 찾아내는 데 일 년쯤 걸렸다니까. 옛날부터 단골이었고 이름은 히로야이며 한때 록 가수였다는 것까지 자세히 알려주더군. 뭐, 도중부터는 내가 돈을 냈으니까 알려준 거겠지만. 하지만 일 년쯤 발길을 끊었으니 히로야는 체포됐거나 약물에 중독돼 죽었을지도 모른다고 덧붙였어.

그 단서를 바탕으로 요 두세 달, 나쓰키의 관계자와 도내 라이브하우스를 찾아다니며 탐문을 벌였어. 취재는 처음이라 허탕을 많이 쳤지만, 그래도 유력한 정보를 몇 가지 얻었지.

히로야가 옛날에 출연했던 라이브하우스의 관계자가 히로야의 가수 시절 사진을 보여줬어. 아직 약물에 빠져서 비쩍 마르기 전이었지만, 분명 잘린 머리와 똑같이 생겼더군. 그리고 히로야와 친했던 밴드맨 몇 명이 아무래도 히로야가 가수를 그만두기 조금 전부터 여자 집에 얹혀살기 시작한 것 같다고 알려줬어. 동거 상대가 배우라고 히로야가 얼핏 말했다는 것도.

그 정도 정보면 충분했지. 나는 나쓰키가 히로야의 머리를 버리는 순간을 똑똑히 목격했고, 증거도 쥐고 있었으니까. 아, 하지만 걱정 마. 여러 사람을 탐문했지만 나쓰키가 사람을 죽인 줄은 절대로 눈치채지 못하도록 조심했거든.

그나저나 믹서기와 톱을 함께 버린 걸로 보아 머리 말고 다른 부분은 갈아서 변기에 흘려보냈나 보네. 믹서기, 톱, 휴대전화, 지갑, 주사기 전부 우리 집에 보관해놨어. 머리는 어떻게 할까 고민했는데, 제일 중대한 증거라 냉동실에 잘 모셔놨지.

다만 우리 집 냉장고는 냉동실이 작아서 머리 하나만 넣어놔도 가득 차더라고. 아까 작가 선생님이 '세상에서 제일 맛없는 아이스크림'을 주겠다고 했을 때, 맛도 맛이지만 아이스크림 한 통도 들어갈 만한 공간이 없어서 거절하는 수밖에 없었어.

아무튼 나는 나쓰키의 초대형 스캔들을 소상하게 캐내서 마음만 먹으면 당장이라도 터뜨릴 수 있는 입장인데도 입을 꾹 다물고 있어. 네가 연예 활동을 계속할 수 있는 건 다 내 온정 덕분이야.

앞으로도 비밀은 지킬게. 그러니 내 소원도 들어줄 거지?

단도직입적으로 말할게. 나랑 결혼해줘.

원래부터 나쓰키의 팬이었지만, 약물 중독자를 몇 년이나 참을성 있게 먹여 살렸다는 걸 알고 참 기특하고 착한 아이구나 싶어 더 좋아졌어. 안심해. 옛날에 호기심으로 약을 잠깐 했지만 지금은 끊었고, 히로야보다 훨씬 나쓰키를 사랑해줄 자신이 있으니까.

난 이딴 이류 잡지의 전속 사진작가로 썩을 그릇이 아니야. 언젠가는 사진집을 내거나 개인전을 열고 싶어. 그 자금도 대주면 좋겠는걸. 그 정도는 괜찮지? 내 아내니까.

미안하지만 나쓰키에게 거절할 권리는 없어.

지금은 영화를 홍보하느라 매일 바쁠 테고, 이렇게 많은 사람들 눈에 띄는 시기에 나쓰키의 동태가 수상해지면 누가 낌새를 챌지도 모르잖아. 그러니까 영화 홍보 기간이 끝나 숨 돌릴 틈이 생기면 직접 나쓰키의 집으로 교섭하러 갈게. 오토록 인터폰 카메라로 잘린 머리 사진을 보여줘서 놀라게 하고 싶지는 않지만, 그렇게라도 하지 않으면 날 집에 들여보내주지 않겠지.

아아, 솔직히 더는 못 참겠어. 상상 속에서나 몸을 섞었던 나쓰키가 지금 눈앞에 있고, 이제 곧 내 것이 되잖아. 눈앞에 맛있는 간식을 두고 기다리라는 지시를 받은 개가 이런 기분일까. 내가 이 대담의 사진작가로 뽑힌 것도 무슨 운명이겠지.

아아아, 나쓰키의 집에 가면 교섭이고 뭐고 몸부터 맛봐야겠어. 신사적인 행동은 아니지만 오랜 세월 윤락업소에 다니며 갈고 닦은 기술로 네 마음까지 정복한다면 오히려 이야기가 쉬워질지도 모르지.

아무튼 좋은 남편이 될게. 일단 지금은 기다리면서 예쁘게 웃는 네 얼굴을 많이 찍어줄게…….

야마나카 나쓰키 씨는 휴일에 영화를 보며 다른 배우의 연기를 연구하기도 해요?

이데 영화는 보지만 연구한다기보다 재미 삼아 봐요(웃음).

뭐야, 이 사진작가? 기분 나쁘게 왜 사람을 찍으면서 히죽히죽 웃어?

야마나카 배우와 작가는 여러모로 다르겠지만 고객에게 즐거움을 주는 일을 하려면 스스로도 즐겨야겠죠. 저도 이번 원작에서 살인에 이르기까지 아카리가 겪은 심정과 경찰의 추적을 떨쳐내는 장면을 묘사할 때 작품에 몰입해서 시간 가는 줄도 모르고 글을 써나갔어요. 완전히 황홀경이었다니까요.

이데 그렇군요. 그 장면은 확실히 몰입감이 대단했어요.

아줌마, 미안. 그딴 이야기보다 신경 쓰이는 게 있어서.

티셔츠에 청바지, 까까머리에 굵은 눈썹, 그리고 통통한 중년 남자.

혹시 이 사진작가가 그 남자? 적어도 특징은 일치하는데.

아냐, 아냐, 설마. 그런 우연이 있을 리가 있나.

요 두세 달 찜찜한 소문을 들었다.

티셔츠와 청바지 차림에 눈썹이 굵고 통통한 까까머리 중년 남자가 소속사 직원과 나랑 일한 적 있는 업계 관계자 주변을 어슬렁거린다는 모양이다. 남자는 이름도 밝히지 않고 "이데 나쓰키 씨가 예전에 록 가수와 동거한 일에 대해 아는 것 없습니까?" 하고 물어보고 다녔다고 한다. 물론 내가 히로야와 동거한 줄은 아무도 모르고, 그렇듯 근거 없는 가십거리를 물어보며 다니는 주간지 기자는 쌔고 쌨으니까 다들 냉큼 쫓아 보냈다지만.

그렇지만 개중에는 소문을 진짜로 받아들이는 사람도 있다. 지금 촬영중인 드라마 현장에서도 뚱뚱하고 못생기고 피부도 더러운 연출가가 "나쓰키, 남자랑 동거했다는 거 사실이야?" 하고 친한 척 물어봤다. 멧돼지 같은 놈이 짜증나게! 그리고 지난주에도 피부가 허여멀겋고 호리호리한 AD가 "이데 씨, 록 가수와 동거했다는 거 정말이에요?" 하고 물어봤다. 콩나물처럼 생긴 놈이 아랫것 주제에 어디서 함부로 입을 놀려! 물론 두 번 다 그런 욕은 퍼붓지 않고 미소를 띠며 부정했지만.

아무튼 최근 그 남자 때문에 엄청 성가시다.

또한 그 이상으로 위협을 느낀다.

이제 와서 나와 히로야의 관계를 캐고 다니는 사람이 나타날 줄이야.

대체 누구지? 목적은 뭐야?

처음에는 혹시 경찰 아닐까 싶었다. 하지만 경찰관이 티셔츠와 청바지 차림으로 탐문을 하지는 않을 테고, 절차대로 경찰수첩을 제시하고 물어보면 푸대접받지 않고 제대로 이야기를 들을 수 있었으리라. 만약을 위해 신문, 텔레비전, 인터넷을 샅샅이 확인했지만 도내에서 잘린 머리나 사람 뼈가 발견됐다는 뉴스는 눈에 띄지 않았다. 히로야의 머리는 이미 쓰레기 처리장에서 재가 됐을 테니 이제 와서 경찰이 움직일 리 없다.

내 주변 사람들은 남자를, 가십을 다루는 주간지 기자라고 여기는 모양이지만 그것도 아닌 듯하다. 나도 사전 약속 없이 취재를 당한 적이 몇 번 있지만 그런 기자는 의외로 이름을 확실히 밝힌다. 밝히지 않더라도 이야기를 잘 끌어내기 위해 가짜 직함을 사용하는 등 작전을 세워서 올 것이다. 그런데 그 남자는 이름을 밝히지 않은 탓에 더욱 의심을 사 결국 아무것도 건지지 못했다. 취재한답시고 접근한 것치고는 아마추어 티가 팍팍 난다.

분명 그 남자는 경찰도 기자도 아닐 것이다.

그런데 단독으로 나와 히로야의 관계를 캐고 있다.

그 찜찜함이 최악의 상상을 불러일으켰다.

혹시 놈은 내가 히로야를 죽였다는 걸 눈치챈 것 아닐까.

어디까지나 상상이지만 만약 그렇다면…… 놈은 경찰도 기자도 아니니까 내 죄를 폭로하려는 건 아니다. 내 약점을 잡아 개인적으로 뭔가 요구하려는 거다.

그리고 내게 요구할 만한 건 얼마 없다.

돈이나 몸. 혹은 둘 다.

지금까지 벌어들인 돈은 집값과 히로야의 약값으로 대부분 사라졌다. 이제는 꼬박꼬박 저금하고 있지만 억 단위를 요구하면 무리다.

하지만.

상대는 남자다. 가령 억 단위의 돈을 요구해도 '전부 내기는 힘드니까 나머지는 몸으로 때울게요' 하고 제안하면 분명 받아들이지 않을까.

남자가 처음부터 몸을 요구하면 오히려 편하다. 그때는 몸을 내주는 척 집으로 끌어들여 히로야와 똑같이 하면 된다. 죽일 생각이 없었던 히로야 때도 잘 마무리했으니까 애초에 죽일 생각으로 임하면 더 잘할 수 있을 터.

실은 그렇게 마음먹고 준비중이다.

히로야 때보다 더 강력한 전기 충격기, 더 날카로워 잘 드는 톱,

목 졸라 죽이기 쉽도록 튼튼한 로프도 구입했다. 그리고 더욱 효율적으로 시체를 처리하기 위해 대용량 '하이퍼제트 주서 라지'도 스폰서를 졸라서 얻었다.

다만 불안하기도 하다. 놈이 내가 집에서 히로야를 죽인 것까지 알고 경계한다면 끌어들이기가 어려울지도 모른다. 나랑 자고 싶은 나머지 방심해서 앞뒤 가리지 않고 집에 들어오는 얼빠진 놈이면 좋으련만.

아아, 걱정거리가 끊이지 않는다. 작가 아줌마는 마음 편해서 좋겠다. 진짜 살인범은 당신이 쓰는 소설보다 고민이 깊다는 걸 알려나 모르겠네…….

야마나카 글이 술술 잘 나올 때의 이야기만 했는데, 반대로 글이 안 나올 때는 그저 책상 앞에 앉아 허송세월하느라 괴로운데다 쉬지도 못하지만요.

이데 알 것 같네요(웃음). 그렇게 힘든 시간은 몹시 길게 느껴지지 않나요?

야마나카 맞아요(웃음). 시계를 보고 '아직 이것밖에 안 됐어?' 하고 놀란다니까.

말에 맞춰서 실제로 시계를 보니 지금은 그 반대네. 벌써 시간이 이렇게 됐잖아! 어휴, 이 계집애가 삼십 분이나 지각한 탓이야. 빨리 끝내야 해.

오늘 대담 후에 사람과 만나기로 약속했거든.

히로야의 근황을 알고 싶어서 지난달에 탐정을 고용했다. 히로야가 전남편 집안의 후계자로서 건강하게 살고 있다는 보고와 현재 히로야의 사진 몇 장으로 만족할 생각이었다.

그런데 예상치도 못한 보고가 들어왔다. 사춘기 때 비행을 저지르며 방황하던 히로야는 중학교를 졸업한 후 가출했다고 한다. 전남편과 후처 사이에 생긴 히로야의 이복남동생이 대신 후계자가 되었고, 히로야는 죽은 지 몇 년이나 지났다는 모양이다.

하지만 히로야의 장례식이 치러지지 않았고 집안 묘비에도 히로야의 이름이 없었으므로, 히로야가 죽었다는 건 분명 거짓말이며 소식이 끊긴 아들을 죽은 셈 치고 있다는 것이 탐정의 견해였다. 나는 지난달에 그 보고를 받고 히로야의 행방을 알아내기 위해 즉시 추가 조사를 의뢰했다. 그 조사 보고를 대담 후에 들으러 갈 예정이다.

물론 히로야가 무사하기를 바란다.

다만 엄마로서 아무래도 불안을 지울 수가 없다.

만약 히로야가 정말로 죽었으면 어쩌지.

심장병이 원인이라면 슬프지만 어쩔 수 없다. 그러나 예를 들어

비행을 저지르고 다니다가 알게 된 불량배에게 살해당하기라도 했다면…… 나는 결코 놈을 용서하지 않겠다.

소설에 써먹지 않고 쟁여놓은 실행 가능할 법한 완전범죄 수법이 아직 많다. 만약 정말로 내 삶의 유일한 보람인 히로야를 죽인 놈이 있다면 반드시 찾아내서 비장의 수법으로 복수할 테다!

이건 너무 지나친 생각인가. 아무리 그래도 정말로 그럴 일은 없어야겠지. 히로야를 찾았는데 건강하게 지내고 있더라는 보고를 제일 듣고 싶어. 그 탐정, 살빛이 허여멀거니 빼빼 마른 꺽다리라 얼핏 보기에는 콩나물 같아서 못 미덥지만, 실은 아주 우수하고 특히 잠입 수사가 특기라던데. 히로야의 단서를 잡아서 좋은 소식을 들려주면 좋으련만…….

이데 저도 아역 시절에 무서운 감독님과 일하면 촬영이 엄청 길게 느껴졌어요(웃음).

야마나카 어때요? 사진작가님도 저를 찍을 때는 시간이 길게 느껴지지만 나쓰키 씨를 찍을 때는 즐거워서 시간 가는 줄도 모를 지경이죠?

사진작가 아니요, 그럴 리가요(웃음).

옳은 말씀. 나쓰키의 얼굴은 아무리 찍어도 질리지 않아. 자, 나쓰키, 웃어. 더 활짝. 아아, 빨리 널 가지고 싶어. 네 몸을 차지하고 싶다고.

이데 그런 의미에서는 관객들이 이 영화를 시간 가는 줄 모르고 보셨으면 좋겠네요.

괜찮아. 그놈이 정말로 공갈을 치더라도 몸을 허락하는 척 연기해서 집으로만 끌어들이면 히로야 때보다 더 깔끔하게 처리할 수 있어. 아무렴, 난 최고의 연기력을 자랑하는 일류 연기자인걸.

야마나카 어머, 나쓰키 씨. 마무리가 끝내주네요. 역시 노련한 배우다워요(웃음).

히로야, 부디 살아 있으렴. 하지만 만에 하나 나쁜 놈에게 죽었다면, 엄마가 원수를 갚아줄게. 엄마는 살인 계획을 세우는 게 특기야. 아무렴, 일류 추리 작가인걸.

이데 에이, 노련하다니요. 아하하(웃음).

야마나카 저는 아직 중견 작가니까 노련미를 얻을 때까지 더욱 노력해야겠네요. 우후후(웃음).

이렇듯 이데 나쓰키 씨와 야마나카 레이코 씨의 대담은 기자와 사진작가까지 참여해 웃음이 넘치는 아주 온화한 분위기 속에서 진행됐습니다.

야마나카 씨 원작, 이데 씨 주연의 영화 〈마녀의 도망〉은 9월 12일에 개봉됩니다. 꼭 영화관에 가셔서 시간 가는 줄 모르고 관람해보시기 바랍니다.

The Second Talk
SPORTY
황금연휴 특대호

J리그 펠자나 후나바시에서 월드컵 국가대표를 노려라!

우에다 료헤이 × 미즈사와 유스케

월드컵 개막까지 두 달을 앞둔 현재, 국가대표 공격수 자리를 놓고 불꽃 튀는 경쟁이 펼쳐지고 있다. 그중에서도 단연 눈에 띄는 두 선수는 1부 리그 펠자나 후나바시에서 부동의 투톱을 이루는 우에다 료헤이(22)와 미즈사와 유스케(34)다.

190센티미터의 장신을 살린 강력한 헤딩을 무기로 국가대표 팀에서도 최전방 포스트플레이어로서 활약이 기대되며 잘생긴 외모로도 인기를 끄는 젊은 유망주, 우에다. 168센티미터로 키는 작지만 재빠른 공간 침투력과 골 결정력을 장착한 믿음직한 베테랑 미즈사와. 두 선수는 띠동갑에 플레이 스타일도 대조적이지만 최고의 콤비를 자

랑한다.

작년 시즌에 우에다가 일본인 선수 중 가장 많은 21득점을 기록했고, 미즈사와도 일본인 선수 중 2위인 16득점을 기록한 기세를 몰아 이번 시즌에도 제8라운드를 마친 시점에 우에다가 리그 1위인 7득점, 미즈사와도 4득점이라는 멋진 성적을 올렸다. 두 선수가 월드컵 무대를 휘젓기를 수많은 J리그 팬이 기대하는 가운데, 본인들은 현재 어떤 심정일까. 4월 14일 팀 훈련 후 펠자나 후나바시 클럽하우스에서 이야기를 들어보았다.

글 다니가와 마이코 | **사진** 호소노 요지로

기자 월드컵까지 앞으로 두 달, 그리고 국가대표 멤버 발표까지 한 달 남았네요. 역시 두 분 다 국가대표 차출을 의식하고 계시겠죠?

우에다 아니요, 저희가 할 수 있는 건 당면한 리그전을 열심히 뛰는 것뿐이니까요. 월드컵을 특별히 의식하지는 않습니다.

사실은 신경 쓰여 죽겠어! 월드컵이잖아. 혹시 대표로 발탁돼 활약하면 밤거리에서 지금보다 더 인기를 끌 테고, 나중에 해외로 이적해서 연봉이 급상승할지도 모르는걸! 아, 인기 얻고 싶다! 하고 싶다! 돈 벌고 싶다!

미즈사와 그럼요. 일단 리그에서 팀을 위해 최선을 다해야죠. 그 결과

가 대표팀 차출로 이어진다면 더할 나위 없겠고요.

사실 팀은 두 번째야. 어떻게든 골을 많이 넣어서 이 자식을 제치고 국가대표로 뽑히고 싶어. 지금은 그 생각뿐이라고. 뭐, 료헤이도 같은 마음이겠지만.

기자 작년 시즌에는 두 분이 일본인 선수 가운데 득점 순위 1, 2위를 독식하고, 함께 베스트 11에 선정되는 활약을 펼치셨는데요. 이번 시즌도 펠자나 후나바시의 공격력은 건재합니다. 두 분도 더욱 눈부신 연계 능력을 발휘하시는 것 같은데요.

우에다 네. 유스케 선배와 함께라면 안심하고 뛸 수 있어요. 최고의 파트너입니다.

하지만 솔직히 실력은 내가 더 뛰어나지.

미즈사와 저도 료헤이 생각은 전부 알겠더라고요. 필드에서는 물론 사생활적인 측면에서도요.

우에다 어, 사생활도요?

미즈사와 너야 늘 멋 부리고 밤에 놀러 나갈 생각밖에 안 하니까(웃음).

진짜 넌 축구를 빼면 머릿속이 텅 비었어. 젊은 놈이 건방지게 나보다 비싼 차를 사서 훈련만 마쳤다 하면 도쿄로 촐랑촐랑 놀러 나가니 원. 내비게이션 검색 이력에도 신주쿠의 술집이며 아오야마의 옷집들뿐이잖아.

우에다 어, 다 오해예요~(웃음). 그 밖에도 생각이 많다고요.

유스케 선배, 좀 봐줘라. 나 지금 광고에도 나오고 중요한 시기란 말이야. 밤 문화에 흥청망청 빠졌다는 이미지가 붙으면 스폰서가 불평을 해댄다고. 아, 혹시 자기는 광고에 나온 적이 없어서 질투하는 건가?

기자 과연, 필드 밖에서도 사이가 좋으신가 보군요(웃음). 그런데 두 분은 소위 띠동갑이신데요. 나이 차가 그렇게 많이 나는데 마음이 잘 맞는 것도 드문 일 아닌가요?

미즈사와 음, 오히려 나이 차가 많이 나서 그런 건지도 모르겠네요.

만약 이렇게 머리가 텅 빈 동갑내기가 곁에 있다면 매일 죽여버리고 싶은 마음을 억누르느라 애먹겠지. 이 자식, 블로그에도 오탈자 천지잖아. 새 옷을 샀다며 방에서 화려한 셔츠를 입고 브이 자를 그리는 사진이나 올리고 천박하기 짝이 없다니까. 그런데도 축구를 좋아하는 아이들에게 조금이나마 도움이 되고 싶어서 축구 기술 이론과 트레이닝 이론을 열심히 써서 올리는 내 블로그보다 조회 수가 훨씬 높다니, 아 열 받아.

우에다 이야깃거리나 취향은 당연히 서로 안 맞으니까, 반대로 차이점을 즐길 수 있다고 할까요.

유스케 선배의 패션 센스는 진짜 꽝이야. 오늘도 스웨터와 바지를 갈색으로 깔맞춤해서 영감님 같았는걸. 뭐, 유스케 선배는 폴 스미스도 모를 만큼 패션에 어두우니까 별수없지만, 그래도 신경 좀 쓰면 좋겠다.

미즈사와 하지만 좀 어리벙벙하달까, 이 녀석 괜찮나 싶을 때도 있어요. 다 함께 밥 먹으러 가서 축구 이야기로 분위기가 달아올라도 료헤이만 졸린 것처럼 하품을 하고 머리카락을 만지작거릴 때가 많거든요.

우에다 어, 그런가요?

선배, 수염도 많이 길었어. 야성적인 인상은 아니니까 깎는 편이 낫겠네.

미즈사와 그럴 때는 이 녀석 또 멋 부릴 생각이나 하는구나 싶어 기가 찬다니까요(웃음).

우에다 그랬군요(웃음).

수염만 긴 게 아니라 자세히 보니 코털도 삐져나왔어. 여드름도 났고.

미즈사와 하지만 필드에서는 확실한 결과를 내니까요(웃음). 안 듣는 것처럼 보여도 축구에 관해 중요한 이야기는 귀담아 듣나 봐요.

우에다 아하하하(웃음).

그리고 요즘 머리숱도 좀 줄었어. 지금 같은 내추럴 헤어면 그게 눈에 확 띄니까 차라리 소프트모히칸◆이 어울릴지도 모르겠네. 유스케 선배는 나 정도는 아니지만 제법 잘생겼으니까 몸치장을

◆ 옆머리와 뒷머리를 짧게 깎고 윗머리의 볼륨을 살리는 헤어 스타일.

하지 않고 놔두면 아까워.

미즈사와 보세요, 지금도 히죽히죽하며 적당히 맞장구만 치잖아요(웃음). 분명 또 옷이니 뭐니 쓸데없는 생각을 한 거예요.

우에다 아니요, 그렇지 않아요(웃음). 인터뷰에 집중했다니까요!

어휴, 위험했다. 속을 완전히 들여다봤네. 뭐, 그래도 내 진짜 기분까지는 꿰뚫어 보지 못하겠지만.

기자 평소에도 정말 완벽한 연계를 보여주시군요(웃음). 이 콤비를 꼭 월드컵 경기에서도 보고 싶다고 기대하는 팬들의 목소리가 높은데요.

우에다 현재 대표팀은 원톱 체제니까 선발은 무리일지도 모르지만, 예를 들어 1점 뒤지는 상황에서 교체된다면 흐름을 바꿀 자신이 있습니다. 그러니까 꼭 둘 다 불러주면 좋겠네요. 그러기 위해 일단 리그에서 전력을 다해야겠죠.

말은 그렇지만 분명 나만 차출되겠지. 작년도 올해도 내가 유스케 선배보다 골을 더 많이 넣었으니까. 미안해, 선배.

미즈사와 팀을 위해 싸운 결과, 월드컵 출전과 펠자나의 우승을 얻을 수 있다면 영광이겠죠.

어휴, 우리 팀이 어떻게 우승을 하겠냐. 우리 팀은 공격력은 높지만, 그걸 쌈 싸 먹고도 남을 만큼 수비력이 개판이라고. 매년 시즌 개막 전에 "펠자나는 수비만 재정비하면 우승 경쟁도 가능하다"는 평을 듣지만 재정비한 역사가 없어. 그래서 언제나 우승 경쟁에도, 1부 리그 잔류 싸움에도 끼지 못하고 절묘하게도 심심한 중하위권 순위로 시즌을 마친다니까. 올 시즌도 아직 초반이지만 일곱 경기에 1승 3무 3패. 예년보다도 못 이기고 있으니 우승은 물 건너갔다고 봐야지.

기자 그런 와중에 올 시즌 큰 화제를 모으며 펠자나 후나바시로 이적한 전 이탈리아 대표팀 주장이자 수비수, 조제티 선수가 지난달 말 훈련중에 큰 부상을 당한 게 뼈아프네요.

미즈사와 맞아요. 통한의 극치입니다.

그 자식 진짜, 아직도 자기가 '이탈리아 대장'인 줄 아나. 이제 마흔이 다 돼서 빌빌대는 주제에 워밍업도 제대로 안 하니까 다치는 거잖아. 프런트도 그래. 그런 퇴물을 사 올 돈이면 유망한 일본인 수비수를 세 명은 건질 수 있었을 텐데. 참 잘 돌아간다. 완전히 보강 실패야.

우에다 정말로 아쉽습니다.

유스케 선배 말에 일단 장단은 맞췄는데 '통한의 극치'가 아쉽다는 뜻 맞지? 선배는 대졸이라 가끔 어려운 말을 쓴다니까.

미즈사와 하지만 이미 벌어진 일을 속상해한다고 뾰족한 수가 생기는 건 아니니까요. 어떻게든 팀을 재정비해 조제티가 복귀할 쯤에는 상위권에 있고 싶네요.

그 자식 정말 복귀하려나? 나이도 나이니까 이대로 은퇴할지도 모르겠어. 정말이지 그렇게 꼴사납게 은퇴하고 싶지는 않다.

우에다 팀이 상위권에 있을 때 조제티가 복귀하면 기세를 몰아 우승도 노려볼 수 있을 테니까요.

까놓고 말해 이 팀으로 우승은 불가능하겠지만.

기자 과연 두 분 다 팀을 위해 늘 진지하게 생각하시는군요. 그런 두 분께 좀 심술궂은 질문을 드릴 텐데요……. 현재 일본 국가대표 팀은 원톱 체제입니다. 잉글랜드 프리미어리그에서 이번 시즌 득점왕 경쟁에 가세한 후지오카 다쓰아키 선수(27)는 사실상 대표팀 입성이 확실하고요. 따라서 원톱으로 활용될 공격수 자리는 한 명 남았다는 이야기가 들리는데요. 즉, 우에다 선수와 미즈사와 선수는 펠자나 후나바시에서 최고의 파트너이면서 대표팀 차출을 두고 경쟁을 벌이는 사이인 거군요?

미즈사와 확실히 그렇게 볼 수도 있겠지만, 라이벌 의식은 없습니다(웃음).

와, 이 아줌마, 정통으로 들이받는 스타일이네. 여유 있게 웃으며 답한다고 답했지만, 얼굴이 좀 굳어졌을지도 모르겠어.

우에다 저도 마찬가지예요. 그리고 원톱 공격수를 세 명 차출할 가능성도 있으니까요. 옛날부터 월드컵 때는 그렇게 깜짝 기용을 하고는 했잖아요.

기자 그러고 보면 과거에도 베테랑 공격수를 깜짝 기용한 적이 있었죠.

우에다 그러니까 이번에도 그랬으면 좋겠습니다. 유스케 선수와 둘이서 월드컵에 나가고 싶어요!

미즈사와 맞아. 고맙다, 료헤이(웃음). 저도 동감입니다.

이 자식은 비위도 제대로 못 맞추네. 선배 위신을 세워주려는 생각이었겠지만, "과거에도 베테랑 공격수를 깜짝 기용한 적이 있었다"는 기자의 말을 그렇게 이어받으면 이번에 넌 차출되는 게 당연하고 깜짝 기용되는 건 나라는 뜻이잖아. 완전히 우월감에 찬 코멘트라고! 이런 걸 보고 은근무례하다는 거다. 네 수준에 이렇게 어려운 말은 못 알아듣겠지만!

뭐, 속상하지만 사실이 그렇긴 하지.

현재 국가대표 팀 포메이션은 오로지 4-2-3-1. 이렇게만 말하면 축구를 잘 모르는 내 여자 친구 미사키는 떨떠름한 표정을 짓겠지. 요컨대 골키퍼를 제외한 선수 열 명을 뒤에서부터 수비수 네 명, 수비형 미드필더 두 명, 공격형 미드필더 세 명, 그리고 최전방 공격수 한 명으로 구성하는 원톱 체제다.

덧붙여 나도 료헤이도 2선으로 내려가서 활약할 수 있는 전천후 플레이어가 아니다. 함께 최전방에서 뛰는 유형의 공격수다. 그러므로 투톱 체제인 펠자나 후나바시에서는 공존이 가능하지만 대표팀에서는 원톱 자리를 놓고 싸워야 한다.

아까 기자 아줌마 말마따나 현재 후지오카 다쓰아키라는 대표 팀 원톱을 꿰찰 최고의 자원이 존재한다. 따라서 이번 월드컵에 최전방 공격수를 세 명이나 차출하지는 않으리라는 의견이 대세다. 남은 건 후지오카와 교체할 예비 전력 하나뿐이다. 그리고 거기에 뽑힐 가능성이 가장 높은 사람은…… 유감스럽지만 우에다 료헤이라고 인정하지 않을 수 없다.

현재 국가대표 팀 감독이 선호하는 유형은 키가 크고 헤딩 실력이 뛰어나 최전방에서 타깃맨으로 활약할 수 있는 선수다. 후지오카 역시 그런 선수로 키가 185센티미터다. 게다가 발이 빠르고 몸싸움에 능하며 슛도 잘해서 이제 세계에서 열 손가락 안에 드는 공격수라 할 수 있다. 인터뷰할 때도 큰소리를 탕탕 쳐서 떠버리라는 별명으로 불리지만, 세계 수준의 공격수라면 그 정도 성깔은 있어야 하지 않겠는가. 이미 국가대표들 사이에서도 카리스마적인 존재다.

료헤이도 종합적으로는 후지오카에게 미치지 못하지만 키만 보면 후지오카보다 5센티미터나 크다. J리그에서 득점을 양산한 작년 여름부터 대표팀에 차출됐고, 국가대표 데뷔전에서 느닷없이 골을 넣더니만 최근에는 국내파 친선경기에 선발로 출장했다.

그리고 나는…… 작년 봄까지는 자주 대표팀에 차출됐고, 월드컵 예선전에서 쉬운 상대와 경기를 치를 때는 선발로 출장한 적도 있었다. 하지만 료헤이가 주목을 받은 뒤로는 한 번도 차출되지 않았다. 요컨대 팀 후배인 료헤이에게 국가대표 자리를 빼앗긴 것이다.

다만 월드컵 본선에서 상대 팀에 뒤지고 있을 때 흐름을 바꾸기 위해 후지오카하고는 다른 유형의 공격수를 투입하는 방법도 있다. 실제로 감독도 얼마 전 기자회견에서 꼭 장신 공격수에 연연하는 건 아니라는 취지의 말을 했다. 그러니 키는 작아도 상대 수비수와의 심리전에 능하며 중요한 순간 승부에 강하기로 정평이 난 내가 차출될 가능성도 완전히 배제할 수는 없다.

문제는 내가 뽑히려면 료헤이를 웃돌 만큼 좋은 컨디션을 보여야 한다는 것이다.

아니, 나도 지금 컨디션이 나쁜 건 아니다. 나쁘기는커녕 최상이다. 서른 살을 넘은 후로 신체 능력의 저하를 막고자 지금까지보다 훨씬 금욕적으로 훈련에 힘쓴 보람이 있어 요즘은 주력走力도 순발력도 젊은 시절보다 향상됐음을 실감한다. 그러나 료헤이는 그런 나보다 훨씬 컨디션이 좋아 작년에도 올해도 훨씬 골을 많이 넣었다. 료헤이가 같은 팀이다 보니 아무래도 내 활약이 묻힌다. 까놓고 말해 지금 료헤이는 내게 눈엣가시다. 분명 이번 인터뷰 제목도 '우에다 료헤이×미즈사와 유스케' 같은 식으로 료헤이의 이름이 앞에 오겠지. 내가 대선배인데도.

무엇보다 료헤이는 고작 스물두 살이다. 사 년에 한 번인 월드컵에 앞으로 두 번은 확실하게 나갈 수 있다. 하지만 나는 지난번도 지지난번도 예선에 잠깐 출전했을 뿐 본 대회에는 나가지 못했고, 나이로 따져도 이번이 분명 마지막 기회일 거다.

야, 료헤이. 객관적으로 봐서 이번에는 내게 양보해야 하지 않겠냐? 넌 어릴 적부터 J리그 유스 팀에서 괴물이라는 둥 신동이라는 둥 찬사를 받았고, 국가대표로 화려하게 데뷔하고 나서는 '장신 미남 선수'라고 불리며 충분히 호사를 누렸잖아. 하지만 잘생겼다는 운동선수들 대부분에게 해당되는 말인데, 냉정하게 보면 넌 그렇게 잘생기지 않았어. 그런데 맥주 광고에 배우 이데 나쓰키와 함께 출연하다니. 젠장, 겁나 부럽네! 말해두지만 난 이데 나쓰키를 엄청 좋아한단 말이야.

<마녀의 도망>은 작년에 영화관에서 본 후에 DVD까지 구입해서 나잇값도 못 하고 에로 신을 앞뒤로 돌려가며 중요한 부분이 보이지는 않는지 몇 번이나 확인했을 정도라고. 뭐, 아주 아슬아슬하게 안 보였지만…… 그런 이야기는 넘어가자.

넌 지금까지 엘리트 축구 선수로서 최고의 인생을 살아왔고, 앞으로도 밝은 미래가 기다리고 있어. 그에 비해 난 어떠냐? 대학교에 입학할 때까지 완전히 무명이었지만, 프로의 꿈을 버리지 못해 학비와 생활비를 벌려고 건물 청소 아르바이트를 하면서 축구를 계속했어. 스무 살이 넘어서야 두각을 나타내 스카우터 눈에 들

어 프로가 된 후에도 쉴 새 없이 피나는 노력을 한 끝에야 이제 겨우 월드컵 출전이라는 덧없는 꿈을 잡을락 말락 해. 료헤이, 넌 아르바이트를 해본 적이 없겠지. 손이 짓무를 만큼 독한 세제를 써서 밤새 건물 청소를 해본 적이 없을 거야. 젊은 시절에 나만큼은 아니더라도 약간은 고생을 해봐야 장래에 도움이 될걸. 자, 그러니까 이번 월드컵은 대표를 사퇴해줘.

이런 말을 료헤이에게 어떻게 하겠는가. 말해본들 료헤이가 들어줄 리도 없다. 애당초 대표 선수를 선택하는 건 감독이다. 지금 상황에서 료헤이를 제치고 내가 뽑히려면 어지간히 큰일이 생길 필요가 있다.

그래서인지 이런 생각이 머리를 떠나지 않는다.

만약 료헤이가 다치기라도 한다면…….

우에다 유스케 선배는 제게 불가결한 존재예요. 라이벌 이상으로 끈끈한 사이죠. 충고도 얼마나 많이 해준다고요. 자리 선점이나 돌파 같은 부분에 대해서, 사생활면에서도 채소를 더 많이 먹으라거나(웃음).

기자 어쩐지 어머니 같네요(웃음).

우에다 확실히 그렇네요(웃음). 그러고 보니 선배가 트레이닝 기구도 줬구나 참.

기자 트레이닝 기구라면 덤벨 같은 거요?

우에다 아니요, 훨씬 좋은, 피트니스 센터에 가면 있는 트레이닝 벤치랑 바벨 세트요. 벤치는 경사를 조절할 수 있어서 바벨 운동은 물론 복근과 등 근육 운동도 할 수 있어요.

하지만 실은 한 번도 안 썼어. 근육 운동은 훈련장에서 하는 걸로 충분한걸. 벤치는 물건을 올려놓거나 옷을 거는 용도로 쓰고 있지. 바벨은 방에 놔두려니 복잡해서 후배한테 줘버렸고. 미안해, 유스케 선배.

기자 대단하네요. 미즈사와 선수가 일부러 사주신 건가요?

미즈사와 아니요. 원래 저희 집에 있던 거예요. 알고 지내는 피트니스 센터의 트레이너가 비슷한 걸 하나 준다기에 제 건 료헤이에게 줬죠. 더 좋은 선수가 되려면 피지컬이 강해야 하니까요.

우에다 덕분에 쉬는 날에도 집에서 운동을 할 수 있어서 많은 도움이 돼요. 유스케 선배는 정말로 최고의 파트너입니다.

트레이닝 벤치는 안 쓰지만 지금 이 말은 진심이야, 유스케 선배.

미즈사와 하하하, 고마워(웃음). 뭐, 그걸로 운동해서 료헤이의 피지컬이 좋아지면 팀에게도 국가대표에게도 이득이니까요.

이 자식, 또 뻔히 보이는 립 서비스는. 네가 벤치를 받침대로 사용하는 걸 누가 모를 줄 아냐.

네 같잖은 블로그에 "새 옷 샀습니다~" 하고 화려한 셔츠를 입은 사진을 올렸을 때, 뒤에 그 벤치가 다 보였어. 초점이 안 맞았지만 위에 골판지 박스니 바지가 지저분하게 쌓여 있는 건 알겠더라. 선배가 줬으니까 고맙게 사용해야지.

내가 기껏 수를 써놨으니까.

료헤이가 상승세를 타기 시작한 작년 여름 무렵, 나는 일련의 작전을 세웠다.

아는 트레이너가 트레이닝 벤치를 주겠다고 했을 때, 처음에는 집에 있으니까 필요 없다고 거절했다. 그런데 그 직후에 료헤이가 국가대표 데뷔전에서 골을 넣더니만 자주 대표팀에 차출됐고, 나는 찬밥 신세가 됐다. 한편 미디어에서 본격적으로 주목받게 되자 료헤이는 "큰 키에 비해 체격은 좋은 편이 아니라서 몸싸움에 불리하다"고 여러 해설자에게 지적을 받았다.

그런 상황에서 악마가 내게 속삭였다. 할 거면 지금이라고.

집에 있던 트레이닝 벤치의 시트와 다리를 연결하는 중심부 나사를 빼서 시험 삼아 차 바퀴로 깔고 지나가자 적당히 금이 갔다. 설명서에도 그 부분의 나사를 단단히 죄지 않으면 벤치가 쓰러져서 크게 다칠 우려가 있다고 적혀 있었다. 금이 갔지만 기름을 넉넉히 발라 신중히 나사 구멍에 끼우고 돌리자 원래대로 죄어졌다.

나는 그후로 한동안 료헤이에게 국가대표로 싸우려면 피지컬 훈련이 더 필요하다고 강조했다. 료헤이도 훈련의 필요성을 실감했을 무렵의 어느 날 그 트레이닝 벤치를 깜짝 선물로 가장해 료헤이네 집에 보내주었다.

바벨도 일부러 신품을 선물했다. 바벨로 운동을 하다 벤치가 쓰러져야 훨씬 크게 다칠 것 같았기 때문이다. 계산상 료헤이가 날마다 운동을 하면 슬슬 나사가 망가질 때가 됐다. 하지만 얄궂게도 운동을 게을리한 탓에 료헤이는 내가 판 함정을 피했다.

프로면서 하겠다고 마음먹은 운동을 내팽개치다니, 그것만으로도 화가 났다. 나는 절대로 안 그런다. 하겠다고 마음먹은 운동은 반드시 실천하고, 시즌 중에는 절대로 술을 마시지 않는다. 그렇게까지 아득바득 굴어서 겨우 이 포지션을 지키고 있는 것이다. 하지만 나와 달리 신체적인 조건을 타고난 료헤이는 운동을 게을리하든, 밤마다 술을 마시든 필드에서 활약을 펼친다. 아아, 얄미워죽겠다!

하지만 료헤이를 노리고 판 함정은 이것만이 아니다. 몇 겹으로 설치한 함정 중 하나만 성공하면 된다…….

우에다 정말로 유스케 선배에게는 신세만 진다니까요. 훈련장 근처 '튤립'이라는 레스토랑에서 저나 고마(고마다 소 선수), 욧토(무라마쓰 요시토 선수)에게 밥도 자주 사줘요.

미즈사와 야야, 가게 이름을 말하면 어떻게 해(웃음). 가기 힘들어지잖아.

우에다 아, 그런가(웃음). 그리고 경기에서 어시스트도 많이 해주고요.

기자 기록에 따르면 작년 시즌에 미즈사와 선수는 우에다 선수에게 다섯 번 어시스트를 해주셨습니다. 우에다 선수는 미즈사와 선수에게 고작 한 번 해주셨고요(웃음).

우에다 어이쿠, 역시 신세만 진다니까(웃음).

미즈사와 은혜를 좀 갚아라(웃음).

우에다 얼마 전에 차 빌려줬잖아요.

미즈사와 아아, 맞다(웃음). 실은 차를 바꿀 생각인데, 전부터 료헤이 차가 좋아 보여서 요전에 하루 바꿔 타봤어요.

기자 사이가 참 좋으시군요. 차를 바꿔 타다니 어지간한 믿음이 없이는 어려울 텐데요.

우에다 뭐, 무서운 선배 말을 어떻게 거절하겠어요(웃음).

미즈사와 퍽이나(웃음). 료헤이의 고급 차를 한번 타보고 싶었거든요. 비싸서 살지 말지 아직 망설이고 있습니다만.

그래, 그 일련의 함정도 판 지 반년 넘게 지났다. 슬슬 결과가 나와야 할 텐데.

펠자나 후나바시 훈련장 근처에 위치한 레스토랑 '튤립'. 점장은 요리 솜씨는 좋지만 파친코에 빗대어 가게 이름을 붙일 만큼◆도박에 빠져 오백만 엔도 넘게 빚을 졌다. 삼 년 전, 빚을 갚을 길이 막막해 가게를 팔아넘길 생각이었던 점장에게 내가 전액 변제하겠다고 제안했다.

음식이 맛있는데다 훈련장에서 걸어서 갈 만한 거리에 다른 식당이 없으므로 망하게 놔두기에는 아까운 가게였다. 그리고 솔직히 제일선에서 뛰는 J리거에게 오백만 엔 정도는 그리 큰돈도 아니다. 점장은 눈물을 흘리며 고마워했고 "보답으로 뭐든지 하겠다. 미즈사와 씨를 위해서라면 목숨이라도 바치겠다"고 했다. 당초에는 기분만 받아두었다.

하지만 작년 초가을, 나는 점장에게 보답을 받기로 했다.

나는 점장에게 수면제를 건네고 이걸 료헤이의 음식에 타달라고 부탁했다.

점장은 한순간 놀란 표정을 지었지만 바로 씩 웃으며 고개를 끄덕였다.

"식은 죽 먹기지. 나도 전부터 그 새파랗게 어린 까불이가 마음에 안 들었어."

우리 팀은 차와 면허가 없는 십 대 선수는 전철이나 버스로 통근

◆ 파친코에서 특정한 조건을 충족시키면 열려서 당첨 확률을 높여주는 장치를 '튤립'이라고 부른다.

하지만, 대부분은 자택에서 훈련장까지 차로 다닌다. 료헤이도 팀의 누구보다 비싼 차로 통근한다. 그러므로 훈련 후 먹는 밥에 수면제를 타면 졸음운전으로 사고를 낼 것이라는 꿍꿍이셈이었다.

료헤이는 훈련을 마치고 자주 도쿄로 놀러 간다. 술을 마시면 대리운전을 불러서 돌아오는 모양이지만, 놀러 갈 때는 후배 없이 혼자 갈 때가 많다. 자주 어울리는 고마다와 무라마쓰가 미성년자라 술을 먹일 수 없기 때문이기도 하겠지만, 무엇보다 료헤이는 짠돌이라 남에게 돈 쓰기를 싫어한다. 그렇게 그릇이 작다는 것에도 화가 났지만, 이 함정을 파기에는 안성맞춤이었다. 료헤이가 혼자 도쿄로 가다가 졸음운전으로 사고를 내서 다치는 게 제일 이상적이다.

하지만 불안 요소도 있다. 료헤이는 후배에게 한턱내지는 않지만 가끔 변덕을 부려 고마다나 무라마쓰같이 차가 없는 십 대 후배들을 훈련 후에 집까지 바래다주는 듯했다. 경우에 따라서는 료헤이가 후배들을 태우고 가다가 사고를 낼지도 모른다. 일반인이 사고에 휘말릴 위험성도 있다. 그래도 나는 마음을 독하게 먹고 작전을 결행했다. 점장에게 수면제를 타라고 지시한 후 나는 몇십 번이나 료헤이와 후배들을 데리고 튤립에서 식사를 했다.

그런데 통 효과가 없었다.

수면제를 타도 매번 멀쩡하게 귀가해 다음 날 멀쩡하게 훈련을 하러 나온다. 몸이 큰 탓인지 아니면 체질 탓인지 약이 잘 안 듣는 모양이다. 실제로 료헤이는 술도 아주 세다. 그래서 점장에게 수면제를 더 많이 타라고 몇 번이나 지시했다. 점장 말로는 요즘은 보통 사용량의 두 배를 넣는다고 한다.

그러자 최근에야 드디어 튤립에서 식사를 하며 축구 이야기로 열을 올릴 때 료헤이가 하품을 하는 등 졸린 티를 내기 시작했다. 이제 거의 다 됐다 싶었지만 더이상 약을 늘리면 부자연스럽게 여길지도 모른다. 사고가 난 후에 '그러고 보니 튤립에서 밥을 먹고 나면 늘 졸렸다'고 료헤이가 진술하면 난감하다. 어디까지나 자기 과실로 졸음운전을 해서 사고가 났다는 생각을 심어주어야 한다.

그래서 다음 수를 쓰기 위해 지난주에 료헤이의 차를 하루 빌렸다.

물론 '차를 바꿀 생각인데, 전부터 료헤이 차가 좋아 보였다'는 건 순 거짓말이다. 나는 료헤이에게 빌린 차로 집에 돌아가, 차고에서 잭으로 차체를 들어 올려 앞바퀴 안쪽 브레이크 호스에 전동 드릴로 작은 구멍을 냈다.

이제 브레이크 오일이 조금씩 새다가 속도계 옆 브레이크 경고등이 켜지고, 결국은 브레이크가 전혀 말을 안 들을 것이다. 료헤이는 차 겉모습은 엄청 따지지만 내부 구조에 관한 지식이 없으며, 둔감해서 뭐든 대충대충 넘어가니까 바로 수리를 하려 들지는 않을 것이다.

드물기는 하지만 주행중에 돌이 튀거나 낙하물의 영향으로 브레이크 호스에 구멍이 나는 사례가 있다고 한다. 그러니까 이 꼼수 때문에 사고가 나도 내가 범인으로 몰릴 일은 없다. 만에 하나 의심받더라도 딱 잡아떼면 그만이다. 목격당하지 않도록 차고 문을 꼭 닫고 구멍을 냈으니 증거는 없다.

덧붙여 이 작전을 위해 차를 바꾸었을 때 내비게이션으로 료헤이가 평소 어떻게 노는지를 엿보고 더더욱 화가 났다. 등록된 목적지와 주행 이력을 보자 아오야마의 'Paul Smith'라는 옷가게와 신주쿠의 'BAR NEW COMER'라는 술집에 특히 자주 다니는 것 같았다. 둘 다 상호가 거들먹거리는 느낌이라 가게들에까지 화가 치밀었다.

뭐, 어쨌든 졸음과 브레이크의 콤보로 료헤이는 조만간 사고를 낼 것이다. 아니면 료헤이가 술을 마시고 부른 대리운전기사가 브레이크 말썽으로 사고를 낼지도 모르고. 운전기사에게는 미안하지만, 료헤이가 어디 한 군데 부러지기라도 하면 대표팀 공격수 자리는 분명 내게 돌아온다.

만약 이 작전이 불발로 끝나더라도 비장의 함정이 하나 더 있다. 어쩌면 그쪽이 더 빨리 효과를 볼지도 모르겠군…….

우에다 에이, 유스케 선배 정도면 그런 차를 세 대는 살 수 있을 텐데요(웃음). 뭐, 차를 한 번 빌려줬다고 지금까지 받은 은혜에 보답했다고는 생각지 않아요. 그리고 유스케 선배에게 은혜를 입은 만큼 저도 후배를 많이 챙겨줘야겠죠. 고마나 욧토에게 좀더 쏴야겠어요(웃음).
기자 고마다 선수와 무라마쓰 선수는 아직 출전 기회가 적은 십 대 공격수인데요. 우에다 선수가 공격수의 비법을 가르쳐주기도 하시나요?
우에다 축구 기술은 배우는 게 아니라 훔치는 거라고 생각해요. 기술적인 측면을 가르치기보다 프로의 마음가짐같이 기본적인 이야기를 할 때가 많죠.
기자 구체적으로는 어떤 말씀을?
우에다 예를 들면 지각하지 마라, 축구용품은 소중히 다뤄라, 다치지 않도록 몸 관리를 철저히 해라, 그런 정도죠.
미즈사와 료헤이가 그런 걸 후배에게 가르치다니, 성장했네요(웃음).
덜떨어진 놈. 축구용품은 소중히 다루라니 네가 할 소리냐? 훈련이 끝나면 늘 축구화를 벗어 던지잖아. 그리고 다치지 않도록 몸 관리를 철저히 하라니 지나가던 개가 웃겠다.

혹시 차 사고가 나지 않더라도 넌 결국 후배들에게 좋은 반면교사가 될 거야. 축구용품을 소중히 다루지 않은 탓에 크게 다칠 테니까.

료헤이는 유소년 팀 시절에 오른쪽 무릎 전십자인대 손상이라는 부상을 당한 적이 있다.

무릎 전십자인대는 무릎이 안쪽을 향한 안짱다리 상태에서 발을 내디디거나 턴을 했을 때 손상을 입기 쉬우며 복귀까지 반년, 완전히 끊어지면 일 년이 걸리기도 한다. 또한 전십자인대를 다친 경험이 있는 선수는 원래부터 다칠 우려가 높은 자세로 플레이하는 경우가 많으므로 주의하지 않으면 어느 쪽 무릎이든 다시 다칠 때도 많다고 한다.

즉, 료헤이는 많든 적든 무릎 전십자인대를 다치기 쉬운 자세로 플레이하는 버릇이 있는 셈이다. 그 버릇이 나오도록 유도하면 놈은 월드컵 전에 또 크게 다칠 것이다. 나는 그렇게 생각하고 축구화에 눈독을 들였다.

나는 요 두 달 남짓 훈련 후에 료헤이의 축구화를 인적이 없는 곳에 몰래 가지고 가서 밑창의 안쪽 스파이크를 줄로 갈았다. 이러면 발 안쪽이 기우니까 무릎 전십자인대를 다칠 확률이 높아질 것이다.

J리그에는 '호페이루'라는 용품 관리 전문 스태프를 두는 팀도 있지만, 예산이 부족한 펠자나 후나바시에서는 선수가 축구용품을 직접 관리한다. 료헤이는 관리고 뭐고 축구화를 늘 아무렇게나 벗어두므로 꼼수를 부릴 기회는 얼마든지 있었다. 경기장에서 경

기용 축구화에 꼼수를 부리기는 아무래도 무리였지만, 훈련용 축구화 중 마음에 들어 하며 제일 자주 신는 빨간색 축구화는 특히 공들여 안쪽 스파이크를 갈았다.

주의 깊지 않은 성격인 료헤이는 눈치채는 낌새가 전혀 없었다. 슬슬 효과가 나타날 때가 됐다. 이 작전이 성공하면 료헤이는 절대 월드컵에 못 나간다. 완치에 적어도 반년은 걸릴 테니까.

료헤이, 그러게 축구용품을 잘 관리했어야지. 하지만 안심해. 다쳐도 언젠가는 나을 테고 넌 앞으로 월드컵에 나갈 기회가 두 번은 더 있잖아. 그러니 이번 월드컵은 나한테 양보하고 병원 침대에서 내 늠름한 모습을 지켜봐…….

우에다 그리고 후배에게는 축구뿐만 아니라 연애 상담도 받아요.

기자 이야, 상담을 잘해주시나요?

우에다 그렇게 대단한 답을 주는 건 아니지만, '축구도 사랑도 기회를 놓치지 말 것'을 언제나 강조하죠(웃음).

미즈사와 그래, 대단치는 않네(웃음). 그나저나 왜 다들 료헤이한테 상담하는 거야. 나한테 상담하면 친절하게 대답해줄 텐데.

우에다 그야 유스케 선배는 그 나이를 먹도록 성과가 없으니까 그렇죠(웃음).

미즈사와 아직 독신이라 미안하게 됐다(웃음)!

후후후. 실은 나도 슬슬 가정을 이루려는 사람이 있다고.

그리고 넌 모르겠지만 네가 흘린 공을 받아먹었어.

네 말마따나 축구도 사랑도 기회를 놓치지 않는 게 중요하지.

사실 내 여자 친구 미사키는 원래 료헤이의 팬이었다.

미사키는 축구 규칙도 제대로 모르지만 대학 친구를 따라 펠자나 후나바시의 경기를 보러 왔다가 처음에는 친구처럼 료헤이의 외모에 빠진 모양이다. 그후로 미사키는 친구와 함께, 때로는 혼자서 리그전과 훈련을 자주 보러 왔다.

하지만 료헤이는 팬 서비스 의식이 좋지 못해 말을 거는 팬을 무시하고 지나치기 일쑤다. 그리고 반년쯤 전 훈련장에서 미사키가 용기를 내어 "사인해주세요" 하고 내민 종이를 말없이 밀어내 땅에 떨어뜨렸다.

료헤이의 십 미터쯤 뒤에서 걷던 내가 그 순간을 목격했다. 미사키도 훈련 후 팬 서비스 시간이 지나고 나서 사인을 요청했으므로 매너를 어기기는 했지만, 그렇더라도 료헤이의 대응은 너무 심했다. 나는 미사키에게 달려가 종이를 주워주고 료헤이의 무례를 사과한 후, 여차여차하여 식사를 함께 했다.

미사키가 내 이상형에 딱 맞는 미인이었기 때문만은 아니다. 아니, 그것도 조금, 절반, 아니 80퍼센트 정도는 있었지만, 후배가 소중한 팬을 냉대한 걸 사과하고, 그런 일로 축구를 싫어하지 말고 팬으로 남아주길 바라는 프로 의식에서 비롯된 행동이었다. 남자 팬이 그런 일을 당해도 식사를 같이 할 거냐고 묻는다면 절대 안 그럴 거지만.

아무튼 그날 미사키와 연락처를 교환한 후 빈번히 만날 약속을 잡고, 펠자나 한정 굿즈를 선물하는 등 마음을 표현하며 열렬히 구애한 끝에 교제를 시작해 지금은 동거중이다.

미사키는 아주 예쁘고 성격이 순하고 착한데다 요리도 잘한다. 그리고 속궁합도 끝내준다. 어젯밤도 아주 격렬하게…… 아차차, 인터뷰 도중에 할 생각이 아니지.

그러니까 료헤이, 지금까지 내가 쏜 밥값과 떠먹여준 골값은 국가대표 자리와 미사키를 받는 걸로 퉁쳐줄게. 그러니까 빨리 지불해, 네가 다치는 걸로…….

우에다 맞다, 덧붙여 후배에게 가르칠 건 운전 정도랄까요.

기자 아, 운전도 가르쳐주세요?

우에다 네. 고마는 차를 아주 좋아해서 작년에 18세가 되자마자 면허를 땄는데, 아직 벌이가 시원치 않아서 차가 없거든요(웃음). 그래서 요즘 매일같이 제 차를 운전시키면서 운전 기술을 가르치고 있죠.

기자 그거…… 요컨대 고마다 선수를 운전기사로 쓰신다는 거 아닌가요?

미즈사와 맞아. 가르치는 게 아니라 그냥 부려먹는 거잖아(웃음).

야, 잠깐. 그렇다면 설마…….

우에다 뭐, 그렇다고 할 수도 있으려나요(웃음). 하지만 실력이 많이 늘었어요. 요즘은 튤립에서 밥을 먹고 돌아갈 때 고마에게 운전을 맡기고 저는 조수석에서 잔다니까요. 얼마 전에는 브레이크가 고장 난 걸 알아차리고 수리까지 해줬어요. 녀석의 본가가 자동차 정비 공장이라 그런지 그런 일에 빠삭하더라고요.

기자 완전히 허드레꾼이잖아요(웃음).

미즈사와 그러게. 후배를 많이 챙기기는 무슨(웃음).

야야야, 진짜야?

료헤이는 최근에 직접 운전하지 않았다? 브레이크도 수리했고? 어쩐지 사고가 안 나더라니!

그럼 차로 사고를 일으키는 작전은 완전히 실패잖아!

하지만 나도 멍청했어. 고마다한테 차가 없다고 면허도 없으리라는 보장은 없는데……. 하지만 료헤이도 료헤이야. 면허를 딴 지 얼마 안 되는 초보운전자에게 그렇게 고급 차를 운전시키나 보통? 사고라도 나면 어쩌려고.

하지만 그 덕분에 내가 판 함정을 피했나…….

료헤이의 느슨하고 뭐든 대충 넘어가는 성격 때문에 트레이닝 벤치 작전에 이어 또 작전이 실패로 돌아갔어! 젠장!

그래도 축구화 함정만큼은 그렇게 안 될걸.

그래, 낙담하기는 아직 일러. 그 작전은 료헤이의 느슨한 성격에 맞춰서 세운 거니까. 즉 그 함정이야말로 료헤이에게 가장 효과적인 셈이지. 성격이 그 모양이니까 전십자인대가 끊어지는 부상이 코앞에 다가온 줄도 모르잖아.

좋아, 월드컵 전에 효과를 보도록 마무리로 줄질을 한 번 더 해주마…….

기자 우에다 선수가 후배를 챙기는 마음이 어떤지는 제쳐놓고(웃음), 선후배 간에 의사소통이 아주 잘 이루어지는 팀이로군요.

우에다 네, 그렇죠. 분위기가 참 밝아요. 선후배뿐만 아니라 이적해 온 선수도 바로 팀에 녹아들고요.

기자 조제티 선수와도 무람없이 의사소통을 했나요?

우에다 음, 처음에는 약간 긴장했지만 바로 무람없이 대화를 나누게 됐죠.

적당히 대답하기는 했는데, '무람없이'가 무슨 뜻이지? 뭐, 아마 '밝게' 같은 뜻이겠지.

기자 구체적으로 어떤 대화를 나누셨나요?

우에다 저도 조제티도 키가 크니까 통역을 통해 '키가 크면 생기는 일' 같은 이야기를 하며 낄낄거렸죠. 조제티가 '일본에 오고 나서 머리를 자주 부딪친다'고 하더라고요(웃음). 문 같은 걸 낮게 만드는 모양이라.

미즈사와 저는 키가 작아서 그런 이야기에는 끼지 못했지만요(웃음).

이 자식, 조제티랑 그렇게 편하게 이야기했나. 뭐, 저 나이대는 조제티가 전성기 때 얼마나 귀신같이 플레이했는지 실감이 없을 테니 대하기가 그리 어렵지 않을지도 모르겠군. 난 료헤이의 그런 허물없는 태도도 싫지만.

우에다 아하하(웃음). 맞다, 그러고 나서 조제티가 "일본의 스포츠 브랜드는 품질이 좋다는데, 나한테 맞는 사이즈가 없다"기에 제가 축구화를 선물했어요. 마침 사이즈가 똑같아서요.

미즈사와 엇, 그랬어?

축구화를 선물했다고? 야, 설마 너…….

우에다 네. 지난달이었을 텐데, 제가 훈련할 때 자주 신는 빨간색 축구화를 줬더니 아주 좋아하던데요.

기자 이탈리아 대장과 그렇게 빨리 친해지다니 대단하네요. 사교성은 이미 세계 수준에 도달한 것 아닌가요?

우에다 그런가요(웃음). 그렇게 좋은 관계를 쌓았는데 다쳐서 참 아쉬워요.

기자 오른 무릎 전십자인대가 끊어져서 전치 칠 개월이 나왔죠.

우에다 하지만 재활이 순조로우면 이번 시즌에 복귀할 수 있을 거예요. 빨리 돌아오면 좋겠네요.

미즈사와 동감이야.

으아아아아, 망할!

대형 사고를 쳤네! 내 탓에 조제티가 다치다니! 슬슬 함정이 발동될 때가 됐다 싶었는데, 벌써 발동됐구나!

더구나 스파이크를 줄로 갈려고 축구화를 가지고 갈 때 료헤이에게는 절대로 들키지 않도록 세심한 주의를 기울였지만, 조제티 눈에 띄지 않으려고 신경 쓴 적은 없다. 조제티가 본들 내 축구화인지 료헤이의 축구화인지 어떻게 알겠느냐고 생각했기 때문이다. 하지만 특별히 공들여 줄질을 한 빨간 축구화가 조제티의 물건이었다면 이야기는 별개다. 어쩌면 그 축구화를 들고 몰래 구석진 곳으로 가는 내 모습을 한 번쯤은 보지 않았을까?

어쩌면 조제티는 슬슬 '미즈사와가 왜 그때 내 축구화를 들고 갔을까' 의심하고 있지 않을까? 그러다 안쪽 스파이크가 이상하게 많이 깎여나간 것까지 알아차리면 내 꼼수를 눈치채고 상해죄로 고소하지 않을까? 결국에는 일본과 이탈리아 간의 국제 문제로 발전할지도 몰라!

이탈리아에는 지금도 조제티의 열혈 팬이 있다고 들었다. 그리고 이탈리아 축구 리그에서는 지금도 승부 조작 의혹이 거론되며 마피아가 개입했다는 소문도 끊이지 않는다. 어쩌면 조제티의 팬인 이탈리아 마피아들이 보복하려고 멀리 바다를 건너와, 내가 훈련을 마치고 돌아가기를 기다렸다가 영화 <대부>처럼 기관총으로 벌집을…… 아니, 아무리 그래도 그건 지나친 생각이다. 진정하자!

어쨌든 내가 료헤이에게 판 함정이 트레이닝 벤치 작전도, 자동차 사고 작전도, 축구화 작전도 모조리 불발로 끝났다는 것만은 확실하다. 그 밖에도 여러 함정을 파놓기는 했지만, 예를 들어 벌레를 싫어하는 료헤이의 사물함에 죽은 나방을 넣어두면 놀라 자빠져서 다치지 않겠느냐는 유치한 발상에 기초한 것들뿐이다.

결국 료헤이의 팬이었던 미사키와 사귄 것만 성공으로 봐야 하나……. 후배의 팬을 빼앗은 것밖에 수확이 없다니 참으로 서글프다.

게다가 료헤이에게 정말로 '여자를 빼앗았다'고 할 수 있을지도 의문이다.

그게, 나는 최근 료헤이에게 어떤 의혹을 품고 있다.

료헤이는 과연 여자를 필요로 할까…….

우에다 뭐, 조제티가 없어도 유스케 선배가 있으니까 외롭지는 않지만요(웃음).

기자 우에다 선수는 나이 차가 나는 선배와 같이 지내는 게 마음 편한 모양이군요.

우에다 맞아요(웃음). 후배와도 어울리지만 선배를 가까이에서 보는 걸 좋아해요. 특히 유스케 선배같이 존경스러운 선배는 가까이에서 가만히 보기만 해도 공부가 되거든요.

그래. 난 보고 있어. 유스케 선배를 가만히 지켜보지.

선배의 얼굴과 몸을 가만히 보고만 있어도 흡족하거든.

지금도 탄탄하게 근육이 붙은 유스케 선배의 장딴지를…….

미즈사와 그렇게 말해주다니 영광이네.

나왔다, 이 시선이야! 이거라고, 내가 최근에 의혹을 품은 원인이! 지금도 끈적끈적하게 달라붙는 눈으로 내 다리를 쳐다보고 있잖아…….

우에다 유스케 선배의 장점을 더 많이 보고 배우면서 서로 실력을 향상시키면 펠자나의 공격력은 더욱 강해질 겁니다.

넓적다리도 엄청 탄탄해. 아아, 선배 몸이 참 다부져.

미즈사와 응, 내 생각도 마찬가지야.

또 보잖아. 이번에는 희미하게 웃으면서 내 넓적다리를 보고 있어!

우에다 거기에다 조제티까지 다 나아서 합류하면 무서울 게 없겠죠.

그리고 넓적다리 위쪽도…… 어, 선배 어떻게 된 거야, 불끈 성이 났잖아!

미즈사와 부상자가 나왔다고 속상해해봤자 아무 소용없으니까. 힘들 때일수록 긍정적으로 생각하며 우리가 할 수 있는 일을 해야지.

앗! 지금 틀림없이 내 사타구니를 본 거지?

어, 아니야, 아니야! 분명 좀 커졌지만 이건 아까 미사키와의 밤 일을 떠올렸을 때 커진 게 덜 가라앉아서…… 그만해 료헤이. 보지 마, 보지 말라니까!

아아, 아무래도 틀림없는 모양이네.

역시 료헤이는 호모야.

오카마, 게이, 호모, 뉴하프, 오네에…… 다양한 호칭이 존재한다. 최근에는 '오네에'로 부르는 게 유행인 모양이지만 료헤이의 경우는 '호모'가 제일 잘 어울리는 것 같다. 그것도 '진짜배기'나 '철저한'이라는 수식어가 붙는.

미사키와 처음 만난 그날, 료헤이가 미사키에게 그렇게 차갑게 대하는 걸 보고 이상하다고 좀더 의심해야 했다.

혈기왕성한 축구 선수는 보통 그런 미인 팬을 그냥 내버려두지 않는다. 한창 나이라면 즉시 전화번호를 물어봐도 이상할 것 없으리라. 하지만 그때는 나도 미사키를 꼬시느라 정신이 없어서 혹시 료헤이는 못생긴 여자가 취향인가, 하고 잠깐 생각한 정도였다.

하지만 아무래도 예쁘고 못생기고 문제가 아니었던 모양이다.

나는 그 사실을 최근에야 겨우 깨달았다.

료헤이는 예전부터 스킨십이 많은 녀석이기는 했다. 그런데 요즘 들어 더 노골적으로 굴기 시작했다. 내가 경기에서 골을 넣으면 료헤이가 달려와서 끌어안고 가슴과 등, 엉덩이를 애무하듯 만진다. 그리고 훈련 후에 샤워를 할 때도 방금 전처럼 알몸을 가만히 바라보는 시선을 느낀 게 한두 번이 아니었다.

나도 처음에는 설마 료헤이가 그런 취향일 리 없다고 생각했다. 료헤이는 클럽이나 바같이 여자가 있는 가게에 뻔질나게 들락거리니까.

그러다 퍼뜩 깨달았다.

료헤이는 '어제 클럽에 갔다'거나 '바에 갔다'는 소리를 자주 한다. 하지만 돌이켜보면 여자가 접객하는 곳이었다고 한 적은 한 번도 없었던 것 같다. 게다가 료헤이는 술 마실 때 동료와 후배 없이 늘 혼자 간다. 이것도 성적 취향을 비밀로 하고 싶다면 당연한 일이다.

그리고 또 하나, 료헤이의 내비게이션에 등록된 신주쿠의 바다. 나는 본가도 출신 대학도 지방이고 지금도 지바 현에 사니까 도쿄 지리에는 그다지 밝지 못하다. 다만 '신주쿠 2가'라는 지명과 거기가 게이의 성지라는 사실은 안다. 게다가 바 이름이 'NEW COMER'이었다.

'뉴 커머', 신참이라는 뜻이다. 신선한 느낌이라 평범하게 여자가 있는 가게 이름으로도 나쁘지 않다. 하지만 '뉴하프'와 '오카마'를 조합해서 만든◆, 게이 바에 딱 어울리는 이름이라고도 할 수 있지 않을까…….

그리고 그저께 훈련 후 마침내 결정적인 단서를 잡았다.

훈련장 화장실에 들어가다 마침 나오는 료헤이와 마주쳤다. 소변기가 다섯 개, 칸이 세 개인데 제일 앞쪽 칸 문이 흔들리고 물 내려가는 소리도 났으므로 료헤이는 대변을 봤나 보다고 생각하며 그 앞을 지나치려 했다. 그런데 그때 칸 안에서 낯선 노란색 물체가 얼핏 보였다. 나는 문득 신경이 쓰여 칸을 들여다보았다.

깜박했는지 양변기 물탱크 위에 '뒤 엔드 주입 연고'가 놓여 있었다.

'뒤 엔드 주입 연고'는 텔레비전 광고로도 익숙한 치질 치료약이다. 게다가 오십 개들이 대용량이었다. 일상적으로 사용하는 사람이나 저렇게 살 것이다. 그걸 본 순간 내 의혹은 단숨에 확신에 다가섰다.

덧붙여 오늘 인터뷰에서 새로운 의혹이 부각됐다. 혹시 료헤이가 조제티와 금방 친해진 것도 그런 쪽으로 취향이 같아서가 아닐까? 조제티는 마흔이 코앞인데 아직 독신이잖아…….

앗! 그러고 보니 료헤이가 아까 "조제티가 없어도 유스케 선배

◆ 커머의 일본식 발음은 '카마'다.

가 있으니까 외롭지는 않지만요"라고 했잖아! 혹시 조제티가 부상으로 팀을 떠나고 나서 날 본격적인 목표물로 삼은 건가? 그래서 최근에 료헤이가 부쩍 친한 티를 내는 건가? 그러고 보니 오늘 인터뷰중에도 날 몹시 칭찬했다. 처음에는 속이 빤히 들여다보이는 립 서비스인 줄 알았는데, 설마 연애 대상에게 환심을 사려고? 내가 미사키에게 "예뻐", "사랑해" 하고 달콤한 말을 속삭이는 것처럼 료헤이도 나를…….

아냐, 아냐, 아냐, 진정해라, 진정해! 또 망상이 너무 나갔다.

다만 만약 정말로 그렇다면 대표팀 경쟁이 문제가 아닌걸. 정조의 위기다. 혹시 료헤이가 억지로 덮친다면 체격 차 때문에 승산은 없으니까. 아, 하지만 치질 약을 사용하는 걸 보니 료헤이는 당하는 걸 좋아하나. 즉 내가 하는 쪽이 되는 건가. 그럼 최악이라고까지는…… 안 돼! 절대로 싫어! 아, 진짜 또 무슨 상상을 하는 거람! 인터뷰중이잖아! 진정해, 진정해…….

기자 그렇군요. 팀 상태가 좋지 않더라도 결코 비관하지 않는 모습에 팬도 든든하겠어요.

우에다 네. 응원해주시는 팬들께 약한 모습은 보여드릴 수 없죠. 어떻게든 이 역경을 넘어서겠습니다.

어, 유스케 선배 표정이 어째 이상한데. 혹시 내 시선을 눈치챘나.

기자 월드컵에 앞서 역경을 넘어서시겠다는 거군요.

우에다 네. 순위를 끌어올리고 나서 월드컵을 맞이하고 싶네요.

뭐, 그래도 내 속마음까지는 모르겠지.

미즈사와 월드컵으로 시즌이 중단되는 동안 팀 분위기가 침체되는 건 싫으니까요.

료헤이 이 자식, 이제 와서 시선을 돌린다고 내가 모를 것 같냐.

기자 그리고 월드컵 대표팀에 승선하고 싶다는…….

우에다 어떻게 해서든 그 말을 듣고 싶으신 모양이네요(웃음).

괜찮아, 안 들켰어. 내가 유스케 선배에게 숨긴 마음은.

미즈사와 네, 저희 둘 다 최선을 다해 대표팀을 노리겠습니다. 그렇지, 료헤이?

우에다 물론이죠! 팀을 위해 골을 뻥뻥 넣고, 월드컵에도 나가고 싶어요.

그래, 난 월드컵에 나가고 싶어.

어릴 적부터 동경해온 꿈의 무대에 꼭 서고 싶다고.

어디까지나 나 혼자서.

미안하지만 유스케 선배는 틀렸어. 남은 국가대표 공격수 자리는 하나. 그건 이미 내 차지니까.

그나저나 얕보였나 보네. 내가 그딴 함정에 빠질 줄 알았나.

트레이닝 벤치를 줬을 때부터 수상하다 싶었어. 혹시나 해서 분해해보니 나사에 금이 갔더군. 아아, 유스케 선배도 이 정도 사람이었나 싶어 실망했지만 난 이런 일에 익숙하니까. 어릴 적부터 특별 대우를 받았던 터라 이런 공격은 수십 번이나 겪었고 그때마다 다 물리쳤거든.

하지만 자동차 함정은 좀 쫄았어. 튤립의 점장에게 수면제를 타라고 시키다니. 처음에는 정말로 사고가 날 뻔했지만 간신히 갓길에 차를 대고 잠들어서 무사했지. 그후로 한동안 고마에게 운전을 맡겼지만, 지금은 튤립에서 돌아오는 길에도 내가 운전해. 튤립 점장, 칠백만 엔을 먹였더니 바로 나한테 붙더라고.

그후에 선배가 차를 빌려달라고 했을 때는 거절할까 싶었지만, 그러다 경계심이 커지면 곤란하고 무슨 짓을 할지 궁금하기도 해서 하자는 대로 했지. 하지만 다음 날 차를 돌려받고 실망했어. 브레이크에 꼼수를 부리다니 예상 범위에서 한 치도 벗어나지 않았거든. 바로 고마에게 확인을 받고 업자에게 수리를 맡겼어.

그렇지만 축구화 스파이크를 갈아내도 모를 거라 생각하다니, 그건 화나더라. 신은 순간 감이 왔거든. 유스케 선배, 날 너무 바보로 보는 거 아니야? 대졸이랍시고 실질적으로 중졸인 내가 어려운 우리말 표현을 모르면 자꾸 놀리는데, 그런 지식에는 자신 없지만 축구는 내가 선배보다 훨씬 잘 알아. 그것도 유스케 선배처럼 학교 공부하듯이 머리로 이해하는 게 아니라 몸으로 이해한다고. 아무튼 내가 눈치채지 못한 걸로 아는 선배를 위해 훈련용 축구화랑 훈련 후에 바꿔쳐서 선배가 줄질할 축구화를 가지고 다니기가 어찌나 귀찮든지.

축구화를 조제티에게 줬다는 건 거짓말이야. 그 밖에도 튤립에서 돌아오는 길에 고마에게 운전을 맡기고 조수석에서 잔다든가, 고마가 브레이크를 수리해줬다든가, 인터뷰중에 일부러 그런 방향으로 이야기를 끌고 가서 유스케 선배의 음모는 모조리 실패로 돌아갔다는 걸 깨우쳐준 거야. 그때마다 놀라고 초조해하는 선배를 보고 있자니 어찌나 깨소금 맛이던지.

유스케 선배, 당신은 너무 물러터졌어.

트레이닝 벤치, 자동차, 축구화 전부 내게 부상을 입히려는 작전이지? 하지만 다친 게 다 나으면 복귀할 수 있잖아. 상대가 두 번 다시 재기할 수 없을 만한, 선수 생명이 끝날 만한 피해를 주지 않으면 이런 싸움에서는 못 이긴다고.

내가 지금 선배에게 하고 있는 것처럼.

뭐, 유스케 선배는 설마 조만간 선수 생명이 끝날 줄이야 꿈에도 모르겠지. 그야 지금 컨디션이 최상이고 순발력, 주력, 지구력도 늘었으니까. ……다만 그걸 부자연스럽게 여기지 않는 게 선배의 약점이야. 자기 몸 상태를 감각적으로 파악할 줄 모르고 머리만

과신하니까 독자적인 훈련의 성과가 나오는 거라 믿는 거겠지.

하지만 아니야. 지금 유스케 선배는 신체 능력이 향상되는 게 당연해.

아나볼릭 스테로이드를 사용하고 있으니까.

유스케 선배가 집에서 먹는 음료와 음식, 그리고 최근에는 튤립에서 주문하는 요리에도 근육증강제 아나볼릭 스테로이드가 섞여 있어. 그 효과로 선배 몸에 근육이 쑥쑥 붙고, 부작용으로 머리숱이 줄어들고, 턱수염과 코털은 짙어지고, 여드름이 나고, 지속발기증이 생기는 걸 보거나 만져서 확인하면 흡족해서 그만 웃음이 실실 나와. 이런 인체 실험을 직접 관찰할 기회는 좀처럼 없을 테니까.

선배는 대졸이니 허니 트랩(미인계)이라는 영어 정도는 알겠지. 하지만 실제로 당해본 적은 없는가 보네. 사야카…… 어, 유스케 선배 앞에서는 미사키로 행세하던가? 뭐, 나도 본명은 모르지만. 유스케 선배 앞에서 개한테 쌀쌀맞게 굴면 팬 서비스가 제일 중요하다고 입바른 소리를 하는 것치고 예쁜 여자를 밝히는 선배가 분명 걸려들 줄 알았지.

내가 한때 자주 혼자 도쿄에 갔잖아. 뭐, 평범하게 놀러 가기도 했지만, 예쁘고 머리가 좋고 돈만 주면 뭐든지 하는 여자를 스카우트하기 위해서였어. 알고 지내는 조폭에게 소개받은 신주쿠 가부키 정 'NEW COMER'라는 회원제 바의 호스티스 사야카는 젊지만 꽃뱀같이 불법적인 부업 경력이 풍부한 덕분인지, 유스케 선배에게 약물을 먹이는 중요한 역할을 멋지게 완수해냈지.

J리그에서는 매 라운드 무작위로 경기를 선택해 각 팀마다 무작위로 뽑은 두 선수에게 도핑 검사를 실시하니까 약물을 사용했다는 게 금방 걸릴 확률은 낮아. 하지만 '펠자나 후나바시의 미즈사와 유스케가 아나볼릭 스테로이드를 사용한다'고 구체적으로 밀고하면 상황이 달라지겠지. 검사관이 불시에 찾아와서 강제로 소변을 채취한다니까 말이야.

자, 유스케 선배를 언제 은퇴로 몰아넣을까. 오늘 당장 익명으로 고발할 수도 있지만, 그럼 이 잡지가 못 나올지도 모르잖아. 《SPORTY》는 여성 독자가 많은 걸로 유명하니까 분명 내 팬도 많이 볼 테지. 기껏 인터뷰를 했으니 발매되고 나서 찌르기로 할까. 그럼 유스케 선배의 마지막 인터뷰가 실렸다는 이유로 도리어 잘 팔릴 수도 있으니까. 그래서 오늘 유스케 선배와 별스럽게 친한 티를 낸 거야. 내가 아나볼릭 스테로이드를 먹인 범인인 줄 아무도 의심하지 않도록.

유스케 선배는 모르는 일이라고 의혹을 필사적으로 부정하겠지. 하지만 유스케 선배 집에서는 빈 아나볼릭 스테로이드 용기와 인터넷으로 아나볼릭 스테로이드를 구입한 기록이, 클럽하우스의 선배 사물함에서는 알약 조각이 발견될 거야. 아무리 부정한들 소용없을걸.

뭐, 그러니 선배와 나로 구성된 펠자나 후나바시의 투톱 체제도 조만간 끝나겠네. 지금까지 고마웠어. 유스케 선배는 안심하고 함께 플레이할 수 있는 최고의 파트너였어.

내게 유스케 선배는 조금만 열심히 하면 넘을 수 있는 벽이었고, 작년에 넘은 후로는 에이스 자리를 빼앗길 걱정 없이 내가 돋보이도록 병풍 역할을 해줄 걸 알았거든. 그런 의미에서 안심하고 함께 플레이할 수 있는 최고의 파트너였다는 뜻이야.

이런 식으로 헤어지려니 아쉽지만 선배 뒤에는 고마랑 욧토가 대기하고 있잖아. 둘 다 유스케 선배만큼은 소질이 있으니까 안심해. 전십자인대가 끊어져서 아마 이대로 은퇴할 조제티도, 금지약물을 사용한 혐의로 추방될 유스케 선배도 젊은 선수들에게 '저렇게 꼴사납게 은퇴하지는 말자'는 교훈을 주는 최고의 반면교사가 될 거야.

뭐, 나도 언젠가 고마나 욧토 같은 애들과 이렇게 선수 생명을 걸고 싸울 날이 올지도 모르지만.

자, 아무튼 유스케 선배가 사라지면 월드컵 출전은 따놓은 당상이네. 굳이 불안 요소를 들자면…… 치질인가.

원래 변비 체질이기는 했지만, 요전에 사흘 만에 화장실에서 힘을 줬더니 엄청 아프더니만 항문 안쪽이 찢어졌어. 유스케 선배의 충고는 대부분 쓸모없지만 채소를 먹으라는 건 맞는 말이었어. 역시 식이섬유는 중요해.

지금도 조금 아프지만 수술할 정도는 아닐 거야. 꽃미남 스트라이커가 치질 수술을 했다는 게 알려지면 이미지에도 안 좋잖아. 사흘 전에 '뒤 엔드 주입 연고'를 사서 써봤더니 꽤 효과가 괜찮더라. 하루에 한 번씩 넣으면 된대. 오십 개들이 대용량 박스를 다 쓰면 월드컵 본선 전까지는 다 낫겠지…….

기자 그렇군요, 감사합니다. 그럼 마지막으로 독자 질문 코너인데요. 저희가 여성 독자에 중점을 둔 스포츠 잡지라 그런지 우에다 선수에게 이상형을 묻는 질문이 압도적으로 많이 들어왔네요. 죄송하지만 마지막으로 답변 한 말씀 부탁드립니다.

우에다 음, 어디 보자(웃음). 연예인으로 말하자면 이데 나쓰키 씨랄까요.

기자 아, 함께 맥주 광고를 찍으셔서 배려하신 건가요?

우에다 에이, 아니에요(웃음). 정말로 옛날부터 팬이었어요. 아니면 미야사카 마키 씨나 이시모토 미와 씨, 최근에는 화보 모델 구가 사쿠라 씨도 예쁘고…….

기자 아주 잘 아시는걸요(웃음). 외모를 중시하시나요?

우에다 그야 성격도 중요하지만…… 그래도 예쁜 게 최고죠(웃음).

미즈사와 좋겠다, 눈이 높아도 인기가 있으니(웃음).

어라? 료헤이 이 자식, 반짝반짝 빛나는 눈으로 여자 이야기를 하잖아.

호모라는 걸 숨기려고 일부러 연기하는 건가. ……꼭 그래 보이지만은 않는데.

음, 모르겠다. 이 자식 역시 호모가 아닌 건가.

만약 아니라면, 그 함정도 실패인 셈인가.

그저께 발견한 오십 개들이 '뒤 엔드 주입 연고'. 그걸 보고 좋은 생각이 번쩍 떠올라 집으로 가지고 돌아와 락교 모양의 플라스틱 용기에 든 연고를 강알칼리성 업무용 세제 원액으로 바꾸었다.

내가 대학 시절 건물 청소 아르바이트를 할 때 사용했고 지금도 대청소 때 쓰려고 집에 보관해둔 그 강력한 세제는 플라스틱이 녹을 정도는 아니지만, 깜빡하고 맨손으로 만지면 바로 피부가 짓무를 만큼 독하다. 만약 원액을 치질 환부에 주입하면 틀림없이 바로 병원행이다. 상처 난 항문 내부 조직이 엉망진창으로 망가져 당분간 아파서 축구는커녕 걷지도 못할 테고, 수술을 받아도 분명 후유증이 남을 것이다.

다만 미사키가 잠든 후에 욕실에서 진행한 교체 작업은 상상 이상으로 힘들었다. 환풍기를 틀고 보호용 고무장갑, 안경, 마스크를 껴야 했고, 개별 포장을 뜯은 걸 들키지 않도록 접착제로 감쪽같이 붙이는 일도 여간 어려운 게 아니었다. 실패했을 때에 대비해 예비용 '뒤 엔드'를 미리 사놨지만 열 개들이라 문제였다. 너무 많이 실패한 탓에 예비용이 다 떨어져 결국 두 개밖에 바꿔치지 못했다. 즉 쉰여 개 중에 두 개에만 독극물이 든, 상당히 확률이 낮은 러시안룰렛이다.

하지만 료헤이가 호모라서 '뒤 엔드'를 사용한 게 아니라면 그 노력도 전부 허사였던 셈이다. 어제 아침에 내용물을 바꿔친 '뒤 엔드'를 료헤이의 사물함에 넣어뒀는데 장난인 줄 알고 버렸을지도 모르겠군. 젠장, 역시 즉흥적으로 판 함정은 효과가 없다니까…….

기자 감사합니다(웃음). 그럼 오늘은 이쯤에서…….

미즈사와 어, 저한테는 이상형을 안 물어보세요?

기자 아, 실례했습니다(웃음). 미즈사와 선수의 이상형은요?

미즈사와 글쎄요, 일단 음식 솜씨가 뛰어나고…….

우에다 아, 됐습니다. 이미 단념했대요(웃음).

기자 그런가요? 그럼 감사합니다. 고생 많으셨어요(웃음).

미즈사와 야, 인마!(웃음)

료헤이 이 자식, 꼴값 떨기는. 어떻게든 작살내고 싶지만 이제 방법이 없나.

우에다 아하하하(웃음).

아야야, 웃느라 배에 힘을 줬더니 살짝 찢어졌는지도 모르겠네. 인터뷰 끝나면 빨리 뒤 엔드 넣자. 그러고 보니 그저께는 클럽하우스 사물함에 깜박하고 갔지 뭐야. 오늘은 잊어버리지 말아야지.

두 선수는 라이벌이 아니었다. 아주 사이좋은 파트너였다. 환히 웃으며 때로는 개그 콤비 같은 응수를 보여주기도 했다. 기자를 포함한 수많은 팬들이 이 뛰어난 연계 능력을 월드컵 무대에서도 볼 수 있기를 바랄 것이다.

하지만 둘 중 하나만 국가대표 팀에 승선하더라도 남은 사람은 무조건 축복해줄 것이다. 왜냐하면 두 선수는 최고의 콤비니까.

히트 메이커

월간

The Third Talk

10월 호

직격 취재! 데뷔 5주년을 맞은 SML(에스엠엘)의 '전설로 가는 길'

SML(에스엠엘)

현재 인기 급상승 중인 록 밴드 SML. 홍일점 보컬 SHIORI(25), 베이스 MAKOTO(29), 기타 LICK(29) 3인조다.

올해 개최된 월드컵에 테마 송으로 쓰인 〈땀과 눈물〉이 처음으로 오리콘 싱글 차트 1위를 차지. 뒤이어 10월 7일에는 신곡 〈메시지〉가 발매되고 10월 10일부터는 첫 전국 투어 'SML END TO START'가 시작된다. 내년 봄에도 새 앨범을 발매할 예정이니 SML에게 데뷔 5주년을 맞은 올해는 크게 비약한 한 해라 할 수 있겠다.

도내의 한 음악 스튜디오에서 내년 앨범을 목표로 곡 작업에 여념이 없는 SML 세 사람, 그리고 그들을 음지에서 음으로 양으로 지원

하는 스태프들에게 지금의 심경과 앞으로의 전망을 들어보았다. 그리고 SML에 관한 다소 껄끄러운 그 질문까지 과감하게 던져보았다.

취재 다니가와 마이코 | **사진** 이마이 슈이치(SML 전속 사진작가)

기자 데뷔 5주년과 첫 오리콘 차트 1위 축하드립니다.

SHIORI(이하 S) 감사합니다.

MAKOTO(이하 M) 오 년 만에 여기까지 올 줄은 몰랐네요.

LICK(이하 L) 나는 셋이 뭉칠 때부터 여기까지 올 거라고 생각했는데(웃음).

기자 배짱이 두둑하셨군요(웃음). 그럼 SML을 결성한 경위부터 여쭤볼까요. 니가타 현에서 같은 고등학교를 다닌 LICK 씨와 MAKOTO 씨가 상경해 밴드 활동을 하는 도중에 이바라키 현에서 올라온 SHIORI 씨가 합류하신 거죠?

M 네. 원래 같은 학교 친구끼리 5인조로 활동하다 결국 저랑 LICK 둘만 남은 차에 솔로로 활동하던 SHIORI가 합류했어요. 그러니까 저랑 LICK은 오 년이 아니라 십오 년 가까이 한배를 탄 셈이죠.

정말 진저리 나게 질긴 인연이야. 고등학교 때 나를 괴롭혔던 리쿠오랑 이렇게까지 운명을 함께할 줄이야.

L 그때 마코토네 집이 악기점을 했던 것도 밴드를 결성하는 데 큰 영

향을 미쳤는데요. 우여곡절 끝에 우리 세 명이 남았네요. 저는 저희 세 명이야말로 이상적인 음을 추구해 연주하기 위한 베스트 멤버라고 생각합니다.

하지만 함께 올라온 멤버가 하나둘씩 빠져서 나랑 마코토만 남았을 때는 솔직히 언제 해체해도 이상할 것 없었지. 우리는 그렇게 사이가 좋은 편이 아니거든. 그대로 해체했으면 꿈을 포기하고 본가로 돌아갔으려나. 생각만 해도 섬뜩하네.

기자 세 분이 합심하여 데뷔한 지 고작 오 년 만에 폭넓은 세대에게 지지를 받는 인기 밴드로 급성장하셨는데요, 그 비결이 뭘까요?

M 일단 SHIORI의 목소리죠. 이 허스키한 음색은 아무도 흉내 낼 수 없으니까요.

그전까지 보컬을 맡았던 리쿠오의 노래는 처참했지. 노래도 기타도 쥐뿔 실력도 없는 주제에 둘 다 욕심내고 말이야. 촌 동네 양아치가 똘마니들을 데리고 결성한 밴드로 도쿄에서도 성공할 거라 믿었으니 정말 꼴통이라니까. 뭐, 따라간 나도 나지만.

L SHIORI가 쓰는 가사도 여성 팬을 확보하는 데 큰 힘을 발휘했고요.

마코토가 쓴 가사는 정말 꽝이었어. 어감은 후지지 감수성도 없지, 곡은 나름대로 괜찮았는데 가사를 입에 담기만 하면 글렀구나 싶더라니까. 뭐, 마코토에게 기타 코드 잡는 법부터 배운 내가 뭐라고 할 처지는 아니지만.

S 아니에요, 다 두 사람 덕분인걸요(웃음). 하지만 어쩌면 성공의 가장 큰 비결은 머리에 쏙 들어오는 밴드명과 멤버명이었는지도 모르겠네요. 저희는 멤버의 겉모습과 이름이 딱 일치하니까요.

기자 확실히, 아담한 여성 보컬 SHIORI 씨, 중간 키에 중간 몸집의 베이스 MAKOTO 씨, 키가 크고 체격이 좋은 기타 LICK 씨라는 멤버 구성은 외형이 그야말로 밴드명처럼 'S · M · L'이라 머리에 쏙 들어오네요. 밴드명과 멤버명을 정할 때 마찰은 없었나요?

S 네, 수월하게 정한 편이에요. 저희 본명을 바탕으로 이렇게 이름을 지으면 어떨까, 하는 아이디어가 떠올랐을 때 무심결에 주먹을 불끈 쥐었다니까요.

L 응, 나도 감탄했어. 참 대단하다 싶었다니까.

M 그랬었나.

야, 거짓말하지 마, 리쿠오! 나랑 시오리가 상의해서 아이디어를 내놓았을 때 넌 "밴드명과 멤버명을 세트로 인식시키다니, 대중에게 눈도장 받으려는 그런 짓은 하기 싫다"며 반대했잖아. 눈도장 받는 짓은 하기 싫다고? 그건 연주만으로도 충분히 팬을 매혹시킬 수 있는 실력자나 할 소리지, 고등학교 경음악부보다 조금 나은 수준인 너한테 그런 말을 할 자격은 없어. 더구나 그후에 '샤를 드 어쩌고' 하면서 기다란 프랑스어 이름을 밴드명으로 제안했잖아?

분명 옛날부터 좋아했던 라르크 앙 시엘에 영향받은 거겠지만, 안이하게 동경하는 사람을 흉내 내는 시점에서 이미 틀렸어. 나랑 시오리의 아이디어 덕분에 너도 뜬 거야. 기억해둬!

기자 그런데 SHIORI 씨와 MAKOTO 씨와 달리 LICK 씨만 이름이 외국풍이라 눈에 띄는 느낌이네요.

L 네, 뭐, 그냥 가벼운 기분으로 정했어요. SHIORI도 MAKOTO도 본명이니까 저는 좀 튀는 편이 낫지 않겠느냐고 해서.

M 아아, 그랬지.

또 거짓말! 누가 그딴 소릴 했다고. 나랑 시오리는 너도 본명인 'LIKUO'로 하는 게 좋겠다고 생각했어. 그런데 나랑 시오리 뜻에 밀려서 밴드명을 정한 게 아니꼬웠는지 'LICK'이라는 이름만은 양보할 수 없다고 고집을 부렸잖아. 릭은 개뿔. 본명은 쌀 농사꾼네 장남 같은 티가 풀풀 풍기는 '이다 리쿠오'면서. 그리고 그저 '릭'이라는 어감이 멋있게 느껴져서 그렇게 이름 지었겠지만, LICK은 '핥다'라는 뜻의 동사야. 영어권 사람한테는 네 이름이 '단짠 핥핥' 정도로 보일걸. 하나도 안 멋있어.

S 이름도 그렇지만 좋은 의미에서 통일감이 없는 게 저희 SML의 장점이라고 생각해요. 셋 다 똑같은 방향만 향하면 재미없잖아요.

L 맞아. 그런 자세가, 우리가 잘해나가는 비결일지도.

하지만 이름은 솔직히 지금도 마음에 안 들어. 시오리는 넘어가더라도, 마코토는 'MACK'이 단연 나아. 내가 LICK이고 마코토가 MACK. 라임이 딱 맞아떨어지잖아. 그런데 마코토는 무난하게 'MAKOTO'라는 본명을 사용했지. 그렇게 방어적인 태도가 나랑 달리 여자에게 인기가 없는 원인이라고.

M 각자의 개성을 존중하는 덕분에 새로운 음악이 끊임없이 나오는 것 같아요.

그러고 보니 리쿠오는 나한테도 'MACK'이라는 이름을 쓰라고 권했었지. 맥? 웃기고 있네. 내가 무슨 컴퓨터나 햄버거냐. 구리다고 솔직하게 한마디 하고 싶었지만, 리쿠오가 열 받으면 내가 이길 가망은 없으니 모가 나 보이지 않도록 거절하느라 어찌나 힘들었던지. 리쿠오가 멋지다고 여기는 건 죄다 초딩 수준이야.

기자 서로의 개성을 존중하는 그런 자세도 학교 친구끼리 결성한 밴드의 관계성에서 비롯된 건가요?

M 네, 그렇죠.

개성을 존중받은 적 없는데. 늘 짓눌려 흠칫흠칫 눈치를 보며 십오 년 가까이 지냈는걸. 고등학교에 입학하자마자 리쿠오 패거리의 괴롭힘과 협박에 못 이겨 강제로 밴드에 가입했고, 우리 악기점에서 반쯤 강탈하다시피 머릿수에 맞춰 악기를 조달했지. 게다가 연주도 할 줄 모르는 멤버들에게 레슨까지 해줘야 했어. 뭐, 그래도 그 결과 지금 이렇게 성공했으니 인생은 참 얄궂다니까.

L MAKOTO는 정말로 뭐든지 서로 이해하는 평생의 친구입니다. 성격이 어둡고 운동신경 빵점에 여자 눈을 보고 이야기도 못 하는 데다 철도 오타쿠. 따돌림당할 요소로 똘똘 뭉친 마코토를 밴드에 가입시켜 따돌림에서 구해준 게 나였어. 그런데 이 자식이 요즘 그 은혜를 잊어버린 것 같단 말이야. 뭐, 그래도 음악인 집안에서 자란 마코토가 없었다면 우리 밴드는 연주 한번 해보지도 못하고 해체했겠지만.

기자 그렇군요. 참 멋지십니다. 자, 그럼 이제 여러분의 최근 활약에 대해 이야기해볼까요. 뭐니 뭐니 해도 올해 월드컵 테마 송으로 사용된 〈땀과 눈물〉이 처음으로 오리콘 차트 1위를 차지한 걸 빼놓을 수 없을 텐데요.

M 월드컵 덕분에 지금까지 SML을 몰랐던 분들도 저희 노래를 접하시게 됐죠. 그게 히트로 이어진 게 아닐까 싶습니다.

S 국가대표 팀이 많이 이긴 것도 한몫했어요. 졌으면 이렇게 큰 인기는 못 얻었을 거예요(웃음).

기자 일본 축구 사상 최초로 월드컵 득점왕을 차지한 에이스 후지오카 다쓰아키 선수도 대회 전에 〈땀과 눈물〉을 듣고 "노래가 엄청 좋아서 기운이 팍팍 솟는다"라고 트위터에 올렸죠.

S 정말 기쁘네요. 저희야말로 감사를 드리고 싶은걸요. 대회 전에 선수가 두 명이나 빠져서 힘들었을 텐데, 후지오카 선수가 열심히 해서

일본이 이긴 거잖아요.

M 맞아. 대표 후보였던 펠자나 후나바시의 공격수 두 명이 금지 약물 사용과 하반신에 원인 불명의 병이 들었다는 이유로 출전이 무산되는 바람에, 처음에는 공격수 자원이 부족하지 않나 염려됐어. 하지만 후지오카 선수가 대활약해준 덕분에 살았지.

L 결국 후지오카 선수가 전 경기에 출전했으니까 후보 선수는 필요 없었던 셈이네.

M 아무튼 〈땀과 눈물〉이 후지오카 선수, 그리고 국가대표 팀 여러분 모두에게 힘이 됐다니 기쁘네요. 저희가 보기에도 가사와 곡이 딱 맞물리는 회심의 작품이었거든요.

L 우리가 자신 있게 내놓은 노래가 국가대표 팀의 순항과 함께 전국에 울려 퍼지다니, 운명적인 뭔가가 느껴지네요. 이로써 우리는 일본 음악계의 전설에 한 발짝 더 다가선 게 아닐까(웃음).

기자 그렇군요. LICK 씨는 최근에 다른 잡지와의 인터뷰에서도 "전설을 목표로 한다"고 공언하셨는데요. 최근에 뭔가 심경의 변화라도 있으셨나요?

L 아니요, 우리는 데뷔 전부터 일본 음악사에 남을 전설이 되는 걸 목표로 활동해왔어요. 그 마음은 셋 다 변함없을 겁니다.

M 네, 그럼요.

아아, 리쿠오의 전설병이 도졌네. 데뷔 당시는 입도 벙긋 안 했으면서 요 반년 사이에 툭하면 그런 말을 꺼낸단 말이야. 분명 후지오카 선수에게 영향을 받아 떠버리 행세를 하는 거겠지. 리쿠오는 옛날부터 팔랑귀였으니까. 하지만 리쿠오, 그런 떠버리들은 성공하기 전부터 장래의 성공을 그리면서 큰소리를 탕탕 쳐. 너처럼 성공하고 나서 갑자기 큰소리를 치면 그냥 잘난 척하는 걸로 보인다고. 오늘도 인터뷰에 지각하질 않나, 자꾸 그러면 건방지다는 인상이 강해지잖아. 그리고 제발 우리까지 끌어들이지는 마라.

기자 떠버리라는 비판에도 개의치 않고 당당하게 목표를 발언한다, 다른 젊은 아티스트에게서는 찾아보기 힘든 당찬 자세로군요.

S 네. 물론 겸허함을 잊어서는 안 되겠지만, 할 말은 똑똑히 하자는 게 저희 방침이에요.

M 네, 바로 그렇습니다.

어휴. 시오리가 착하니까 리쿠오에게 맞춰주고 있지만, 실은 무리하는 거겠지. 시오리는 이렇게 막무가내로 구는 남자를 질색하니까.

기자 SML의 노래는 대부분 '작사 SHIORI 작곡 SML'인데요, 곡 작업은 어떤 식으로 하시나요?

M 기본적으로는 이렇게 인디 시절부터 사용하던 스튜디오에 틀어박혀 오로지 음을 자아내는 느낌이죠. 곡 작업을 할 때는 친한 스태프도 거의 안 들어옵니다. 완전히 저희 셋만의 세계예요.

S 셋이서 합을 맞추다가 '지금 멜로디 괜찮다' 싶으면 MAKOTO가 악보에 옮기는 식이죠. 저랑 LICK은 악보랑 안 친해서요(웃음).

기자 아, 그런가요.

M 보컬과 기타는 악보를 못 읽어도 맡을 수 있거든요. 보컬은 당연히 가창력만 좋으면 되고, 기타는 코드만 알면 되니까요.

리쿠오는 코드를 제대로 이해하는지도 의문이지만.

기자 곡 작업은 하루에 얼마나 하시나요?

M 시간 가는 줄 모르고 몰두하면 열 시간 넘게 할 때도 있어요.

기자 열 시간도 넘게! 힘들지 않으세요?

L 물론 힘들 때도 있지만 음악은 자식 같은 거니까요. 공을 들일수록 착한 아이로 자라고, 그렇다고 공을 너무 들이면 응석받이가 되기도 하죠. 하지만 아예 내팽개치면 비뚤어지잖아요.

M 아무렴.

야, 리쿠오. 지금 그 비유 괜찮겠어? 음악하고는 상관없이 아이 키우는 이야기가 돼버렸잖아. 기자가 물고 늘어지면 혼자 잘 처리할 수 있는 거지? 넌 말하는 도중에 문맥을 놓치고 횡설수설하는 나쁜 버릇이 있다니까. 제발 그냥 넘어가라⋯⋯.

기자 하아, 그렇군요. ⋯⋯응석받이 음악이나 비뚤어진 음악은 구체적으로 뭘 말씀하시는 건가요?

M LICK은 가끔 이렇게 독특한 표현을 사용한다니까요.

젠장, 물고 늘어졌네! 야, 리쿠오, 빨리 알아서 처리해.

L 보통 사람은 이해하기 좀 힘들지도 모르지만, 응석받이 곡은 창작하는 중에 사운드가 들러붙는 느낌이 든다거나, 반대로 비뚤어진 곡은 코드나 멜로디를 연주하자마자 멀어진다거나, 그렇듯 민감한 애로사항이 발생할 때가 있죠.

휴, 위험했다. 말하면서 나도 무슨 소리를 하는지 헷갈렸는데, 간신히 둘러댔네.

M 과연, 심오하네.

뭐? 무슨 소린지 하나도 모르겠어! 여전히 횡설수설이잖아! 커버하는 이쪽 입장도 생각 좀 해라!

기자 이야…… 저희 같은 사람은 쉽게 이해 못 할 고생도 많군요. 그나저나 그렇게 오래 작업하시면 밤늦게야 집에 가시겠어요.

S 그럴 때는 스튜디오에서 자기도 해요. 침낭도 항상 준비해놓는답니다(웃음).

기자 정말요? 걱정 안 되세요? 남자 두 명에 여자 한 명이면…….

S 괜찮아요. 그런 늑대들이 아니니까(웃음).

M 남자가 두 명에 여자 한 명이라 그런지 색안경을 끼고 볼 때가 많지만, 저희는 어디까지나 이상적인 음악을 추구하기 위해 모였습니다. 기자님이 상상하는 그런 일은 절대로 없어요.

어휴, 기자들이란 이런 질문을 던질 기회만 호시탐탐 기회를 노린

다니까. 짜증나게.

기자 정말 실례했습니다.

S MAKOTO, 기자님을 괴롭히면 안 돼(웃음).

M 괴롭히기는(웃음). 뭐, 그런 질문에는 익숙하니까 넘어가죠.
아냐, 시오리. 이럴 때는 한번 따끔하게 짚고 넘어가는 편이 좋다고.

뭐, 우리처럼 여자 하나에 남자가 여러 명인 밴드는 다들 옛날부터 비슷한 고생을 했겠지만. 사람들은 이런 밴드를 보면 멤버 사이에 남녀관계가 있는 것 아니냐고 속물적인 호기심을 품거든. 정말이지 하나같이 천박하기 짝이 없다니까. 왜 밴드를 볼 때 퍼포먼스에만 집중하지 않는 거야. 정말 용서가 안 돼!

하긴 뭐…… 나랑 시오리는 정말로 사귀지만.

교제를 시작한 지 일 년 남짓 됐다.

하지만 사실 난 처음 만났을 때부터 시오리에게 몰래 마음을 품었다.

시오리는 그야말로 눈앞에 내려온 천사 같았다.

오 년 전. 밴드 멤버가 하나씩 탈퇴해 결국 나와 리쿠오 둘만 남았다. 솔직히 그냥 놔뒀으면 기껏해야 몇 달 안에 해체했을 텐데.

그런 와중에 솔로로 활동하던 시오리와 처음으로 같은 라이브하우스에 섰다. 허스키하면서도 고음까지 힘차게 뽑아내는 목소리에 덤으로 외모까지 귀여워 나는 한순간에 시오리의 포로가 됐다. 이런 보컬이 우리 밴드에 들어오면 얼마나 좋을까 싶어 밑져야 본전으로 내가 제안하자 뜻밖에도 시오리는 대번에 승낙했다. 그 순간 캄캄했던 내 미래에 희망의 빛이 비쳤다.

그리고 SML을 결성. 그후는 순풍에 돛 단 듯했다.

바로 메이저 데뷔가 결정됐고, 라이브 공연을 할 때마다 팬이 늘어났다. 난생처음으로 팬에게 사인을 요청받았고, 난생처음으로 우리 곡이 CD로 발매됐고, 난생처음으로 단독 콘서트를 열어 대성공했고, 난생처음으로 텔레비전까지 출연했고…… 마치 꿈을 꾸는 것 같았다.

그런 꿈같은 기분에 취해 나는 작년 어느 밤, 내내 숨겨온 마음을 시오리에게 전화로 고백했다.

냉정하게 생각했다면 절대로 그런 짓은 못 했을 것이다. 내 고백에 시오리가 기분이 상해 내부 균열이 생길 가능성도 있었으니까. 꿈같이 행복한 나날이 거기서 끝날 수도 있었으니까.

하지만 시오리는 내 마음을 받아주었다.

지금도 절실히 느낀다. 그날 밤 냉정하지 않길 잘했다고.

한층 커진 꿈같은 행복은 지금도 이어지고 있다.

나는 늦된 편이라 시오리와 첫 키스 하는 데도 반년이 걸렸다.

앞장서서 리드하지 않는 이런 성격을 싫어하는 사람도 있다. 실제로 과거에 연애가 잘 풀린 적은 한 번도 없다.

하지만 시오리는 내 섬세하고 다정한 면이 좋다고 말해주었다. "막무가내로 밀어붙이는 남자는 거북해"라고도 말했다. 내게는 실로 고마운 말이었다.

나도 시오리도 술은 거의 안 마시고, 밤 문화도 즐기지 않는다. 쫑파티에는 어쩔 수 없이 참석하지만 방에서 음악을 듣거나 책을 읽거나 게임을 하거나 철도 모형 디오라마를 만드는 게 마음 편한 타입이다.

시오리는 아직 철도 초심자지만, 데쓰코◆가 될 자질은 충분하다. 왜냐하면 지난달 사귄 지 일 년 되는 날에 시오리가 증기기관차 C62 모형을 선물해주었기 때문이다.

그것도 평범한 모형이 아니다. 지금 은근히 유행하는 '쇼와 레트로 초콜릿'이라는 과자에서만 얻을 수 있는 희귀한 물건이다. '쇼와 레트로 초콜릿'은 삼백 엔도 안 되는 가격에 흑백텔레비전, 삼륜 트럭 등 쇼와시대를 상징하는 가전제품과 탈것의 정교한 모형이 들어 있어 현재 인기를 누리는 중인데, 증기기관차 모형도 그중 하나다.

◆ 鉄子. 여자 철도 팬의 속칭.

증기기관차 모형은 대부분 D51로 전체의 20분의 1 확률로 나온다고 한다. 하지만 증기기관차 시대 말기의 최고 걸작인 C62는 유명한 양산형 증기기관차 D51에 비해 훨씬 생산량이 적었던 만큼 '쇼와 레트로 초콜릿'에도 D51의 20분의 1, 즉 초콜릿 사백 통에 하나밖에 안 들어 있는 아주 희귀한 물건이다. 나도 명색이 철도 팬인데 무시할 수는 없어 전부터 은밀히 입수를 꾀했지만, 너무 희귀한 탓에 인터넷 경매 사이트에서도 찾아볼 수 없을 정도라 결국 포기했다.

희귀 아이템인 C62 모형에 대해 예전에 시오리에게 이야기한 적은 있지만, 설마 시오리가 그걸 기억하고 있다가 1주년 선물로 줄 줄은 꿈에도 몰랐다. 손에 넣기 아주 힘들었으리라. 시오리가 곁에 있어주는 것만으로도 충분히 고마운데, 날 위해 바쁜 와중에도 노고를 아끼지 않은 것이다. 정말로 시오리는 내 천사다.

한편 나는 시오리에게 <샤이닝 일레븐>이라는 게임의 최신작을 선물했다. 월드컵 때문에 흥미가 생겼는지 시오리는 전부터 축구 게임 소프트를 가지고 싶어 했다.

솔직히 C62에 비해 입수하기가 훨씬 간단하다. 게임 소프트 매장에 예약만 하면 되는 물건이라 건네기가 민망했지만 시오리는 아주 기뻐했다. 내가 선물을 내밀자 시오리는 내 품에 안겨 촉촉하게 젖은 눈으로 바라보며 "마코토가 세상에서 제일 좋아" 하고 귓가에 속삭였다. 그 순간 뼈까지 녹아버릴 만큼 시오리가 사랑스럽게 느껴졌다.

그러고 나서 우리는 처음으로 육체관계를 가졌다.

시오리에게는 말하지 않았지만 나는 그게 첫 경험이었다. 아니, 엄밀하게 따지자면 시오리와 만나기 전에 윤락업소에 가서 엄마뻘 되는 여자와 딱 한 번 몸을 섞었지만, 다음 날부터 고름이 나와서 지옥을 경험했으므로 개인적으로는 완전히 없었던 일 취급하고 있다. 그러므로 내게 첫 여자는 시오리다.

스물아홉 살의 나이에, 사귄 지 일 년이나 지나서야 첫 경험을 했으니 역시 늦은 편일까.

아아, 그러고 보니 이제 곧 시오리의 생일이네. 이번에는 뭘 선물할까……. 선물의 보답으로 또 잠자리를 기대하는 건 아니다. 아니, 그런 기대가 아예 없다고 하면 거짓말이지만 나는 그보다도 순수하게 시오리가 기뻐하는 얼굴을 보고 싶다. 시오리의 행복은 곧 내 행복이다. 이런 게 바로 순애겠지.

다만 우리 앞길에는 넘어야 할 벽이 있다.

현재 나와 시오리의 관계는 소속사에도, 그리고 리쿠오에게도 알리지 않았다.

뭐, 소속사에는 쉽게 들키지 않을 것이다. 사원의 눈앞에서 입이라도 맞추면 모를까, 같은 밴드인 나와 시오리가 다소 친밀하게 이야기한들 남녀관계라고 의심하지는 않을 테니.

문제는 리쿠오다.

누구보다 우리와 오래 알고 지냈고, 누구보다 우리 가까이에 있는 녀석은 우리 관계가 변했다는 걸 눈치챌지도 모른다. 그때 리쿠오는 어떻게 반응할까. 뜻밖에 선선히 축복해주면 좋겠지만 일이 그렇게 잘 풀리지는 않을 것 같다. 다소 삐걱거리기는 하겠지.

최악의 경우 셋이서 활동하기 힘들어질지도 모른다. 실제로 그런 문제로 해체한 남녀 혼성밴드는 얼마든지 있다.

하지만 나는 시오리와 결혼까지 진지하게 고려하고 있다. 그러니까 각오도 했다.

만약 우리 관계가 들통나서 함께 활동하기가 힘들어지면 리쿠오에게 탈퇴해달라고 할 생각이다. 물론 리쿠오가 쉽게 받아들일 리 없다. 자칫하면 두드려 맞을지도 모른다. 하지만 시오리를 위해서라면 뼈 한두 대쯤 부러져도 상관없다.

그래서 리쿠오가 탈퇴하면 시오리와 결혼해 둘이서 활동하면 된다.

하지만 정말 그렇게 되면 밴드명 때문에 애먹겠는데.

'SML'에서 LICK이 빠지면 'SM'이니까.

부부 밴드의 이름이 'SM'이면 곤란하겠지. 미풍양속에 반하는 느낌이잖아. 일단 공영방송인 NHK에는 출연 못 하겠군. 지금부터

LICK이 탈퇴한 후의 밴드명을 진지하게 생각해봐야겠어…….

기자 그럼 지금부터는 신곡 〈메시지〉에 대해 자세하게 여쭤보겠습니다. 이 곡의 특징은 1절과 2절 가사 분위기가 다른데 전체를 통틀어 하나의 드라마가 펼쳐지는 점인데요. 일단 1절 도입부는,

"봤어? 너에게 보낸 메시지 / 말했을 텐데 날 무시하지 말라고 / 행복한 나날 떠올리네 / 불행이 잊혀져 가도록"

이렇게 실연의 예감이 들면서도 어떻게든 긍정적인 태도를 유지하는 내용입니다. 그런데 2절은,

"모두 끝 너하곤 말이 안 통해 / 넌 모를걸 나와의 관계 끝났는지도 / 죽어도 안 만나 다시는 / 잘 있어 그럼 안녕 영원히"

처음부터 실연의 감정을 노래하고 있어요. 더불어 2절 도입부 가사는 전부 히라가나로 표기했는데요. 여기에는 어떤 의도가 있으셨나요?

S 한자 없이 전부 히라가나로만 써서 실연했을 때의 아무것도 손에 잡히지 않는 심정을 표현해봤어요.

기자 그렇군요. 확실히 듣고 보니 알 것 같아요. 머릿속이 텅 빈 상태랄까, 뭘 생각하려도 생각이 정리되지 않는 느낌이죠.

S 네, 그거예요. 저도 그런 경험이 있으니까 그때를 떠올리며 이런 식으로 표현해봤죠.

기자 그런데 그후에는 “나 잘 사는 게 가장 큰 복수 / 지워야지 우리가 주고받은 메시지도” 하고 다시 한자가 들어갔어요. 실연을 극복하고 새로운 한 걸음을 내디디려는 여성의 마음이 여기에 실로 뚜렷하게 표현되어 있네요.

S 저도 과거의 실연을 극복하고 지금은 근사한 연애를 하고 있으니까요(웃음).

기자 어머, 귀가 솔깃한 말씀이신데요. 괜찮다면 좀더 자세하게 듣고 싶은걸요(웃음).

M 야, SHIORI, 그렇게 말하니까 또 오해를 받잖아(웃음).

어우, 불안해라. 시오리는 가끔 우리 관계를 은연중에 암시한다니까. 하지만 아직 참아, 시오리. 조만간 당당하게 발표할 날이 올 테니까.

L 사람들에게 하고 싶은 말이 있는데요. 우리 사이를 오해하는 시선이나 저속한 호기심이 우리의 창조성을 방해한다는 걸 알아줬으면 해요. 아까 MAKOTO도 말했지만 우리는 음악을 추구하기 위해 모인 겁니다. 멤버끼리 알콩달콩 사랑을 키우려는 생각은 털끝만큼도 없어요. 우리가 새로운 음악을 탄생시켜 전설로 나아가는 과정을 방해하지 말았으면 해요.

시오리 이 녀석, 기자가 물고 늘어질 빌미를 주다니 무슨 생각이야.

일일이 시오리의 말끝을 잡는 이 아줌마도 짜증 나. 앞으로는 이런 취재에서 기자가 조금이라도 가십거리 쪽으로 이야기를 몰고 가면 록 가수답게 성질을 부리고 도중에 돌아가는 것도 좋을지 모르겠군.

그래, 지금 성질을 부릴까. 의자를 걷어차며 '못해먹겠네!' 하고 고함을 지르고 스튜디오를 뛰쳐나가…….

아니, 그만두자.

그런 짓을 했다간 가까운 장래에 그 뉴스가 나왔을 때 주변 사람들이 기가 찬다는 눈으로 볼 테니까.

'뭐야, LICK 이 자식, SHIORI와 그렇고 그런 사이 아니냐고 의심받고 열 받아서 취재를 중단한 적 있었으면서 결국 SHIORI랑 결혼했잖아' 하면서.

시오리랑 사귄 지 벌써 이 년도 넘었다.

마코토는 물론이고, 매니저와 소속사 관계자를 포함해 누구에게도 우리 관계를 밝히지 않았다.

솔직히 오 년 전에 시오리를 처음 만났을 때부터 괜찮은 여자라고 생각했다. 성격도 좋고 예쁘게 생겼다. 딱 잘라 말해 자고 싶었다. 그래도 시오리의 재능을 세상에 내놓는 것이 먼저라고 생각해 욕망을 꾹 억눌렀지만 뭐, 삼 년이 한계였지. 결국 재작년 단둘이 한잔하러 갔을 때 술기운을 빌려 고백했더니 시오리가 받아들여줘서 그날 밤에 침대로 골인했지.

세상에는 키스를 하려도 몇 번이고 데이트를 하며 진도를 빼야 하는 성가신 여자도 있지만 시오리는 안 그렇다. 남자와 여자는 본능이 이끄는 대로 갈구해야 비로소 서로 이해할 수 있다는 걸 잘 알거든. 지금도 단둘이 만날 때면 꼭 잠자리를 가지는걸. 시오리는 저래 보여도 날 잡아 잡수 하는 면이 있어서 나 같은 상남자가 터프하게 밀어붙이면 껌벅 죽는다고.

그러고 보니 두 달 전 사귄 지 이 년 되는 날에 시오리가 요즘 화제에 오른 '슈퍼 코어'라는 복근 운동기구를 선물했지. 육체미를 드러내는 내 기타 솔로는 팬들에게도 인기니까.

나는 기념일이나 선물에는 무관심한 사람이라 그날도 싹 까먹고 있었지만, 시오리는 남자 친구가 기념일을 잊어버렸다고 불쾌해하는 귀찮은 여자가 아니다. 하지만 나도 그렇게 무정한 놈은 아니거든. 보름쯤 후에 시오리가 전부터 마시고 싶어 하던 고급 고구마 소주 '모리우조'를 선물했지.

나도 시오리도 술을 좋아하지만 나는 고구마 소주가 별로라서 시오리가 모리우조를 마셔보고 싶다는 걸 계속 흘려 넘겼거든. 하지만 무관심한 척하면서 실은 유념해뒀지. 언젠가 깜짝 선물을 해주려고.

그날 시오리 집 현관에서 느닷없이 모리우조를 내밀자 시오리는 감격해서 눈물까지 글썽거리며 내게 폭 안겨 "리쿠오가 세상에서 제일 좋아" 하고 속삭였지. 나도 그때는 몸이 찌르르할 만큼 기뻤어. 물론 그후에는 평소보다 더 뜨거운 밤을 보냈고.

아, 그러고 보니 곧 시오리 생일이구나. 깜짝 선물을 한 지 얼마 안 됐지만 뭔가 선물하는 편이 좋겠지. 뭐가 좋을까……. 그것참, 나답지 않게 기념일과 선물을 챙기게 됐네.

이제 슬슬 각오를 해두는 게 좋겠어.

이대로 시오리와의 관계가 깊어지면 언젠가는 마코토에게 들킬 것이다. 마코토는 옛날부터 여자에 숙맥이었고 연애 경험도 거의 없다. 어쩌면 아직 동정일지도 모른다. 한편 시오리는 누구에게나 다정하고 배려심이 있는 여자다. 그러니까 시오리가 자기를 좋아하는 게 아닐까 마코토가 착각할 가능성도 있다.

실제로 요즘 시오리를 보는 마코토의 눈빛이 조금 달라졌어. 이 자식, 고1 때 같은 반 여자애를 짝사랑했을 때도 눈빛이 이랬는데. 뭐, 그때는 우리가 마코토의 신발장에 그 여자애 이름으로 넣어둔 가짜 러브레터에 마코토가 된통 낚였지. 편지에서 시키는 대로 수업을 마치고 체육관 뒤로 왔다가 기다리고 있던 우리의 폭소에 충격을 받았는지 사흘이나 학교를 쉬었잖아.

그런 마코토가 만약 정말로 시오리에게 반했는데, 실은 나랑 시오리가 사귄다는 걸 알면 충격으로 SML을 그만두겠다고 할지도 몰라.

하지만…… 그럼 어쩔 수 없지. 나는 우정보다 사랑을 택할 거야.

다만 그럴 경우 밴드명을 어떻게 하느냐는 고민이 생긴다.

'SML'에서 MAKOTO가 빠지면 'SL'이라는 무슨 기차 같은 이름이 되잖아◆. 그렇지만 나도 시오리도 철도에는 전혀 흥미 없고 탈퇴한 마코토가 철도 마니아니까, 탈퇴한 멤버의 취미를 밴드명으로 삼아 여봐란 듯이 비꼬는 인상을 줄 텐데.

그러니 지금부터 나랑 시오리의 신생 밴드 이름을 생각해둬야겠어. 원래 SML이라는 이름은 마음에 안 들었으니까 이왕이면 내 마음에 쏙 드는 이름을 붙여야겠다. 음, 뭐가 좋을까. 역시 일단은 프랑스어로…….

S 에이, 너무 까칠하게 굴지 마, LICK(웃음). 죄송해요, 신곡 이야기 계속하죠(웃음).

기자 죄송합니다, 감사해요. 그럼 다시 〈메시지〉의 가사로 돌아가서, 1절과 2절의 후렴도 대조적이잖아요. 1절 후렴은,

"감사해 우리에게 주어진 날들 / 밝게 웃으며 라라라 / 너에게 다시 돌아갈게 빨리"

◆ SL은 증기기관차(Steam Locomotive)를 가리키는 말이다.

이렇듯 연인과의 관계를 재건하려는 듯한 느낌의 가사예요. 한편 2절 후렴은,

“크고 기운찬 목소리로 다짐하자 / 힘들어도 이제 웃자고 / 웃다가 보면 이 원망도 잊겠지”

이렇게 실연의 상처와 연인에게 품은 원망을 극복하려는 가사죠. 멜로디는 같지만 인상은 완전히 다르네요.

S 맞아요. 제 나름대로 곡 속에서 스토리를 잘 펼쳐낸 것 같아요.

기자 그리고 지금까지는 2절 후렴 후에 간주가 나오고 마지막에 후렴이 한 번 더 삽입되는 구성이 많았었는데요, 이번에는 2절 후렴 후에 비교적 밋밋하게 끝나는군요.

S 이번에는 화려한 기타 솔로를 줄이고 가지런하니 차분한 노래로 만들고 싶었거든요. 안심되는 연상 남자와의 연애를 떠올리며 가사를 썼죠.

기자 아아, 그렇군요…….

M 어휴, 시오리가 연애를 암시하는 말을 하니까 또 기자님의 표정이 의미심장해졌잖아(웃음).

시오리도 참, “안심되는 연상 남자와의 연애를 떠올리며 가사를 썼다”니 우리 관계를 자꾸 드러내려 하면 안 돼. 진짜 조마조마하네.

L 아, 진짜다(웃음).

야, 시오리. “연상 남자와의 연애를 떠올리며 가사를 썼다”니 우리

관계를 티 내지 마. 정말 간 떨어지게 만드네.

기자 아니요, 그럴 마음은 없었는데요(웃음).

L 봐, 안자이 씨의 시선도 흔들리고 있어(웃음).

S 아, 죄송해요. 안자이 씨(웃음).

매니저 안자이 이거, 불안 초조하네요(웃음).

정말 속이 바싹바싹 탄다.

시오리의 천진난만한 캐릭터와 젊고 외모도 비교적 괜찮은 남녀 세 명의 연애로 발전할지도 모르는 관계성도 판매 전략의 일부기는 하지만, 오늘 시오리는 특히 문제 소지가 있는 발언을 많이 하는군. 나중에 주의를 줘야겠어.

"지금은 근사한 연애를 하고 있다"거나 "안심되는 연상 남자와의 연애를 떠올리며 가사를 썼다"고 하면 나랑 시오리의 관계가 들통날지도 모르니까.

이런 짓을 하다니 매니저 실격이라는 자각은 있다. 이혼을 경험한 오십 대가 담당 가수와, 그것도 자식만큼 어린 애와 벌써 삼 년이나 사귀고 있으니까. 만약 외부에 드러나면 엄청난 스캔들로 발전하겠지.

시오리와는 젊은 아티스트들이 모이는 라이브하우스에서 처음 만났다. 허스키한 목소리로 뽑아내는 독특한 고음을 듣고 시오리에게 한눈에 반해, 아니 한 귀에 반해 바로 스카우트했다. 물론 그때는 어디까지나 시오리의 재능에 반했을 뿐 연애 대상으로 보지는 않았지만, 삼 년 전 술김에 관계를 가진 후로 죽고 못 사는 사이가 됐다.

나같이 나이가 두 배도 넘는 남자를 받아준 걸로 보아, 시오리는 포용력이 있고 응석을 받아주는 아버지 같은 남자를 좋아하는 모양이다. 시오리가 싱글맘 밑에서 자란 것도 영향을 주었는지 모르겠다. 날 '아빠'라고 부르며 어리광도 부린다.

하지만 내가 기념일을 깜박하면 시오리는 어린애처럼 토라진다. '첫 데이트 기념일', '첫 키스 기념일', '첫 관계 기념일' 정도라면 기억하겠지만, '시오리가 처음으로 내게 요리를 만들어주고 칭찬받은 기념일', '시오리 혼자서는 깰 수 없어 포기한 비디오게임 최종 보스를 나와 협력하여 깬 기념일', '둘이서 호러 영화 DVD를 봤는데 겁에 질린 내 얼굴이 아주 웃겼던 기념일' 같은 건 도저히 다 기억 못 한다. 게다가 나이를 먹어 건망증이 심해진 탓에 늘 시오리를 토라지게 만든다. 시오리는 한번 토라지면 뭔가 선물해줘야 기분이 풀어진다. 뭐, 그렇게 토라진 모습도 귀엽지만.

석 달 전에도 '작년에 둘이서 <4번지의 석양> 삼부작 DVD를 한 번에 보고 감동한 기념일'을 내가 잊어버리는 바람에 시오리가 토라졌다. 나는 애당초 그런 기념일이 있다는 것 자체를 몰랐고, 둘이서 <4번지의 석양>이라는 영화를 본 건 어렴풋이 기억하지만 자세한 스토리도, 시오리가 그렇게 감동받았다는 것도 잊어버렸다.

하지만 시오리의 기분이 영 풀리지 않아서 하는 수 없이 갖고 싶은 선물이 있느냐고 물어보았다. 그러자 시오리는 최근에 출시되어 인기를 끌고 있다는 '쇼와 레트로 초콜릿'이라는, 경품이 든 과자를 오백 개나 사달라고 요구했다.

시오리는 쇼와시대 고도 경제성장기를 그린 <4번지의 석양>에 영향을 받아 편의점에서 그걸 사 먹어보고 옛날 초콜릿 맛과 경품으로 들어 있는 모형에 푹 빠졌다고 한다. 과자를 좋아하다 보니 시오리는 예전에도 과자를 너무 먹어 살이 찐 적이 있다. 그때는 매니저로서 주의를 주었지만 이번에는 시오리의 부탁을 거절할 수 없었다.

다행히 초콜릿을 출시한 회사가 우리 회사랑 거래를 하는 곳이라 오백 개를 한꺼번에 시오리의 집으로 보내줄 수 있었다. 물론 대금은 내가 치렀다. 십오만 엔 가까운 돈이 나갔지만, 그걸로 시오리의 기분이 풀린다면 싸게 치르는 셈이었다.

선물이 도착하자 시오리는 기분이 싹 풀렸는지 다음 날 회사에서 만났을 때 남의 눈에 띄지 않는 복도 안쪽에서 내게 안겨 "아빠가 세상에서 제일 좋아" 하고 말해주었다. 이른바 츤데레◆, 혹은 소악마◆◆라는 건가. 이러니까 살살 녹는 거다. 아아, 그러고 보니 이제 곧 시오리의 생일이네. 올해는 투어중이겠군. 바쁘겠지만 선물을 깜박하면 시오리가 토라져서 공연에 지장이 있을지도 몰라. 절대로 잊어버리지 않도록 조심해야지.

하지만 시오리가 그렇게 까탈을 부리며 나를 쥐고 흔들기만 하는 것은 아니다. 나를 챙겨줄 때도 있다.

지난달도 고급 고구마 소주 '모리우조'를 불쑥 선물해주었다. 마시고 싶었지만 엄두가 나지 않았던 술이다. 시오리 앞에서 그 소주 이야기를 한 적이 있었나 싶었는데, 대화를 나누다 잠깐 나온 말을 기억해두었다고 한다. 게다가 시오리는 고구마 소주를 별로 안 좋아하는데도 날 위해 일부러 사주었다. 누가 츤데레 아니랄까 봐.

SML의 매니저로서 남들 앞에서는 절대로 이런 말 못 하지만, 마코토와 리쿠오는 어찌되든 알 바 아니다. 시오리만 빛나면 된다. 실제로 SML의 인기는 대부분 시오리에게서 비롯된다. 시오리는 솔로로도 잘나갈 것이다.

어쩌면 이제 슬슬 시오리 마음속에도 독립하겠다는 의지가 싹트고 있는지도 모르겠다.

요즘 들어 시오리는 일에서도 까탈을 부리기 시작했다. 곧 시작

◆ 까칠하면서도 다정한 측면을 지닌 캐릭터를 가리키는 용어.

◆◆ 자신의 매력으로 남자를 쥐락 펴락 하는 여자를 가리키는 용어.

될 전국 투어 제목과 연출에 관해서도 스태프 의견에 귀를 기울이지 않고 자기 의견을 관철시키려고 한다. 사생활만이라면 모를까, 직장에서도 휘둘리면 주변에 좋은 본보기가 못 되므로 곤란하다.

그런 시오리의 태도에 일말의 불안을 느끼는 것도 사실이다.

하지만 마음속 깊은 곳에서는 이 소악마에게 휘둘리기를 바라는지도 모르지…….

M 뭐, 어쨌든 신곡 〈메시지〉는 SML이 지금까지 내놓은 대중적인 발라드의 흐름에서 벗어났고, SHIORI도 가사의 새로운 영역에 도전했어요. 그러니 SML의 또 다른 일면을 보실 수 있을 겁니다.

L SHIORI가 새로운 방향으로 변화를 꾀하는 건 우리도 금방 알았어요. 가족이나 마찬가지니까요.

기자 확실히 스태프도 포함해 SML에서는 강한 유대감이 느껴집니다. 그러고 보면 오늘 사진작가님도 SML 전속이시죠.

M 맞아요. 오늘 같은 잡지 사진 외에 투어나 콘서트 사진, 홈페이지에 올릴 사진도 전부 전속 사진작가인 이마이가 찍어주죠.

S 매번 바뀌기보다 계속 함께하는 사람이어야 저희의 민낯에 가까운 부분을 좀더 잘 포착해서 팬 여러분께 전해드릴 수 있을 테니까요.

사진작가 이마이 일거리가 안정적으로 들어오니까 제 입장에서도 도움이 됩니다(웃음).

내가 지금 사진작가로 활동할 수 있는 건 전부 SML 덕분이야.

정말 감사할 따름이야. 고마워, 시오리.

너랑 결혼하길 잘했어. 진심이야.

처음에는 설마 시오리가 이렇게 스타가 될 줄은 몰랐지. 그때는 아직 SML로 데뷔하기 전이었으니까.

시오리가 라이브하우스에서 솔로로 노래하던 무렵, 업무차 왔던 나하고 쫑파티에서 술을 마시다 의기투합해 사귀기 시작했지. 사귄 지 반년도 지나기 전에 그냥 분위기에 휩쓸려서 결혼했어. 그 시절은 정말 아무 생각도 없이 살았거든. 뭐, 아마 시오리도 그랬으니까 나랑 결혼했겠지만.

결혼한 지 육 년쯤 지났지만 우리 부부는 여전히 금슬이 좋아. 시오리는 옛날과 비교도 안 될 만큼 바빠졌지만, 지금도 생일과 결혼기념일만은 반드시 함께 축하해. 그저께 내 스물다섯 살 생일에는 시오리가 내가 좋아하는 축구 게임 <샤이닝 일레븐> 최신작을 줬어. 너무 푹 빠져서 실은 어제도 잠을 거의 안 잤다니까.

아, 그러고 보니 시오리 생일이 얼마 안 남았네. 나보다 한 살 많으니까 이제 스물여섯 살인가. 뭘 선물할까. 작년에는 배에 군살이 붙은 걸 신경 쓰던 시오리에게 최신형 복근 운동기구 '슈퍼 코어'를 선물했지. 반쯤 농담 삼아 준 선물인데도 시오리는 내게 안겨

"슈이치가 세상에서 제일 좋아" 하고 말해줬었지.

정말이지 시오리는 내가 뭘 해도 기뻐한다니까. 내 입으로 말하려니 뭐하지만, 여태 나한테 콩깍지가 안 벗겨진 거야. 물론 나도 시오리가 세상에서 제일 소중하지.

지금 내가 SML 전속 사진작가로 일하는 건 다 시오리의 입김 덕분이니까.

난 고등학교를 한 달 만에 중퇴한 후 온갖 일을 전전하다가 열일곱 살부터 사진작가로 일하기 시작했어. 시오리와 만났을 무렵에는 당연히 생활이 빠듯했지. 그래도 그때는 내가 수입이 더 좋았으니 처음에는 내가 시오리를 먹여 살렸어.

그 보답이랄까 시오리는 SML 데뷔가 결정되자마자 날 전속 사진작가로 지명해줬어. 다른 멤버와 소속사 사람에게는 "젊지만 실력 좋은 사진작가를 찾았으니 꼭 전속으로 삼고 싶다"고 나를 소개했지. 사실 그렇게까지 실력이 좋은 건 아니지만, 뭐 아마추어가 보기에 사진사의 실력은 다 거기서 거기니까.

덧붙여 난 사진 실력도 학력도 대단치 않지만 말발만은 끝내주거든. 그때까지도 거의 말발 하나만으로 세파를 뚫고 살아왔고. 마코토 씨도 리쿠오 씨도 처음에는 날 전속 사진작가로 삼기를 망설였지만 내가 "유명한 밴드는 전속 사진작가를 두는 경우가 많다"며 해외도 포함해 몇몇 일류 밴드를 예로 들자 바로 리쿠오 씨가 우리도 빠질 수 없다는 듯 나를 받아들여주더군. 그 사람은 뭐든지 폼이 나는지부터 따지는 사람이라 구워삶기 수월했어.

시오리와 리쿠오 씨가 찬성했는데 자기주장이 약한 마코토 씨가 반대할 리가 있나. 난 즉시 SML 전속 사진작가로 채용됐어. 뭐, 소속사도 이제 막 데뷔가 결정된 신인 밴드가 전속 사진작가를 쓰든 말든 관심 없었을 테지. 하지만 SML은 그후로 쭉쭉 인기를 얻었고, 내 일도 늘어났어. 지금은 일을 대부분 SML에서 받는다니까. 올해 초에는 내, 그리고 SML의 첫 사진집을 내서 인세까지 짭짤하게 받았지.

요컨대 아내 덕을 톡톡히 본 셈이지. 장가를 잘 가서 팔자를 고친 거야. 하지만 한심하다는 생각은 요만큼도 없어. 만만세 인생이야.

아내가 더 잘 벌어서 남편이 콤플렉스를 느끼는 가장 큰 요인은 세간의 시선이잖아. 하지만 난 안심이야. 왜냐하면 내가 시오리의 남편인 줄 아무도 모르거든.

물론 그것도 다 계산한 바야. 젊고 예쁜 여성 보컬은 결혼 사실을 밝히기보다 독신 행세를 해야 인기를 얻기 쉽다는 건 원숭이라도 알아. 그래서 우리는 SML이 데뷔할 때 시오리가 결혼했다는 걸 비밀로 하기로 했어.

장가를 잘 가서 팔자를 고쳤지만 콤플렉스는 느끼지 않아도 된다. 아내가 일이 많아 바쁘지만, 일하러 가서 아내를 만날 수 있으니까 외롭지 않다. 그리고 아내는 얼굴도 예쁘겠다 성격도 좋겠다 더할 나위 없잖아. 내 인생은 진짜 최고야.

다만, 요즘 시오리가 좀 변했어.

난 사진작가니까 음악 활동에는 참견하지 않지만, 주변 스태프에게 듣기로는 시오리가 다음 싱글 제작 과정과 전국 투어 준비에 자기 의견을 엄청 내세우는가 보더라고. 평소 박박 우기는 성격이 아니거든. 아주 드문 일이야. 그런 시오리의 변화가 왠지 좀 불안하기도 하지만…….

기자 가족 같은 스태프 여러분과 함께 드디어 첫 전국 투어를 시작하시는군요.

M 네, 아주 기대됩니다.

실은 좀 걱정되는 일도 있지만.

L 잘될까 불안하기도 하지만 역시 즐거운 마음이 훨씬 크죠.

실은 반반. 아니, 불안이 더 크지.

기자 투어 제목은 'SML END TO START'인데요. 어떤 의미가 담겨 있나요?

S 무슨 일이든 시작이 있으면 끝이 있고, 끝은 또 새로운 시작으로 이어진다고 생각해요. 예를 들어 실연도 다음 사랑의 시작으로 이어진다 할 수 있고, 일을 그만둔 사람도 다음에 더 좋은 일을 찾을지 모

르죠. 늘 유동적으로 변하는 저희의 음악 스타일 또한 새로운 지평으로 나아가는 걸 알리는 신호탄과 같다는 긍정적인 의미를 제목에 담았습니다.

기자 그렇군요. 그런데 참 드리기 힘든 질문입니다만…… 실은 'END TO START'라는 투어 제목이 SML의 해체를 암시하는 것 아니냐는 설도 온라인상에 나돌고 있는데요.

S 에이, 그건 아니에요(웃음). 저희는 평생 셋이 함께할 거니까요.

M 저희도 그런 설이 나돈다는 걸 알고 깜짝 놀랐어요. 해체라니 터무니없는 낭설입니다.

그렇지? 그런 거지, 시오리? 정말로 해체할 마음 없는 거지?

우리는 평생 셋이 함께할 거라는 그 말 믿어도 되는 거지?

콘서트 제목은 늘 시오리가 정했으니까 이번에도 당연히 맡겼지만 'END TO START'라고 들었을 때는 식은땀이 나더라. 직역하면 '시작하기 위해 끝낸다', 즉 시오리가 솔로 활동을 시작하기 위해 SML을 해체하겠다는 뜻이 담긴 게 아닌가 싶었거든.

나만 그렇게 느낀 게 아니라 팬들도 마찬가지였는지 투어 제목이 발표되자마자 인터넷에 SML 해체설이 나돌았다. 첫 전국 투어 티켓이 이례적인 속도로 매진된 건 분명 우리 인기 때문만은 아니다. 이게 SML의 해체 콘서트일지도 모른다는 억측에 힘입어 티켓이 날개 돋친 듯 팔린 것이리라.

시오리가 그걸 예상하지 못했을 리 없다. 투어 제목을 이렇게 의미심장하게 붙이면 좋지 않은 반응이 나올 거라 충분히 예상했을 것이다. 그런데도 시오리는 스태프의 반대를 무릅쓰고 이 제목으로 정한 모양이다.

시오리, 이거 정말로 해체를 의미하는 거 아니지? 믿어도 되지?

게다가 시오리는 최근에 다른 면에서도 마음에 걸리는 변화를 보이고 있어.

요즘 시오리는 창법을 약간 바꿨다. 전보다 에너지를 적게 쓴다고 할까, 나쁘게 말하면 대충 부르는 느낌이다. 그리고 작사 마감도 안 지킨다. 어쩌면 창작 의욕도 떨어졌는지 모른다.

덧붙여 이번 투어에서는 무대에서 다양한 연출을 선보이기 위해 밴드 자리가 뒤쪽으로 밀려 결과적으로 객석에서 우리 모습이 잘 안 보인다. 솔직히 난 이건 별로 신경 안 쓴다. 주목을 받고 싶어 환장하는 리쿠오는 화난 모양이지만.

다만 시오리가 몹시 화려한 연출을 주문한 건 나도 마음에 걸린다. 이번 투어는 시오리가 촌구석 파친코 가게처럼 화려한 불빛으로 장식한 대형 곤돌라를 타고 신곡 <메시지>를 부르거나, 국가대표 팀 유니폼을 모방한 파란 티셔츠 차림의 댄서 약 쉰 명이 성대하게 춤추는 가운데 <땀과 눈물>을 연주하는 등 사치스러운 연출로 가득하다. 하지만 라이브 때 그런 연출에 의존하지 않고 노래로 귀 호강을 시켜주는 게 우리 방식이었다. 인기가 많아진 만큼 콘서트 예산도 많이 늘어난 모양이지만, 그렇다고 이렇게 화려하게 할 건 없다고 생각한다. 팬들도 분명 황당할 테지.

저기, 시오리. 정말로 괜찮은 거지?

요즘 시오리가 변하는 걸 보고 있으면 의심이 자꾸 고개를 쳐들어.

혹시 솔로 활동을 앞두고 기념비적인 SML의 첫 전국 투어를 시험 무대로 이용하려는 거 아니야?

그래서 지금까지 하지 않았던 호화로운 연출을 시도하고, 진이 빠지지 않도록 SML 활동에 최선을 다하지 않는 거 아니야?

물론 나도 지나친 생각이다 싶어. 지금까지 아주 다정했던 시오리가 그런 마음을 먹을 리 없지. 날 세상에서 제일 사랑하잖아. 우리는 평생 함께야. 탈퇴하는 건 리쿠오뿐이야.

그렇지, 시오리. 정말로 널 믿어도 되는 거지…….

기자 그럼 해체는 없는 걸로 받아들여도 되는 거죠?

S 물론이죠.

기자 안심했습니다(웃음). 이제 투어 내용에 대해 여쭤볼 텐데요, 이번에는 데뷔 5주년을 맞이하는 특별한 해인데다 첫 전국 투어라 지금까지 시도해보지 않았던 대대적인 연출을 준비하셨다면서요.

L 맞아요. 아직 내용은 비밀이지만요(웃음).

기자 힌트만이라도 조금(웃음).

S SML의 예전 라이브와는 많이 다르겠지만, 팬 여러분의 가슴속에 남을 그야말로 전설의 투어가 되지 않을까 싶어요.

기자 그렇군요. 역시 지금까지와는 크게 다른 연출에 도전한 것도 새로운 지평으로 나아가겠다는 SML의 의지를 표명한 건가요?

L 물론이죠. 항상 진화하자는 게 우리 신조니까요.

정말 괜찮은 거지, 시오리?

마음에 걸려 죽겠어. 요즘 막무가내로 자기주장을 내세우는 시오리가.

하지만 연출이 화려해진 건 그렇게 나쁘지 않아. 마코토는 신경이 좀 쓰이는 모양이지만 난 분위기를 띄울 수 있다면 더 화려하게 해도 된다고 보거든.

다만 아무래도 이해가 안 되는 점이 있어. 내가 서는 위치야.

댄서가 대거 출연하는 등 몇몇 사정으로 이번 투어에서 우리 위치가 뒤로 밀린 건 이해해. 하지만 내가 마코토보다 뒤쪽이라니 어떻게 된 거야? 셋 중에 내가 제일 눈에 안 띄는 곳에 처박히다니 말도 안 돼. 얼마나 많은 팬들이 내 기타 솔로를 고대하는지 몰라? 멋진 기타 솔로 퍼포먼스와 육체미를 객석에 선보이기 위해 매일 몸을 단련한다고.

게다가 요즘 내 기타 솔로가 없는 곡이 늘었더라? 가끔은 그런 곡이 있어도 되겠거니 싶어 타협했지만, 점점 그 비율이 높아지는 건 이상하잖아. 다시 한번 말하는데 얼마나 많은 팬들이 내 기타 솔로를 고대하는지 몰라?

야, 시오리. 날 세상에서 제일 사랑하지? 그런데 이 처사는 뭐야.

혹시 사생활과 일은 별개라는 거야? 혹시 내가 시오리보다 주목을 받고 팬도 많아서 눈에 거슬려? 뭐, 확실히 일류 보컬리스트는 자기가 최고라는 마음가짐이 그 정도로 강해야 할지도 모르지.

하지만 일단 의심을 품으면 상상은 점점 나쁜 방향으로 발전하는 법이거든.

시오리, 혹시 날 쫓아내고 마코토랑 단둘이 활동하려는 거 아니야?

그리고…… 작곡은 이제 전부 마코토에게 맡기고 있는 거 아니야?

물론 공공연하게 할 수 있는 말은 아니야. SML의 노래는 일단 '작사 SHIORI 작곡 SML'로 나도 작곡에 참여하는 걸로 되어 있으니까. 하지만 사실 난 작곡에 참여 안 해.

이건 학교 친구들끼리 밴드를 하던 시절부터 쭉 이어져 내려온 관습이야. 우리는 원래 스튜디오를 빌려서 멤버가 다 함께 곡을 만드는, 잼 세션이라는 방식으로 작곡했지만 음악 경력이 얼마 안 되는 멤버가 내놓는 멜로디보다 마코토가 내놓는 멜로디가 월등하게 좋아서 차차 마코토 혼자 만들게 됐지.

SML이 결성되고 한동안은 셋이 스튜디오에 모여 작업하는 잼 세션 방식으로 돌아갔지만, 난 있어봤자 거의 도움이 안 되니까 결국 스튜디오에 발길이 뜸해졌어. 오늘 인터뷰에 지각한 것도 워낙 오랜만이라 스튜디오 위치를 잊어버린 탓이야.

하지만 내가 곡 작업에서 빠져도 시오리와 마코토는 딱히 나무라지 않았어. 작곡자는 그대로 'SML'이고 작곡 인세도 내게 3분의 1이 들어와. 내가 그러라고 협박한 게 아니라, 정말로 둘 다 작곡자를 바꾸고 싶다고 안 그런다니까. 뭐, 아무튼 난 최근까지 시오리랑 마코토 둘이서 작곡하는 줄 알았어.

하지만 생각해보니 내가 곡 작업을 직접 본 게 아니니까 모르잖아. 그리고 전부터 어렴풋이 생각했는데, SML의 곡은 마코토가 전부터 만들었던 곡과 풍미가 비슷하달까, 마코토의 음악적 센스와 연장선상에 있는 느낌이야. 나도 그 정도는 안다고. 마코토가 만든 곡을 고등학교 때부터 몇십 곡이나 들었으니까.

그리고 무엇보다 수상한 건 시오리를 대하는 마코토의 시선과 태도야. 역시 요즘 마코토를 보고 있으면 아무래도 시오리에게 홀

딱 반한 것 같다니까. 다만 지금은 고등학교 때와 달리 짝사랑의 비장감이 없달까, 아주 행복해 보여서 마음에 걸려.

혹시 짝사랑이 아니라, 내가 모르는 새 둘 사이에 새로운 관계가 형성된 거 아니야? 요컨대 시오리와 마코토의 주종관계, 당연히 시오리가 주고 마코토가 종.

어쩌면 이미 마코토랑 사귀는 거 아닐까.

숙맥인 마코토를 홀려서 자기 마음대로 조종하려는 거 아니야?

날 쫓아내고 작사는 시오리 작곡은 마코토가 맡아 듀오로 활동하려는 거 아니야?

물론 비약이 지나치다는 건 알아.

하지만 둘에게 배척당해도 불평은 못 할 입장이라는 것도 알지. 그래서 이런 망상을 마음속에서 완전히 지울 수 없는 거야.

그래, 나도 안다고. 내게 기타 실력이 없다는 것쯤. 기타 솔로 파트도 최소한의 테크닉으로 연주할 수 있도록 신경 써서 만들어준다는 것쯤. 인터넷에서 내 테크닉이 부족하다고 수군대기 시작했다는 것쯤. 그러니 기타 솔로를 줄여도 불평은 할 수 없다는 것쯤.

그래도 내 팬은 제법 많아. 그러니 만약 정말로 너희 둘이 날 버릴 생각이라면 절대로 용서하지 않겠어…….

기자 그렇듯 새로운 연출로 무장한 투어를 팬들도 기대하고 계실 텐데요. 한편으로 스태프 여러분들께도 이번 투어는 지금까지와 사정이 다를 것 같습니다만.

사진작가 이마이 촬영할 때 예전 라이브와는 앵글이 많이 달라질 것 같은데, 리허설을 보면서 최대한 좋은 앵글로 찍을 수 있도록 노력해야죠.

까놓고 말해 이제 텔레비전 카메라가 들어오니까 내 사진은 별로 필요 없지만. 지금까지처럼 라이브 촬영 일감은 줄 모양이니 최선을 다하는 티를 내며 적당히 대충 찍을 거야.

그건 그렇고 요즘 시오리가 너무 늦게 들어오는걸. 곡 작업하는 시기에 못 들어오는 거야 예삿일이지만, 스태프들한테 넌지시 물어보니 아직 내년 앨범 발매 일정도 확정되지 않아 그렇게까지 골몰할 상황은 아닌 모양이던데.

그런데 왜 이렇게 늦게 들어오는 거람.

혹시 누구랑 만나나.

설마 불륜? 아냐, 의심에도 정도가 있지.

하지만 처음이야. 혼자 집에 있는 게 이렇게 불안하고 쓸쓸한 건…….

기자 매니저님 업무도 완전히 달라지지 않나요?

매니저 안자이 제 업무는 매니저로서 세 사람이 표현력을 최대한 발휘할 수 있도록 도와주는 겁니다. 퍼포먼스에 관해 기발한 아이디어가 나오면 야단났다 싶기도 하지만(웃음), SML의 표현력과 센스를 믿으니까 보람이 있죠.

솔직히 말해 입장상 콘서트 연출에 돈이 너무 많이 들어가면 곤란해.

지금까지 SML은 라이브 규모에 비해 비용이 적게 들어갔다. 하지만 이번에는 시오리의 의향에 따라 조명, 곤돌라, 댄서, 프로젝션 매핑◆ 등 돈이 많이 드는 연출이 늘어났다. 그 때문에 마코토와 리쿠오하고도 마찰이 생겼다.

시오리가 그걸 모를 리 없다. 분명 의도적으로 그러는 것이리라. 어쩌면 시오리는 주변에 메시지를 보내고 있는 건지도 모른다.

'이제 그만 홀로 서고 싶다'라고.

시오리가 진심으로 SML 해체를 원한다면 그래도 상관없다. 내가 정말로 띄우고 싶은 사람은 시오리뿐이다. 이미 공사 양면으로 모든 걸 시오리에게 바칠 각오를 했다.

문제는 시오리가 나와 같은 기분이냐는 거다.

시오리, 너 정말로 날 사랑해?

중년 남자의 질투만큼 추한 게 없다는 건 안다. 그렇지만 아무

◆ Projection Mapping. 대상물의 표면에 빛을 비춰서 이미지를 구현하는 기술.

래도 찜찜하다. 시오리는 최근 투어 회의를 한다는 명목으로 하시모토라는 수완 좋은 남자 연출가와 자주 만난다. 나보다 스무 살 가까이 어리고 멋 부리기를 아주 좋아하는 녀석이다. 아니, 밀회한다고 해야 할지도 모르겠다. 나를 포함한 주위 스태프 누구에게도 알리지 않고 혼자 신나게 하시모토를 만나러 나가는 듯하다.

의심하고 싶지는 않다. 하지만 아무래도 불길한 상상을 하게 된다.

정말로 회의만 하는 걸까.

이봐, 시오리. 정말 날 세상에서 제일 사랑하지? 설마 날 떠나려는 건 아니겠지? 그 연출가하고는 어디까지나 일 때문에 만나는 거지?

온 힘을 다해 널 뒷바라지하고 싶어. 그러니 너도 비밀은 없어야 해…….

M 이렇게 도와주시는 분들을 위해서도 좋은 결과를 내고 싶네요.

L 우리가 즐기면서 팬들도 즐길 수 있다면 이상적이겠지.

기자 그리고 이번 투어 기간에 SHIORI 씨는 스물여섯 살 생일을 맞으시네요.

L 아, 듣고 보니 그러네.

실은 기억하고 있었지. 선물은 뭐든지 사줄게. 그러니까 시오리도 날 계속 사랑해줘.

M 그런 의미에서도 기념비적인 투어가 될 것 같아.

시오리, 이번 선물도 기쁘게 받아줄 거지? 언제까지나 날 세상에서 제일 사랑해줄 거지? 난 무슨 일이 있어도 너만 사랑할 거야.

S 그러게. 분명 추억에 남을 생일이 될 것 같아요(웃음). 멤버와 스태프 여러분과 함께 전국을 돌며 수많은 팬들 앞에서 공연하는 걸 데뷔 이래 내내 꿈꿔왔어요. 최고로 행복해요.

다들 정말이야.

사랑하는 사람들에 둘러싸여 일할 수 있다니 이보다 더 큰 행복이 어디 있겠어.

물론 우리나라 정서상 바람직하지 못한 이성 관계를 맺고 있다는 것쯤은 나도 알아……. 하지만 이렇게라도 하지 않으면 불안해서 죽겠는걸.

난 지금까지 소중한 사람에게 호되게 배신당하며 괴롭게 살아와서 사랑하는 사람이 한 명뿐이면 마음이 안 놓여.

내가 여섯 살 무렵, 아주 좋아하는 아빠가 어느 날 갑자기 집에서 사라졌다.

부모님은 함께 스낵바를 경영했는데, 아빠가 가게 호스티스와 눈이 맞아 달아났다는 건 몇 년 후에야 알았다.

그때 배웠다. 사랑하는 사람이 어느 날 갑자기 눈앞에서 사라질 수도 있다는 걸.

열네 살 때, 반에 친구가 생겼다.

소풍 버스에서 내가 부른 노래를 걔가 칭찬해준 걸 계기로 친해졌다. 둘 다 싱글맘 가정에서 자랐다는 공감대 덕분에 한때는 쉬는 시간마다 이야기꽃을 피울 정도로 가깝게 지냈다.

그러던 어느 날, 체육 시간에 걔가 교실에 놔둔 루이비통 지갑이 없어지는 사건이 일어났다. 그리고 그때 우연히 뭔가 깜박해서 교실로 돌아간 내가 범인으로 의심받았다. 난 정말로 무고했으므로 기를 쓰고 부정했지만 의혹은 풀리지 않았고, 결국 반 아이 모두에게 따돌림을 당한 끝에 학교에 나가지 않게 됐다.

싱글맘 가정이라고는 해도 걔네 집은 부자였는지 엄마가 작은 스낵바를 경영하며 입에 풀칠이나 하던 우리 집과는 생활수준이 하늘과 땅 차이였다. 게다가 걔는 반에서 제일 잘나가는 그룹에 속해 내향적이고 친구도 얼마 없는 나하고는 격이 달랐다. 그런 애와 친구가 된 게 잘못이었다. 걔를 질투해서 지갑을 훔치지 않았겠느냐고 제일 먼저 의심받는 것도 당연했다.

그때 배웠다. 격차가 너무 나는 사람과 친하게 지내봤자 결국 나만 상처받는다는 걸.

그후로 나는 학교에 나가지 않고 진학도 포기한 채 엄마 가게를 도왔다. 처음에는 요리 같은 것만 조금 도왔지만, 오래지 않아 열여섯 살인데 스무 살로 위장해 호스티스로 일하기 시작했다. 뭐, 일을 시킨 엄마도 엄마였지만.

거기서 당시 내 설정상으로는 네 살 연상, 실제로는 여덟 살 연상 손님인 레이지와 알게 됐다.

근처 자동차 정비 공장에서 일하는 레이지는 상냥하고 멋지고 재미있고, 내가 가게 노래방 기기로 노래하면 "끝내준다" 하고 누구보다도 칭찬해주었다.

얼마 지나지 않아 레이지와 가게 밖에서도 만났고, 그가 사는 연립주택에도 놀러갔다. 남자와의 첫 경험은 전부 레이지가 상대였다. 기타가 취미이던 레이지는 집에 있던 기타로 연주하는 법을 가르쳐주었고, 여분으로 소장하던 한 대를 선물해주기까지 했다.

그 무렵은 정말 행복했다. 내가 레이지와 점점 깊은 관계가 되는 걸 엄마도 묵인했다.

그리고 난 열일곱 살 때 임신했다.

레이지에게 전화로 알리자 아주 기뻐했다. 다만 "지금은 바빠서 보러 못 가. 일이 마무리되면 바로 갈게"라고 했다. 나는 분명 그때 청혼받을 거라 생각하고 들뜬 마음으로 레이지의 일이 마무리되기를 기다렸다.

하지만 며칠이 지나도 레이지는 오지 않았고, 전화도 안 받았다.

아무래도 이상하다 싶어 임신 사실을 알린 지 일주일 됐을 때 레이지의 집에 가보니, 텅 비어 있었다. 당황하여 레이지가 일하는 공장 전화번호를 알아내서 전화했다. 그러자 레이지는 엿새 전에 갑자기 일을 그만뒀다고 했다.

나는 집에 돌아와 울면서 엄마에게 자초지종을 말했다. 그러자 엄마는 찡그린 얼굴로 한숨을 쉬더니 가게 금고에서 없는 돈을 털어 던지듯이 주며 말했다.

"이걸로 수술받고 와."

그때 배웠다. 남자는 여자가 짐이 될 것 같으면 달아난다는 걸.

낙태 수술을 받고 처음으로 인생에 대해 진지하게 생각했다. 앞으로 어떻게 살아갈지에 대해서.

학력은 중졸, 아니 제대로 다닌 기간으로 따지면 초졸. 친구도 없고 남자 보는 눈도 없고, 취직하려도 아무 기술도 없다. 더 나아가 미성년자면서 이 년 가까이 나이를 속이고 매일 밤 남자 손님에게 술을 내놓고 함께 마셨다. 엄연한 범죄자다. 자랑거리는 하나도 없다. 차라리 콱 죽어버리는 게 나을까.

그러다 딱 하나 생각났다.

그래, 내게는 노래가 있어!

내성적이고 인간관계도 원만치 못하지만, 가게에서 노래하면 손님들의 호응이 대단했다. 술 때문에 목소리가 좀 탁해졌지만 덕분에 음색이 독특해졌다. 어차피 깜깜한 인생. 이왕이면 좋아하는 일에 과감하게 도전하자. 나는 그렇게 마음먹고 독학으로 음악 공부를 시작했다.

살면서 진지하게 공부한 적은 한 번도 없었지만, 좋아하는 일을 파고들면 이렇게 열중할 수 있구나 감동할 만큼 나는 단숨에 음악 지식을 흡수했다. 엄마 가게에서 일하며 돈을 모아 열아홉 살 되는 해에 레이지에게 받은 기타와 최소한의 짐만 들고 상경해 라이브하우스 무대에 서게 됐다.

도쿄는 즐거웠다. 고향과는 비교도 안 되게 하루하루가 자극으로 가득했다. 라이브하우스 출연자 중에는 보컬이 음악은 제쳐놓고 심장 수술 자국을 보여주며 자기 성장 내력을 주절주절 떠드는 밴드도 있었다. 결국 그 밴드는 해체한 모양이지만.

그런 와중에 나는 라이브 쫑파티에서 만난 사진작가 슈이치와 사귀다가 동거를 시작했다. 슈이치는 함께 있어도 신경 쓸 일 없이 마음이 편해서 내친김에 결혼까지 해버렸다. 뭐, 지금 생각하면 도쿄의 열기에 취한 감도 있지만.

그래도 음악만은 열심히 했다. 그러자 상경한 지 일 년 남짓 지나 "기타를 치며 멋진 음색으로 노래하는 여자 가수가 있다"는 평판이 서서히 퍼져나갔다. 내 입으로 말하려니 쑥스럽지만 솔직히 승산은 있었다. 가창력은 원래 자신이 있었고, 나처럼 술에 절어 허스키한 목소리로 높은 키까지 소화하는 여자 가수는 달리 없었다. 그리고 자작곡도 제법 잘 뽑힌 감이 있었다.

이윽고 현재 매니저 안자이 씨, 아빠에게 발탁되어 데뷔 이야기가 나왔다. 네게는 천부적인 재능이 있다는 말까지 들었다. 하지만 나는 고민스러웠다.

슈이치와 결혼했고, 미성년자일 때 스낵바에서 일했고, 아이도 지웠다. 혹시나 솔로 가수로 주목받았을 때 그런 과거에 발목을 잡힐지도 모른다. 나 혼자 주목받지 않기 위해서는 밴드를 결성하는 편이 나을 것 같았다.

마침 그때 같은 라이브하우스에서 공연했던 마코토가 "우리 밴드에 보컬로 들어오지 않을래?" 하고 제안했다. 난 마코토와 리쿠오의 연주를 들어보고 제안을 받아들이기로 했다.

솔직히 내가 보기에도 둘 다 재능이 전혀 없었지만 어떻게든 뜨겠다는 절박한 심정으로 눈이 반짝거렸거든. 이 두 사람이라면 반드시 날 소중히 아껴줄 것 같았다. 난 열네 살 때 배웠으니까. 나에 비해 수준이 너무 높은 사람과 친구가 되면 훗날 탈이 난다는 걸. 그런 점에서 마코토와 리쿠오는 백 퍼센트 안심이었다.

SML을 결성한 우리는 아빠를 매니저로 삼아 데뷔했다. 아빠는 처음에 내가 데려온 마코토와 리쿠오, 특히 리쿠오의 형편없는 연주 실력에 당황한 것 같았지만 실력은 활동하다 보면 늘 테고 실력보다는 상승 욕구가 중요하다고 생각했다. 실제로 내 감은 적중했다.

그로부터 고작 오 년 만에 우리는 여기까지 올라왔다. 예상 이상의 성과였다. 내 음색은 역시 개성이 탁월했고, 악곡도 아빠의 전략도 잘 맞아들었다. 그리고 멤버끼리 사귀는 거 아니냐는 추측도 오히려 화제를 불러 플러스로 작용했다. 셋 다 나름대로 외모가 괜찮아 한층 그런 쪽으로 상상을 자극한 모양이다. 뭐, 실제로 지금은 사귀고 있지만.

그렇지만 우리가 여기까지 올 수 있었던 제일 큰 원동력은 뭐니 뭐니 해도 운이다. 주제가를 부른 심야 애니메이션이 인기를 끌어 우리 지명도가 오르고, 테마 송을 부른 월드컵에서 국가대표 팀이 대활약한 건 우리 힘과 상관없이 순전히 운이다. 만약 데뷔 직후로 되돌아가 똑같은 과정을 밟더라도 그때는 못 뜰 가능성이 얼마든지 있다.

그런 행운을 누리고 수많은 팬들에게 사랑을 받아 지금 나는 최고로 행복하다.

팬뿐만 아니라 주변 남자들도 차례차례 나를 좋아해주었다.

남자들의 마음을 거절할 수는 없었다. 결혼한 걸 비밀로 한데다 여섯 살 때 사랑하는 사람이 갑자기 사라질 수도 있다는 걸 배웠으니까. 하지만 혹시 그런 일이 생기더라도 사랑하는 사람이 많으면 괜찮다.

그래서 모두의 사랑을 붙들어놓기 위해 각자가 좋아하는 유형의 여자를 열심히 연기해왔다. 이제 진짜 내 모습이 어땠는지 모를 지경이 되고 말았다. 하지만 모두를 진심으로 사랑하고, 그로써 다들 행복하다면 내 이런 행동은 절대 나쁜 짓이 아니라고 생각한다.

다만 처음에는 사랑하는 사람이 많으면 한 명쯤 잃어도 괜찮을 것 같았는데, 지금은 이 중에서 한 명이라도 잃으면 못 견딜 것 같다. 진심으로 모두를 아주 좋아하니까. 날 좋아해주는 사람을 모두 행복하게 해주고 싶다.

뭐, 그렇다고 선물을 돌려쓰는 건 미안하지만 남의 힘도 빌리지 않으면 바쁜 와중에 모두가 기뻐할 물건을 갖추기가 힘들거든. 그리고 부부가 지내는 집과는 별개로 다른 남자 친구와 만나기 위한 방도 몰래 빌렸는데, 이것도 들키지만 않으면 모두와 행복하게 지낼 수 있는 아주 좋은 방법이야. 물론 남편과 남자 친구들뿐만 아니라 주간지 따위에도 들키지 않도록 철저히 주의하고 있지.

아무튼 모두가 기뻐하는 얼굴을 보고 싶어서 공적으로도 사적으로도 최선을 다해 살아왔다. 그 결과 남편, 연인들, 팬들에게 사랑받고 있다. 고독했던 사춘기에 비하면 지금은 하루하루가 꿈

같다.

하지만 이 행복은 오래가지 않아.

일 년도 넘게 전부터 목소리가 잘 안 나오는 걸 느꼈다. 온갖 목에 좋다는 방법으로 관리는 했지만, 한창 잘나가던 시기라 활동을 줄일 수 없어 아슬아슬한 상태로 노래를 불렀다. 목에서 피가 나온 적도 있었지만 모두에게 걱정을 끼치기 싫어서 비밀로 했다. 남자는 여자가 짐이 될 것 같으면 달아난다는 걸 열일곱 살 때 배웠으니까.

하지만 그게 더 안 좋았던 모양이야.

성대가 결국 한계에 다다랐어.

보컬 트레이너도 의사도 이제 회복은 무리라고 하더라고.

고음역을 소화하는 가수는 수명이 짧다. 이 바닥에서는 맑은 고음이 특색이었던 사람이 나이를 먹어 목소리가 조금만 탁해져도 '한물갔다'는 소리를 듣는다. 게다가 난 원래 목소리가 제법 탁하면서도 기적적으로 고음이 나오는 절묘한 균형을 아슬아슬하게 유지했으니까 균형이 조금만 무너지면 바로 못 들어줄 목소리가 돼버린다. 그걸 왜 좀더 빨리 알아차리지 못했을까. 이제 와서 후회한들 늦었지만.

지금은 창법을 바꾸며 탈이 난 걸 어떻게든 숨기고 있지만 그

조차 못 하게 되는 것도 시간문제다. 그럼 난 어떻게 될까……. 상상만 해도 섬뜩하다.

가창력을 잃으면 내게는 아무 가치도 없다. 소중한 팬들도 다들 손바닥 뒤집듯 떠나겠지. 열네 살 때 그 친구처럼.

더불어 함께 전설을 꿈꿔온 마코토와 리쿠오도 배신한 셈이다.

내 목소리가 안 나오면 SML은 절대 전설이 못 된다. 전성기가 지나고도 지난날의 영광에 매달려 비참하게 음악계를 기웃거리는 밴드에 머무는 것이 고작이다. 연주 실력이 몹시 빼어나거나 아주 멋진 곡을 뽑아낸다면 조금이나마 나은 형태로 살아남을 수 있을지도 모르지만, SML은 그런 밴드가 아니다. 행운에 힘입어 여기까지 왔을 뿐 껍질을 까보면 재능이 없다는 게 금세 들통날, 그런 수준의 밴드다. 그건 단언할 수 있다. 왜냐하면 SML은 거의 나 혼자 힘으로 짊어지고 있으니까.

하다못해 나를 받쳐줄 사람이 있으면 좋으련만…….

L 이번 투어를 꼭 전설로 만들겠습니다! 많은 기대 바라요.

시오리, 지금까지 날 위해 헌신했으니까 앞으로도 마코토를 부추겨서 날 버리면 안 돼. 이거 전부 내 망상이지? 넌 날 세상에서 제일 사랑하잖아.

M 올 한 해는 신곡 발표, 투어, 앨범 제작 등 눈 붙일 새도 없을 만큼

바쁘게 활동할 예정이니, 팬 여러분께 더욱 많은 즐거움을 드릴 수 있을 것 같네요.

시오리, 날 버리는 거 아니지? 만약 버리면 난 끝장이야.

이제 곡을 어떻게 만드는지 다 잊어버렸단 말이야.

모두에게는 비밀이지만 사실 작곡은 시오리가 도맡았어. 나보다 훨씬 재능이 뛰어난 사람을 보니까 그제야 미력한 힘을 보태는 게 얼마나 무의미한지 알겠더라. 예전 밴드에서는 반대 입장이었거든.

지금은 스튜디오에서 작곡할 때 시오리가 떠올린 멜로디를 악보에 옮기는 게 내 역할이야. 하지만 그건 시간만 들이면 시오리 혼자서도 얼마든지 할 수 있어. 요컨대 난 그냥 서기야. '작사 SHIORI 작곡 SML'은 새빨간 거짓말이야. 실은 '작사작곡 SHIORI 서기 MAKOTO'라고.

시오리는 센스가 정말 좋아서 내 곡 스타일의 연장선상에 있는 멜로디를 나보다 훨씬 빨리 술술 뽑아내. 내 마음에 들도록 '나다운 곡'을 만들 수 있는 거야. 그런데도 나와 리쿠오에게 인세를 주려고 우리 이름을 작곡자에 포함시킨 거지. 이렇게 착한 애는 또 없어.

아마 리쿠오는 지금도 내가 작곡에 참여하는 줄 알겠지.

하긴 그 착각을 굳이 정정해줄 마음은 없어. 이제 나도 리쿠오와 같은 입장이지만 정신적으로 조금이나마 우위에 서고 싶거든…….

매니저 안자이 보통 그렇게 바쁘면 불평을 할 법한데도 이 세 명은 바쁜 걸 즐기면서 정말로 열심히 하고 있어요. 저희도 최선을 다해 그 노고에 보답하고자 합니다.
시오리, 제발 날 버리지 마. 네가 더 열심히 일하지 않으면 곤란해. 이제 넌 우리 회사의 첫째가는 돈줄이니까.
요즘 목소리가 잘 안 나온다는 것쯤 나도 알아. 하지만 악으로 깡으로 이겨내는 수밖에 없어.
의사나 보컬 트레이너 같은 것들은 이쪽 주머니 사정도 모르면서 휴식을 시키라고 적당한 소리를 늘어놓지. 하지만 그들 말처럼 가수를 마냥 놀려두면 일본 음악업계는 벌써 망했을걸. 안 그래도 험난한 시대니까 말이야.
걱정 마, 시오리. 혹시 노래를 못 하게 되더라도 넌 예쁘고 말솜씨도 괜찮으니까 예능인으로 활동하면 돼. 마코토와 리쿠오를 버리는 게 다소 찜찜할지도 모르지만, 영원히 셋이 함께할 필요는 없잖아.
난 시오리의 인생을 확실하게 뒷받침해줄 수 있어. 그러니 다른 남자로 갈아탈 생각 마. 어지간한 까탈은 다 받아주겠지만 그것만은 용서하지 않을 테니…….

카메라맨 이마이 저도 즐기면서 투어 사진을 찍겠습니다.

뭐, 어려운 이야기는 모르지만 시오리가 나랑 함께하는 시간을 좀 더 만들어주면 좋겠는데. 그러면서 좀더 벌어다 주면 더할 나위 없지.

혼자 집에 있으면 얼마나 쓸쓸한지 몰라. 게임만 하다 보면 지루해서 그만 윤락업소 생각이 난다니까. 돈을 그만큼 퍼부어도 착착 모이니까 들키지는 않겠지.

하지만 진심으로 만족스러운 건 시오리와 함께 있을 때뿐이야.

사랑해, 시오리. 절대로 떠나지 마. 이렇게 괜찮은 여자를 놓치면 또 프리랜서 사진작가로 고되게 일해야 할 테니까…….

L 그러다 사진 찍는 걸 잊어버리니까 이마이는 너무 즐기면 안 돼(웃음).

M 그리고 가끔 졸기도 하잖아.

L 밤을 새울 만큼 게임을 좋아하잖아. 일을 즐기는 건 둘째 치고 집에서 게임을 너무 즐겨서 탈이야.

사진작가 이마이 어휴, 저만 너무 몰아세우시는 거 아니에요(웃음)?

S 아하하하(웃음).

받쳐줄 사람이 있으면 좋겠다고? 허튼 소망이지.

어쩌겠어. 사랑하는 남자들을 이렇게 만든 건 나인걸.

난 사랑에 중독됐어. 날 사랑하던 사람이 돌아서는 꼴은 못 봐. 그런데 모두에게 사랑받기 위해 꼭 필요한 목소리가 나오지 않는다니 이렇게 절망적인 상황이 또 있을까.

하지만…… 해결책이 딱 하나 있어.

연출가 하시모토 씨와 상의하면서 계획을 다듬어왔지. 물론 하시모토 씨에게도 진짜 속셈은 설명하지 않았지만. 그래도 계획이 확실하게 성공하도록 꼼꼼히 준비해서 거의 완성 단계에 왔어.

이 방법을 사용하면 전설로 회자될 수 있어.

이번 투어에서는 마코토와 리쿠오를 포함한 밴드 멤버를 뒤로 물려서 무대 공간을 많이 비워놨어. 특히 리쿠오는 연주는 형편없지만 기타 솔로 퍼포먼스를 할 때 활발하게 돌아다니니까 안전을 위해 마코토보다 뒤쪽으로 물렸지. 게다가 <메시지>는 기타 솔로를 없앴으니까 설마하니 리쿠오도 돌아다니지는 않을 거야. 내가 20미터 위에 있을 때도 분명 제자리에 있겠지.

계획을 실행하는 날은 투어 중에 맞이하는 내 스물여섯 번째 생일로 정했어. 계획이 성공하면 분명 'SML END TO START'라는 투어 제목과 신곡 <메시지>에 담긴 뜻을 눈치채는 사람이 나올 거야.

가사에는 신경을 썼어. 내가 마지막으로 부를 노래고, 한 글자라도 어긋나면 안 되니까. 원래는 그냥 첫 번째 글자를 말이 되도록 순서대로 나열할 생각이었는데, 그건 세로드립이라고 이미 있는 수법이래. 그래서 기껏 완성한 가사를 새로 썼지. 그 탓에 마감에 많이 늦었지만.

그렇게 완성한 가사에는 2절부터 1절로 올라가면서 문장이 되는 곳이 두 군데 있어. 이게 바로 내가 모두에게 보내는 '메시지'. 난 중졸이고 학교도 제대로 안 다녀서 'END TO START'가 문법상 맞는지 자신은 없지만, '끝에서 처음으로 읽어'라는 뜻을 담았어.

이건 밑에서 위로 읽어야 하니까 '역 세로드립'이라고 부르는 게 좋을지도 모르겠다.

내가 이 세상을 산 햇수에 맞춰서 가사 속에 두 문장의 메시지를 숨겼으니까 분명 누군가 알아차릴 거야.

마코토, 리쿠오. 이걸로 우리는 전설이 될 수 있어.

아빠, 슈이치. 모두에게 사랑을 받으며 끝낼 수 있어서 나 정말 행복해.

다들 고마워. 그리고 미안해…….

기자 그럼 투어를 기대할게요. 오늘 정말 감사합니다.

SML 감사합니다!

마지막으로 신곡 〈메시지〉의 가사를 특별히 선행 공개한다. 팬들은 이 가사가 어떤 멜로디에 실릴지 궁금해 발매일만 손꼽아 기다리지 않을까.

메시지

작사 SHIORI 작곡 SML

봤 어 ? 너 에 게 보 낸 메 시 지
말 했 을 텐 데 날 무 시 하 지 말 라 고
행 복 한 나 날 떠 올 리 네
불 행 이 잊 혀 져 가 도 록
아 아 우 리 는 어 떻 게 될 까
너 받 아 주 길 떨 리 는 내 심 정 그 래 도
사 랑 을 너 무 서 두 르 지 는 말 자
감 사 해 우 리 에 게 주 어 진 날 들
밝 게 웃 으 며 라 라 라
너 에 게 다 시 돌 아 갈 게 빨 리

모 두 끝 너 하 곤 말 이 안 통 해
넌 모 를 걸 나 와 의 관 계 끝 났 는 지 도
죽 어 도 안 만 나 다 시 는
잘 있 어 그 럼 안 녕 영 원 히
나 잘 사 는 게 가 장 큰 복 수
지 워 야 지 우 리 가 주 고 받 은 메 시 지 도
내 마 음 더 욱 소 중 히 아 껴 야 지
크 고 기 운 찬 목 소 리 로 다 짐 하 자
힘 들 어 도 이 제 웃 자 고
웃 다 가 보 면 이 원 망 도 잊 겠 지

The Fourth Talk

텔레비전 마니아

9월 10일~9월 23일 호

곧 종방! 〈사위는 10대째〉의 사위+딸+완고한 장인 3자 대담

오타케 도시야×에모토 리나×도몬 도루

9월 17일에 종방하는 연속드라마 〈사위는 10대째〉.

크랭크업 직후에 촬영장에서 주인공 사위 기도 가즈키 역의 오타케 도시야(25), 아내 마나미 역의 에모토 리나(21), 그리고 마나미의 아버지이자 유서 깊은 화과자집의 9대 점주 고조 역의 도몬 도루(56)의 대담이 실현됐다! 촬영 비화부터 사적인 이야기, 그리고 궁금한 마지막 회의 향방까지 낱낱이 공개합니다!

취재·글 다니가와 마이코 | **사진** 쓰무라 히로시

기자 그간 촬영하시느라 고생 많으셨습니다.

오타케 고생하셨습니다!

에모토 무사히 크랭크업해서 마음이 놓이네요.

기자 에모토 씨는 이번에 처음으로 드라마 주연을 맡으셨는데 기분이 어떠신가요?

에모토 처음에는 잘할 수 있을지 불안해서 잠도 못 잘 정도였는데, 주변 분들의 도움으로 무사히 촬영을 마쳐서 정말로 기쁘네요. 동료들과 스태프 여러분께 진심으로 감사드립니다.

하지만 제일 고마운 사람은 도시야지. 당신 덕분에 촬영 내내 행복했어. 첫 미팅 날 처음으로 도시야를 직접 보고 한눈에 반해버렸지. 3화 촬영 후에 고백해주었을 때는 정말로 기뻤어.

오타케 하지만 에모토 씨는 그런 불안감이 느껴지지 않을 만큼 침착했고, 연기도 아주 훌륭했어요.

정말 아주 잘했어, 리나. 하지만 제일 예쁜 건 연기를 하지 않는 민낯의 리나지. 빨리 취재 끝내고 둘이서 꽁냥꽁냥하고 싶다~.

기자 현장 분위기가 아주 좋았던 모양이던데요. 아까도 오타케 씨와 에모토 씨가 즐겁게 이야기를 하고 계셨는데, 무슨 이야기인가요?

에모토 아, 보셨어요(웃음)? 음, 무슨 이야기냐면…… 비밀이에요(웃음).

다음에 어디로 데이트하러 갈 거냐는 이야기라는 건 말 못 하지.

오타케 에이, 별거 아니에요(웃음). 그 하트 목걸이 어디서 샀느냐, 뭐 그런 잡담이었죠.

리나도 참, 그렇게 당황한 모습을 보이면 우리 관계가 이 아줌마한테 들통날지도 모르잖아. 뭐, 그렇게 덜렁거리는 면도 귀엽지만.

도몬 두 사람 덕분에 현장 분위기는 좋았습니다. 진짜 부부같이 사이가 좋더라고요. 혹시 진짜로 뭔가 있는 게 아닐까 의심스러울 만큼요.

아아, 젠장, 화딱지 나! 이 녀석들 촬영장에서도 몰래 연애질이라니! 내가 모를 줄 알았으면 큰 오산이야!

에모토 아하하(웃음). 왜 그러세요~ 도몬 씨.

진짜 그만해. 우리 관계가 밝혀지면 골치 아파진다고.

오타케 뭐, 물론 부부 역할이니까 마음을 많이 터놓기는 했지만, 어디까지나 동업자 관계예요(웃음).

물론 거짓말이지. 실은 리나를 엄청 좋아해. 휴대전화 화면에 리나의 이니셜인 'R'가 뜰 때마다 하늘로 날아오르는 기분이라고. 빨리 단둘이 뜨거운 시간을 보내고 싶어~. 리나, 오늘 밤은 스케줄이 어떨까?

기자 도몬 씨는 무섭게 생긴 완고한 아버지라는 역할이셨는데, 촬영 중에 출연자들과 편하게 이야기 나누기도 하셨나요?

도몬 화과자 제과사 역할을 한 연기자들하고는 내내 같이 있었으니까요. 많은 이야기를 나눴죠.

그래, 좋은 생각이 났다.

오타케 그러셨죠.

도몬 그러고 보니 제과사 역할을 맡은 연기자들 사이에서 여자 몸매 중에 어디가 좋으냐는 이야기가 한번 나왔어요. 분명 나랑 오타케는 가슴으로 의견이 일치했더랬지(웃음)?

어떠냐, 오타케. 뜬금없는 음담패설로 좋아하는 여자 앞에서 창피를 주겠어!

오타케 어, 그런 이야기를 했었나요(웃음).

아니 이 아저씨가. 혹시 리나 앞에서 창피를 주겠다는 거야? 있었지~ 학창 시절에 인기 있는 동급생을 질투해서 이렇게 훼방을 놓는 인기 없는 녀석이. 그 나이를 먹고도 아직 그런 짓이냐. ……아, 혹시 도몬 씨도 리나를 노리나? 설마 그럴 리 없겠지만 만약을 위해 주의하는 편이 좋겠어.

에모토 네? 그런 이야기를 하셨어요(웃음)?

오타케 그런데 에모토 씨는 남자의 어디를 좋아해?

에모토 저는…… 글쎄요, 얼굴이랄까요.

오타케 얼굴? 그거 요컨대 얼굴만 밝힌다는 거잖아(웃음).

에모토 아하하, 그런가(웃음).

오타케 뭐, 이렇게 늘 하잘것없는 이야기를 나누며 웃음이 끊이지 않는 촬영장이었답니다.

도몬 아아, 그랬지(웃음).

칫, 오타케 이 자식, 내 음담패설 함정을 가볍게 피해 훈훈한 결론으로 연결시키다니. 인기 있는 남자 특유의 이런 여유, 정말 마음에 안 들어.

기자 그렇군요. 촬영장 분위기가 좋아서 드라마 첫 주연을 맡으신 에모토 씨도 마음이 편하셨겠어요. 그런데 에모토 씨는 제1회 초반부 결혼식 장면에서 키스 신도 처음 경험하셨는데요.

에모토 첫 키스 신이랄까…… 첫 키스였어요.

오타케 아, 그랬구나. 어쩐지 미안하네요(웃음).

그럼 리나는 사생활도 포함해서 나하고만 키스를 했다는 뜻? 리나의 첫 남자가 나라서 기뻐.

도몬 좋겠다. 나도 이제 첫 키스 신을 찍어보고 싶네.

오타케 또 그러시네(웃음). 농담이죠, 도몬 씨.

도몬 아니, 아무리 그래도 처음은 아니지만 나같이 악당처럼 생긴 연기자한테는 키스 신이 거의 안 들어오거든(웃음). V시네마◆ 에서도 여자 살인청부업자랑 키스하자마자 칼에 찔려 죽었어.

오타케 이렇게 안쓰러울 데가(웃음).

◆ 극장 개봉을 하지 않는 대여 비디오 전용 영화. 도에이가 1989년부터 제작 및 발매를 시작했다.

도몬 날 동정하지 마라(웃음).

흥, 고작 스무 살 때 드라마 주인공 자리를 꿰찼으니 내가 얼마나 고생했는지 알 턱이 있나. 난 이십 대 때 아르바이트를 하면서 영세 극단에서 치열하게 연기를 했어. 하지만 그 극단에서도 주역이 아니라 폭력배나 양아치 같은 조연만 맡았지. 나도 너처럼 잘생기게 태어났다면 분명 금방 떴을 거야.

기자 오타케 씨는 이번에 유서 깊은 화과자집의 10대 점주가 될 사위 역할을 연기하기 위해 실제로 화과자집에서 일주일간 수업을 받으셨다면서요.

오타케 네. 실감나는 연기를 위해 일주일간 열심히 공부했습니다.

실은 광고용 메이킹 영상을 찍으려고 한나절 수업받는 척했을 뿐이지롱~.

에모토 그만큼 열심히 노력한 덕분인지 화과자를 만드는 장면에서 오타케 씨는 진짜 제과사같이 멋있었어요.

정말이야, 도시야! 내 뜨거운 시선을 알겠어?

오타케 뭐, 주인공이니 당연히 그 정도는 해야죠.

고마워, 리나. 아아, 잠깐 눈만 마주쳤는데도 좋아죽을 것 같아.

도몬 좋겠다, 오타케. 나도 현장에서 전문가의 강의를 받고 제대로 연기했지만, 리나에게 멋지다는 말은 한 번도 못 들었어.

망할, 이것들이 대놓고 눈빛을 교환하잖아! 진짜 열불 나네.

에모토 아, 죄송해요(웃음). 물론 도몬 씨도 멋있었어요.

뭐야, 이 아저씨. 나랑 도시야 사이에 좀 그만 끼어들면 안 될까?

도몬 고마워(웃음). 하지만 내가 보기에도 연기에 대한 오타케의 자세는 본받을 만해.

나도 어른이니까 취재에서 이 정도 립 서비스는 하지만, 사실 너한테 본받을 건 하나도 없어! 요새 '배역 연구에 열심인 티'를 내는 젊은 연기자가 늘었는데, 로버트 드니로나 더스틴 호프먼처럼 체형을 엄청 변화시키거나 어려운 역할을 소화하는 거라면 모를까, 이딴 이류 드라마에 배역 연구가 뭔 필요냐. 어차피 정말로 배역을 연구한 게 아니라 광고용으로 기껏해야 한나절 카메라 앞에서 화과자 체험 교실 수준의 '소꿉장난'을 한 게 고작이겠지.

기자 오타케 씨는 작년 개봉된 영화 〈혼의 페달〉에서 경륜 선수를 연기할 때도 본격적인 자전거 트레이닝을 받으셨죠.

오타케 네. 지금도 개인적으로 일주일에 한 번은 글리온의 하이브리드 자전거를 타요.

그 영화가 개봉된 후 내년까지 자전거 회사 '글리온'의 이름을 은근슬쩍 언급하고 돈을 받는 스텔스 마케팅 계약을 맺었는데, 실은 그 자전거 벌써 반년쯤 안 탔어.

기자 배역 연구 하니, 지금까지 오랜 기간 다양한 역할을 소화해오신 도몬 씨는 배역을 위해 더 가혹한 경험을 하셨을 것도 같은데요.

도몬 뭐, 배역을 연구하려고 그런 건 아니지만, 저는 생긴 것 때문에 악역을 많이 맡잖아요(웃음). 연기만으로 먹고살기 힘들었던 시절에 질 나쁜 녀석들이 득실거리는 직장에서 일한 경험은 도움이 됐을지도 모르겠네요.

오타케 어디였는데요? 혹시 진짜 폭력단에 들어가서 배역을 연구했다든가?

도몬 그럴 리가 있나(웃음). 난 터널 파는 일을 했어. 하지만 노동 환경이 열악하고 질 나쁜 놈들이 득실거려 분위기가 살벌했지. 별 이유도 없이 일꾼들끼리 치고받는 일도 허다했고. 그렇게 험악한 환경에 있었던 경험이 악역 연기에 다소는 도움이 되는지도 모르겠네.

너희 둘은 앞으로도 영원히 모르겠지.

우리 같은 연기자가 밑바닥 시절에 얼마나 고생하는지.

'사람은 외모가 90퍼센트'라고들 하지만 연기자의 세계만큼 타고난 외모로 운명이 결정되는 세계는 또 없을 거야. 외모가 90퍼센트? 99.9퍼센트지. 너희같이 뛰어난 외모를 타고나면 가족이 멋대로 응모했다는 골 때리는 이유로도 대형 연예기획사에 간단히 뽑혀서 크게 노력하지 않고도 젊을 때 성공할 수 있어. 하지만 나 같이 생기면 농사를 짓는 부모님과 의절하다시피 집을 뛰쳐나와 좋아하는 연기를 하기 위해 아무리 노력해도 쓴맛만 보고, 운 좋게 발탁되기를 주야장천 기다리며 연예계의 밑바닥을 바퀴벌레 처럼 기는 수밖에 없다고.

오타케 도시야. 넌 이십 대에 고급 맨션과 외제 차를 가지고 유명한 신인 여배우와 사귈 수 있겠지만, 난 이십 대 때 욕실도 없는 연립주택에 살았고 탈것이라곤 녹슨 자전거뿐이었어. 여자라고 사귀어봤자 같은 영세 극단의 무명 여배우뿐이었지.

아르바이트도 주변 사람들은 '인간을 관찰하기 위해서'라는 이유로 서비스업을 해. 하지만 난 악당처럼 생겼잖아. 서비스업은 면접에서 다 떨어졌고, 다른 일도 그냥 무표정하게 이야기만 듣고 있는데도 상사와 동료가 "뭘 째려봐"라는 둥 "붙어보자는 거냐"는 둥 자꾸 시비를 걸어서 오래 못 갔어. 하지만 아르바이트를 안 하면 못 먹고살지. 극단 활동비도 단원들이 부담해야 하고 말이야.

결국 극단이 활동하지 않는 단기간에 큰돈을 만질 수 있고, 이 낯짝으로도 괜찮은 일을 찾다가 다다른 곳이 터널 공사 현장이었어. 다만 삼십 년도 옛날인 탓인지, 우연히 내가 들어간 현장이 지독했는지는 모르겠지만 노동 환경이 엉망진창이었어. 초과 근무도, 다툼도, 사망자가 안 나올 정도의 사고도 일상다반사였지. 동료 중에는 폭주족 출신이니 별 달린 놈도 있어서 분위기도 험악했어. 진짜 마음에 안 드는 곳이었다니까. 요즘 말로 하면 블랙 알바일 거야.

하지만 그런 곳이라도 성실하게 일하니 점차 출세를 하더군. 상부의 지원으로 공사에 필요한 자격증을 여러 개 땄고, 중요한 창고 열쇠까지 맡았어. 그러자 갈등이 일더라고. 이대로 여기 눌러앉는 편이 낫지 않을까, 하는.

이 고민도 너희는 절대 이해 못 하겠지. 본업에서는 싹수가 전혀 안 보이고, 아르바이트에서는 인정을 받는 상황이 몇 년이나 계속되면 어쩌면 난 이쪽 세계가 적성에 맞는 것 아닌가 싶다니까. 극단 동료 중에도 결국 아르바이트하던 곳에 취직해 연기를 그만둔 녀석이 참 많아. 뭐, 나는 열악한 노동 환경이 결과적으로는 좋게 작용했는지도 모르겠어. 아무리 출세해도 여기서 평생 썩기는 싫다는 생각이 들더라고.

싹수가 전혀 보이지 않아 고민하며 서른 살 가까이 됐을 때, 사귀던 여배우가 극단을 때려치우고 날 떠났어. 무명이었다고는 하나 걔가 간판 여배우라 극단도 휘청휘청했지. 정말 그 무렵이 내 인생의 밑바닥이었어. 꿈을 포기하고 본가로 돌아가려도 농사는 이미 동생이 물려받았지. 내가 정말 연기를 좋아하는지도 긴가민가하던 가운데, 어떻게든 유명해지고 싶다고 연기로 먹고살고 싶다고 신에게 가호를 빌며 몇백 번을 떨어져도 계속 오디션에 지원했어.

그러던 어느 날 시즈오카의 터널 공사 현장에서 당일치기로 도쿄에 가서 무대 오디션을 받았는데, 재수 없는 연출가가 "재능이 없다"는 둥 "때려치우라"는 둥 모진 말을 퍼붓더라고. 그때는 정말로 까딱하면 폭발할 지경이었어. 공사 현장에 돌아온 뒤에도 마음이 진정되기는커녕 속이 부글부글 끓어서 살기조차 싫더라니까. 차라리 그 연출가를 끔찍하게 죽이고 나도 죽어서 전설의 살인범으로 유명해질까, 진심으로 그런 생각까지 했었어. 날 알아보지 못하는 업계 관계자를 저주하는 마음과 유명해지고 싶다는 욕망이 뒤섞여 거의 미치기 직전이었지.

그런데 몇 달 후, 다른 영화 오디션에서 난생처음으로 단역이 아니라 이름이 있고 대사도 제법 많은 폭력배 역할을 맡게 됐어. 그래봤자 영화가 시작되고 삼십 분 만에 죽는 역할이었지만 최선을 다해 연기했지. 내 연기는 썩 호평을 얻었고 그후로 조금씩 운이 트이더라고.

폭력배, 강도, 살인범, 연쇄 강간범, 개중에는 강도 강간 살인범 조폭이라는 악의 집합체 같은 역할까지 있었지. 그래도 그런 역할을 소화하는 사이에 천천히 일거리가 늘어나 겨우 연기 하나만으로 먹고살게 됐어. 만약 내게 빛을 보게 해준 그 영화가 아니었다면, 난 진짜 살인범으로 유명해졌을지도 몰라. 십년감수했다니까.

내가 기억을 곱씹으며 이렇게까지 절절하게 고생담을 이야기해 본들, 고생이라고는 모르는 너희 마음에는 하나도 안 와닿겠지.

봐, 오타케는 날 보면서 '무거운 이야기 하지 마, 분위기 좀 읽어'라는 표정을 짓고 있잖아. 흥, 마음에 안 들어…….

오타케 와, 고생이 이만저만 아니셨네요. 저는 아직 공부를 더 많이 해야겠어요.

이 아저씨야, 분위기 좀 읽어라~. 조연 배우의 무겁기만 하고 아무 웃음 포인트도 없는 이야기가 TV 정보지에 실리면 독자들 마음만 우울해지잖아. 개그맨이라면 이런 고생담에도 웃음 포인트를 줄 텐데, 밑바닥에서 오래 생활한 베테랑 연기자는 이래서 골치라니까.

기자 에모토 씨도 독신에 스물한 살이라는 젊은 나이로 신혼부부의 아내 역할을 소화하셨는데요. 어렵지는 않으셨나요?

에모토 부담감은 있었지만 고민한다고 해결되는 것도 아니니까 오타케 씨와 진짜 부부가 된 기분으로 혼신을 다해 연기했어요. 촬영이 없는 날은 외로워서 불안해질 정도였다니까요(웃음).

정말이야, 도시야. 이렇게 도시야의 얼굴만 보고 있어도 가슴이 두근두근한다니까. 아아, 진짜 엄청 많이 좋아해!

기자 에모토 씨는 데뷔 직후부터 연기력이 좋다고 정평이 났는데요. 배역에 몰입한 동안은 정말로 상대 연기자를 사랑하시는 건가요?

에모토 네. ……대답하려니 쑥스럽지만요(웃음).

도몬 이야. 부럽다, 오타케.

아아, 젠장. 환장하겠네. 이딴 대담, 난 빼면 될 걸 가지고.

오타케 어휴, 고마워라. 저도 좀 쑥스럽네요(웃음).

에이, 날 그렇게 열렬히 쳐다보면 안 된다니까, 리나.

하지만 그렇게 일편단심으로 날 사랑해줘서 정말 기뻐.

나도 리나와 매일 만나고 싶어. 쇼트커트가 어울리는 리나의 예쁜 얼굴도, 매력 포인트인 큰 귀도, 늘씬한 몸매도 전부 사랑스러워.

그래도 결혼은 안 할 거지만.

결혼하면 지금 다리를 걸치고 있는 열 명도 넘는 여자들을 버려야 하잖아. 그러긴 아까운걸.

역시 이렇게 여자를 정복하는 과정이 제일 설렌다니까. 연예계 경력이 짧아 아직 때 묻지 않은 애들은 나 같은 일류 연기자가 조금만 다정하게 대해주면 바로 사랑의 포로가 되지. 그러면 몸을 빼앗는 건 시간문제야. 연예계에는 전국에서 예쁜 애들이 모이잖아. 그런 애들과 마음껏 자는 건 나같이 선택받은 남자밖에 못 하는 최고의 유희야.

상대가 아직 순결하면 금상첨화지. 순결한 척하면서 실은 아닌 애들도 많지만, 리나는 오랜만에 진짜인 것 같은 예감이 들어. 아직 스물한 살이니 순진한 애라면 그럴 수도 있어. 아아, 기대된다. 몇 번이고 잠자리를 가지면서 순결한 몸을 서서히 나한테 맞춰가는 거야. 아픔 너머의 쾌감을 일깨워서 내 마음대로 움직이도록 길들이는 거지. 이게 진정한 묘미거든.

그 단계가 지나면 질려서 만나기도 귀찮아지지만.

그래서 점점 다른 여자에게 손을 대다 보니 가진 패가 많이 늘었지만, 다들 주기적으로 만나주지 않으면 "왜 요즘은 안 만나줘?" 하고 불평해서 성가셔. 내가 내킬 때, 오랜만에 재미를 보고 싶을 때 자줄 테니까 불평 좀 하지 마.

게다가 처음 잤을 때만 해도 '주목받는 신인'이었는데, 별로 못 뜨는 애도 있어. 꼭 그런 애들이 돈을 노리고 결혼하자고 조른다니까. 내가 미쳤다고 그런 별 볼 일 없는 애들이랑 결혼을 하겠냐. 리나는 부디 그런 귀찮은 여자가 되지 않길 바라.

감이 좋아서 내가 몇 다리나 걸쳤다는 걸 눈치채는 여자도 골치 아파. 자기 말고 다른 여자랑은 헤어지라니, 억지 좀 부리지 마.

결국 이런 애들이 악질 불평꾼이 되지. "나랑 결혼 안 할 거면 위자료 내놔" 하고 터무니없는 소리를 늘어놓는다니까. 나 정도 급의 남자가 기껏 자줬는데 돈까지 뜯어내려 하다니, 정신머리가 어떻게 된 거야.

그런 악질 불평꾼의 말로는 자폭테러범이야. "당신한테 농락당했다고 매스컴에 폭로하겠어" 하고 마귀할멈 같은 얼굴로 너 죽고 나 죽자는 식으로 위협하지. 여기까지 오면 왜 이딴 여자를 좋아했을까 후회된다니까.

뭐, 그런 몹쓸 여자에 대한 대책도 단단히 세워놨지만.

내 침대 주변 인테리어와 장식물, 그리고 천장까지 몰래카메라를 설치해놨어. 여자가 샤워하는 사이에 리모컨으로 녹화 시작. 여자와 잠자리를 가지는 장면을 촬영해서 휴대전화와 컴퓨터에 저장해놓는 거지. 이제는 몰래카메라에 여자 얼굴과 국부가 선명하게 찍히면서도 내 얼굴은 여자 몸에 가리도록 절묘하게 위치를 잡는 데 선수가 다 됐다니까.

여자가 나와의 관계를 폭로하겠다고 떠들면 내 얼굴이 안 찍힌 장면을 이어 붙여 편집한 사진을 보여주고 "그럼 이거 인터넷에 뿌린다~" 하고 말해. 그 정도만으로도 여자는 아무것도 못 하고 눈물만 질질 짜지. 물론 우는 여자에게 몇 군데에 나눠서 사진을 저장했다는 것, 앞으로 한 번이라도 내가 화날 만한 행동을 하면 바로 사진을 인터넷에 공개하겠다는 것도 잊지 않고 똑똑히 일러줘.

그렇게 을러대면 대부분은 단념하지만 자살을 꾀한 멍청한 년도 두 명 있어. 하나는 손목만 살짝 그어서 배상과 입막음조로 돈을 듬뿍 쥐여주고 겨우 수습했지만 다른 하나는 정말로 목을 매고 죽어버렸지. 걔는 리나처럼 햇병아리 연기자였는데 다행히 리나처럼 뜨지는 못해서 자살 뉴스도 별로 보도되지 않았어. 유서도 안 남겨서 겨우 살았다니까.

지금도 젊은 여자가 자살하거나 자살을 시도했다는 뉴스를 들으면 나랑 잔 여자가 아닐까 싶어 가슴이 철렁해. 그러고 보니 작년 가을쯤에 SML 보컬의 자살 소동이 벌어졌을 때도 속이 탔지. 그건 나랑 무관했지만.

아무튼 리나와는 그렇게 슬픈 이별을 하고 싶지 않아. 이 정도로 괜찮은 여자는 오랜만, 아니 어쩌면 처음일지도 모르니까 놓치기 아까워. 아아, 그런 생각을 하니까 불끈불끈하는걸. 역시 오늘 밤 자고 싶어. 좋아, 끝나고 집으로 부르자.

저번에는 집에서 키스하고 고지가 눈앞에 있을 때 생리가 시작됐잖아. 오늘 밤이야말로 반드시 리나를 내 것으로 만들겠어……

기자 그런데 드라마에서 부부에게 위기가 닥치잖아요. 9월 10일에 방송된 제9회에서 가즈키의 옛 연인이 우연히 가게를 찾아와 이야기가 급전개를 맞이하죠.

에모토 맞아요. 제가 연기한 마나미가 옛 연인과 재회한 남편 가즈키의 동요를 민감하게 감지해서 그때까지 알콩달콩 지냈던 부부 사이가 조금씩 삐걱거리죠. 부부가 위기를 어떻게 뛰어넘을지 주목해주셨으면 해요.

기자 오타케 씨는 마음이 흔들리는 가즈키를 연기해보고 어떠셨어요? 만약 오타케 씨가 결혼했는데 아내 앞에서 옛 연인과 재회한다면,

역시 이 드라마처럼 부부 사이가 삐걱거릴까요?

오타케 저한테 이렇게 멋진 아내가 있다면 옛 연인을 만났다고 마음이 흔들리지는 않겠죠(웃음).

여기서 일단 리나에게 점수를 좀 따놓을까.

도몬 과연, 정말 그럴까? 오타케만큼 인기 있는 남자는 실제로 결혼하면 어떻게 될지 몰라.

오타케 아니, 아니, 정말이라니까요~(웃음).

이 아저씨가 또 훼방질이네. 점수 따는 것 좀 방해하지 마.

도몬 결혼하기 전에 바람피우겠다고 하는 남자는 아무도 없지만, 결혼한 후에 바람피우는 남자는 널렸거든. 리나도 이런 남자에게 걸리지 않도록 조심해야 해(웃음).

오타케 '이런 남자'라니, 저를 가리키며 무슨 말씀을 하시는 거예요(웃음).

영감탱이가, 아무리 농담이라지만 자꾸 그런 소리 하지 마. 왜냐면 정답이니까! 그나저나 이 인간이 진짜로 리나를 노리나? 야야, 나이랑 낯짝을 좀 생각해.

에모토 네, 조심할게요(웃음).

도몬 결혼할 거면 오타케같이 바람기 있는 인기남이 아니라, 나처럼 얼굴이 못나서 인기는 없어도 일편단심 해바라기 같은 남자를 선택해.

진심으로 하는 소리야. 이런 놈한테 걸리면 신세 망친다고.

오타케 도시야가 여자 출연자를 건드린다는 소문은 이 드라마가 시작되기 전부터 들었지만, 실제로 같이 일해보고 진짜라는 걸 알았지. 나처럼 오래 이 바닥에 있다 보면 호색한의 특징이 훤히 다 보이는 법이거든. 그 특징이 제일 잘 드러나는 곳이 바로 눈이야.

오타케 도시야는 젊은 여자를 볼 때 눈빛이 달라져. 순식간에 여자의 온몸을 평가한 후 가슴이나 엉덩이 등 특히 마음에 드는 부분을 상대의 빈틈을 노려 찬찬히 즐기지. 에모토 리나와 이야기할 때는 물론, 젊은 여자 스태프에게도 마찬가지였어.

전국의 인기남이 모이는 이 바닥에서 수많은 미남 연기자를 관찰해왔는데, 여자를 수없이 갈아치우는 호색한은 다들 평소에도 성욕이 강해. 여자가 가까이 올 때마다 눈치채지 못하도록 재빠르고 교묘하게 몸을 평가하지.

오랜 세월 관찰한 경험을 바탕으로 단언하건대, 오타케 도시야는 진짜배기 호색한이야.

그리고 아까 내가 이런 남자에게 걸리지 않도록 조심하라고 놀리자 오타케가 한순간 음침한 눈으로 노려보더군. 하지만 좋아하는 여자 앞에서 놀림당해도 바람피우지 않는 사람은 웃어넘기고 말아. 찔리는 구석이 있으니까 노려보는 거지.

틀림없어. 이런 남자와 사귀면 분명히 후회해.

그러니까 눈을 떠. 오타케하고 당장 헤어지라고, 유리코.

단 하나뿐인 딸이 이딴 놈의 마수에 걸리는 꼴은 절대로 못 봐.

사반세기도 전에 나는 오랜 세월 동거한 같은 극단의 간판 여배우 교코를 임신시켰다.

당시 우리에게는 일거리도 돈도 없었다. 그리고 교코가 십 대 때 심장병을 앓은 탓에 의사도 "출산은 위험하니 각오를 해두시는 게 좋겠습니다"라고 말했다. 결국 나는 어쩔 수 없이 교코에게 낙태를 권유했다.

그러자 교코는 극단을 그만두고 날 떠났다. 무리도 아니었다. 피임에 실패해놓고 아이를 지우라는 정 떨어지는 소리를 했으니까. 홀딱 반해서 살을 맞대고 살았던 여자와 그런 꼴로 헤어지다니 내가 생각하기에도 한심했지.

그후 나는 완전히 자포자기했어. 연기보다 터널 공사 아르바이트에 힘을 쏟았고, 극단은 간판 여배우 교코가 그만둬서 해체 직전에 몰렸고, 그런 와중에 지원한 오디션에서 연출가에게 모진 말을 들어 진심으로 그놈을 죽일 마음까지 먹고……. 정말 인생 될 대로 되라 싶었지.

그런 구렁텅이 같은 나날이 일 년 가까이 이어지던 어느 날. 교코 이름으로 봉투가 하나 배달됐어. 내용물을 보고 깜짝 놀랐지.

교코가 혼자 내 아이를 낳은 거야.

봉투에는 갓난아기 사진과 편지가 들어 있었어. 편지에는 딸아이 이름을 유리코라고 지었으며, 교코는 유리코와 함께 건강하게 지내고 있다고 적혀 있었어. 그다음에 적힌 글을 보고 난 울었지.

"당신에게는 재능이 있어. 그러니 부디 꿈을 포기하지 마. 이 애는 내가 키울게. 당신에게 짐은 되지 않겠어.

제일 사랑하는 당신 아이를 낳고, 당신 꿈도 지키려면 이 수밖에 없었어. 언젠가 꼭 성공한 모습을 우리에게 보여줘."

봉투에 교코의 주소는 적혀 있지 않았어. 주소가 적혀 있으면 바로 교코와 유리코를 찾아가 호적에 올리고, 두 사람을 위해 연기자의 꿈은 포기하고 취직했겠지. 하지만 교코는 그걸 알고 있었어. 내가 연기자의 꿈을 버리지 않도록 유리코를 혼자 키울 결심을 한 거야.

난 미안하다고 생각하면서도 어떻게든 연기자로 성공하기로 마음을 정했어. 그후에 지원한 영화 오디션에 합격한 것도 분명 이전까지와는 마음가짐의 차원이 달랐기 때문이겠지.

일이 점점 늘어 연기자로 먹고살 수 있게 되고, 도몬 도루라는 이름과 흉악한 얼굴이 세상에 조금씩 알려지기 시작했을 무렵. 나는 탐정 사무소를 찾아가 전에 받은 편지의 소인을 단서로 교코와 여섯 살이 됐을 유리코를 찾아달라고 했어. 고작 그 정도 단서만으로도 프로 탐정은 교코와 유리코가 어디 사는지 알아내더군.

교코는 이바라키 현에 살고 있었어. 본가는 군마 현이지만 부모님의 반대를 무릅쓰고 연극의 세계로 뛰어들었을 때 사이가 틀어졌다고 들었으니 아이를 가졌어도 고향으로 돌아갈 수 없었겠지. 그래도 교코와 유리코는 새로운 땅에서 건강하게 지낸다는 이야기였어.

다만, 교코는 다른 남자와 결혼했더라고.

어쩔 수 없지. 내가 너무 늦게 뜬 탓이야. 애당초 유리코를 지우라고 지껄였던 내가 이제 와서 아버지 노릇을 하겠다는 것도 너무 뻔뻔스럽고. 난 두 사람이 행복하길 바라며 마지못해 미련을 버렸어.

그로부터 약 이십 년이 지난 작년 여름. 유리코가 연예계에 데뷔했다는 걸 알았지.

에모토 리나라는 예명을 사용했지만 유리코라는 걸 바로 알아봤어. 교코의 젊은 시절을 빼박았더라고. 교코도 영세 극단에는 분이 넘치게 미인이었지. 그리고 유리코가 가끔 잡지와 인터뷰할 때 걸고, 오늘도 걸고 나온 하트 모양 목걸이는 사실 내가 교코와 사귀던 시절에 준 선물이야.

덧붙여 난 유리코의 진짜 나이를 아니까 유리코가 나이를 속였다는 것도 알지. 뭐, 연예계에서는 흔한 일이니까 상관없지만. 아무튼 작년에 유리코가 데뷔했다는 걸 알자마자 정보를 긁어모았어.

그러다 어느 잡지 기사로 슬픈 사실을 알았지.

기사에 유리코의 성장 과정이 이렇게 소개되어 있더군.

"에모토 씨가 초등학교에 입학하자마자 부모님이 이혼해 어머니와 둘이서 살았다. 하지만 에모토 씨가 중학교 3학년 때 어머니도 병으로 돌아가셨다……."

즉 교코는 내가 탐정 사무소에 조사를 의뢰한 직후에 이혼했고, 그로부터 십 년도 지나기 전에 세상을 떠난 거야. 그후에 다시 만나러 갔다면 이번에야말로 교코와 결혼해 유리코의 아버지가 될 수 있었을지도 모르는데. 그럼 내 수입으로 병을 정성껏 치료해 교코가 아직 건강히 살아 있을지도 모르는데. 후회의 눈물이 멈추지 않더군.

어린 나이에 어머니를 잃은 유리코는 에모토 리나로서 순식간에 인기를 얻어 이번에 드라마 주인공까지 맡았지. 그리고 무슨 우연인지 기쁘게도 친아버지인 내가 아버지 역할로 출연하게 됐어. 유리코는 죽은 교코의 꿈을 멋지게 이루었어. 그 모습을 보다니 이번에는 감격의 눈물이 멈추지 않더군. 크랭크인하고 한동안은 매일 집에 가서 울 정도였다니까.

다만 이 마음은 누구와도 공유할 수 없어.

내가 에모토 리나의 아버지라는 사실은 본인에게는 물론 주변 사람들에게도 절대 밝혀선 안 돼. 한창 잘나가는 신인 연기자가 악역 전문 배우의 사생아라는 게 들통나면 출세에 지장이 있을 테니까.

뭐, 그래놓고 딱 한 번 말실수를 한 적이 있지만.

작년에 유리코가 데뷔했을 무렵, 난 젊은 주인공 남녀의 만남과 이별을 진부하게 그려낸 만화 원작의 <너의 옆얼굴>이라는 영화에 출연했어. 연기자는 신기한 생물이라 뛰어난 작품에 참여할 때는 자기 의견을 내세운 나머지 촬영 현장에서 감독이나 다른 출연자와 충돌하기도 하지만, 반대로 그렇게 대단치 않은 작품에 참여할 때는 아무 생각 안 해도 되니까 의외로 촬영 현장이 즐거워. 그래서인지 쫑파티 때 신나게 과음한 탓에 "최근에 데뷔한 에모토 리나는 내 딸이야" 하고 말실수를 한 모양이야.

전혀 모르고 있다가 나중에 매니저에게 듣고 머릿속이 새하얘졌지. 하지만 당시는 에모토 리나의 지명도가 낮았고, 에모토 리나를 아는 사람도 그렇게 악당같이 생긴 사람과 그렇게 예쁜 애가 한 핏줄일 리 없다며 아무도 안 믿었나 보더라고.

하지만 자세히 보면 유리코의 큰 귀는 나랑 판박이야. 뭐, 유리코는 큰 귀가 매력 포인트로 통하고, 나는 '악마' 같다느니 '피콜로 대마왕' 같다는 소리를 듣지만. 아무튼 그 일 이후 다시는 과음 안 해. 내가 에모토 리나의 아버지라는 건 무덤까지 가지고 가야 할 비밀이니까.

그런데 그토록 소중한 외동딸 유리코가 오타케 도시야에게 홀딱 빠진 모양이야.

부탁이다, 유리코. 얼굴만 보는지 어떤지는 모르겠다만 그딴 놈이랑 사귀어서 좋을 것 없어. 정신 차려. 눈을 좀 뜨라고.

그리고 걱정스러운 점이 하나 더 있어. 상상도 하기 싫지만 만약 유리코가 오타케에게 속았을 경우, 나중에 엄청난 짓을 저지를 가능성이 있어.

유리코는 교코의 딸이니까. 어쩌면 그런 성격도 물려받지 않았을까…….

오타케 저한테 바람기가 있다고요(웃음)? 농담이 너무 심하시네요, 도몬 씨!

이 영감탱이가, 진짜 죽여버릴까 보다! 나오는 대로 지껄이면 다인 줄 아나! 리나, 이런 놈의 말을 믿으면 안 돼. 뭐, 맞는 말이기는 하지만.

에모토 충고 감사합니다(웃음). 하지만 실제로 오타케 씨가 연기한 가즈키처럼 남자는 옛날에 사귀었던 여자에게 좀처럼 미련을 못 버린다고 들었어요.

그렇지, 도시야.

기자 확실히 헤어진 연인에게 품는 미련은 남녀 차가 크다고 하죠.

오타케 그건 그럴지도 모르겠네요. 남자 입장에서는 가슴이 뜨끔한 이야기입니다만.

어, 뭐야? 리나의 이 의미심장한 시선은.

에모토 옛날 연인에게 마음이 흔들리는 가즈키와 그걸 용서하지 못하는 마나미의 대비는 드라마 종반에 아주 실감나게 표현되어 있어요. 아직 경험이 부족하지만 그 부분은 더욱 열심히 연기했으니까 꼭 채널 고정해주세요.

응, 도시야. 당신도 옛날 연인을 못 잊은 걸까.

그걸 발견했을 때는 나도 엄청 동요했어.

도시야의 컴퓨터에 저장된 사진을 발견했을 때는.

보름쯤 전 도시야의 집에 처음 갔던 날, 나는 도시야에게 몸을 허락할 생각이었다. 그런데 도시야가 샤워를 하는 동안 호기심에 컴퓨터를 들여다봤다가 하마터면 심장이 멎을 만큼 놀랐다.

컴퓨터에는 도시야가 여자와 알몸으로 뒹구는 사진이 수많이 저장되어 있었다. 게다가 여자들은 국부까지 선명하게 찍혀 있었다. 여자들의 얼굴을 자세히 보자 유명한 연예인이 몇 명이나 있었다.

그리고 그중에 어떤 연기자가 있었다.

그 연기자는 몇 년 전에 자살했다. 당시 데뷔한 지 얼마 되지 않아 그리 유명하지 않았지만, 나는 일반인 시절에 그녀가 조연으로 출연한 드라마를 가끔 봤으므로 자살 뉴스도 인상에 남아 있었다. 그 드라마의 주인공은 도시야였다.

나는 샤워 소리에 주의하며 다른 사진도 살펴보았다. 그러자 얼마 전까지 주목받다가 사라진 젊은 여자 연기자들의 알몸 사진이 수두룩했다.

그제야 감이 왔다.

혹시 도시야는 한 번에 여러 명과 사귀며 이런 사진을 몰래 찍어놨다가 훗날 이별할 때 문제가 생기면 사진을 빌미로 위협하는 것 아닐까. 그 충격으로 재기가 불가능해진 사람도 있고, 그중 한 명은 결국 자살까지 한 것 아닐까.

오해하지 마, 도시야. 난 당신을 좋아해. 한번 좋아하게 된 마음이 그렇게 쉽게 바뀌지는 않아. 당신이 내게 보여준 다정한 모습은 진짜였다고 생각하고, 난 지금도 바라만 봐도 가슴이 두근거릴 만큼 도시야를 아주 좋아해.

좋아하니까 그런 행동에 나선 거야.

도시야, 어릴 적에 부모님이 '자기가 한 짓에는 책임을 져라'라고 가르치지 않았어? 난 사랑하는 엄마한테 몇 번이나 들었는데.

엄마 말은 지금도 가슴속에 똑똑히 남아 있어. 난 도시야도 본인이 한 짓에 책임을 지길 바랐어. 그래서 샤워를 마치고 나온 도시야에게 생리가 시작됐다고 거짓말을 하고 도망치듯 집을 빠져

나온 거야.

그리고 바로 알고 지내는 변호사에게 연락했지…….

기자 그렇군요. 에모토 씨의 연기가 아주 기대됩니다. 그리고 마지막 회를 향해 가며 도몬 씨가 연기하신 고조에게도 큰 시련이 닥치죠. 근처에 인기 있는 제과 체인점이 진출해서 가게 경영이 악화되고, 신상품을 개발해 고객들을 되찾으려던 차에 가게 앞에서 병으로 쓰러져요.

도몬 부부 사이도 큰일이지만 가게가 어떻게 되느냐도 볼거리죠.

오타케 그래서 사위인 제가 갑자기 가게를 맡게 되는데요, 실패의 연속에 부부 사이도 점점 악화돼서 제1회부터 보신 분은 과연 이대로 괜찮을까 조마조마하실 거예요.

도몬 하지만 입원해서 사위에게 가게를 맡김으로써 완고한 장인과 사위의 신뢰 관계가 깊어지는 부분도 있으니 그런 점도 기대해주시기 바랍니다.

아아, 별 재미도 신선미도 없이 비슷한 내용이 발에 챌 만큼 많은 이류 드라마 이야기는 이만 됐어. 유리코가 걱정돼서 죽겠단 말이야.

만약 오타케에게 농락당하다 버려지면 유리코는 큰 상처를 입겠지. 하지만 안타깝게도 남자 연기자가 신인 여자 연기자를 가지고 노는 건 이 업계에서 흔한 일이야. 어지간해서는 스캔들도 안 터지지. 공론화되면 여자 연기자도 큰 피해를 입으니까 다들 울며

겨자 먹기로 참는 수밖에 없어.

그런데 과연 유리코도 그럴까…….

얘는 교코의 딸이야. 만약 교코의 성격을 물려받았다면, 연기자 생명을 걸고 오타케의 본성을 폭로하지 않을까. 그게 불안해.

교코는 얼핏 보기에는 예쁘고 얌전한 여자였지. 또한 비뚤어진 일을 아주 싫어하고, 부조리한 일은 절대로 용납지 않는 강철 같은 여자이기도 했어. 예를 들면 극단 쫑파티를 하러 간 술집에서 술에 취해 손님들에게 시비를 거는 회사원에게 대들다가 결국에는 드잡이 싸움을 벌여서 극단 동료들이 허둥지둥 말린 적도 있었어.

애당초 나랑 교코가 사귄 것도 극단에서 연습을 마치고 돌아가는 길에 불량한 고등학생 세 명에게 둘러싸여 있는 교코를 구해준 게 계기였고.

그 고등학생들은 옆으로 한 줄로 걷다가 비칠비칠하는 할머니와 부딪쳐 넘어뜨려놓고도 사과도 없이 그냥 가려고 했어. 그걸 보고 교코는 할머니를 부축해 일으켰지. 그걸로 끝냈으면 좋았을걸, 고등학생들을 쫓아가 "너희들이 넘어뜨린 할머니께 사과해. 자기가 한 짓에 책임을 져!" 하고 고함을 질렀지.

고등학생들이 "뭐야, 우리랑 놀자고?" 하고 히죽대며 교코를 둘러쌌지만 마침 내가 지나가서 무사했지. 내가 타고난 험상궂은 얼굴에 힘을 빡 주고 "이 새끼들이, 내 여자한테 볼일 있냐?" 하고 으르대자 고등학생들은 새파랗게 질린 얼굴로 "죄송합니다!" 하고 사과하고 도망쳤어.

당시 난 극단에 들어간 지 얼마 안 된 막내라, 선배였던 교코에게 마음이 있었지만 말도 제대로 못 걸었어. 결과적으로 그 고등학생들이 큐피드 역할을 해 교코에게 고맙다는 인사를 받았고 다음 날부터 자연스럽게 말을 나누다가 사귀게 된 거야.

다만 안타깝게도 교코는 사생활뿐만 아니라 연기자로 활동하는 자리에서도 그런 성격을 다스리지 못했어. 오디션 때 무례한 말을 한 연출가에게 대들거나, 영화에 단역으로 출연했을 때 성추행을 한 거물 배우의 따귀를 때린 적도 있었대. 기껏 얻은 기회를 그런 행동으로 몇 번이나 날려먹었지.

교코에게도 스타가 될 자질은 충분했어. 지금 스타의 계단을 올라가고 있는 에모토 리나의 원조라고 할 만한 미인이었으니까. 하지만 교코가 출세하지 못한 건 틀림없이 그 성격 탓이야. 상대가 누구든, 승산이 있든 없든, 용서할 수 없다고 마음먹으면 앞뒤 가리지 않고 맞서지. 그게 교코였어. 유리코가 그런 교코 밑에서 자라며 과잉된 정의감까지 물려받지 않았을까 걱정돼서 마음이 안 놓여.

하물며 유리코는 에모토 리나로 데뷔하고 나서 너무나 순조롭게 여기까지 왔어. 연예계의 더러운 면을 모르다가 사랑하는 오타케에게서 처음으로 그런 면을 보았을 때, 화나고 슬픈 나머지 분별없이 폭로하지 않을까. 하지만 그런 짓을 했다간 틀림없이 유리코도 큰 피해를 입어.

제일 좋은 건 유리코가 냉큼 오타케와 헤어지는 거지. 하지만 이제 와서 그럴 수도 없겠지.

아아, 어쩌면 좋지. 아버지로서 해줄 게 아무것도 없나…….

기자 마지막 회에서는 에모토 씨가 처음으로 조리장에 서는 장면도 나온다죠.

에모토 네. 아버지가 쓰러져서 조리장에 사람이 모자랄 때 주문이 잔뜩 밀려들어 그때까지 접객을 담당하던 마나미가 동원돼요.

기자 게다가 그 장면은 이 분 가까이 롱 테이크로 촬영했다던가?

에모토 조리장 세트에 들어간 건 처음인데다 롱 테이크잖아요. 긴장해서 정말 허둥거렸다니까요. 하지만 감독님이 드라마 속 마나미도 조리장에 들어간 적이 거의 없는데 갑자기 불려가서 당황하는 코믹한 장면이니 오히려 좋지 않겠냐고 하셔서 한 번에 OK가 났어요(웃음).

도몬 저도 완성된 영상을 봤는데 조리 도구를 요란스레 떨어뜨리는 등 우스꽝스럽고 재미있게 찍혔더라고요. 애드리브와 더불어 리나의 연기가 정말로 훌륭했습니다.

그렇게 연기를 잘하는데, 장래가 유망한데, 오타케 같은 놈과 가까이 지내면 안 돼. 그놈과 관계가 깊어져서 좋을 것 없다고.

오타케 에모토 씨의 순진함은 아주 큰 매력이에요. 이 작품을 통해 에모토 씨의 연기에 호감을 느꼈습니다.

분명 침대 위에서도 그렇겠지. 그것도 연기자로서가 아니라 한 여자로서 순진함을 보여줄 거야. 빨리 온몸으로 맛보고 싶어. 아아, 진짜 불끈불끈하네. 좋아, 오늘 밤에 반드시 자겠어!

에모토 감사합니다. 제 입으로 말하려니 부끄럽지만 그 장면은 꼭 보셔야 해요. 물론 다른 장면도 꼭 보셔야 하지만(웃음).

아아, 도시야의 이 눈빛. 어쩌면 오늘 밤 또 나와 자려고 할지도 몰라. 보름 전 그날과 눈빛이 똑같잖아.

하지만 도시야, 네 마음대로는 안 될 거야.

컴퓨터 속 수많은 사람들처럼 알몸 사진을 찍힐 수는 없어.

그날 나는 도망치듯 도시야의 집을 빠져나오자마자 알고 지내는 변호사에게 연락했다. 그리고 사진을 보고 알아낸 여자들의 이름을 알렸다.

변호사는 여자들에게 접촉해 "오타케 도시야를 상대로 단체 소송을 제기하지 않겠습니까?" 하고 제안했다. 하지만 여자들은 모두 가만히 두라며 제안을 거절했다고 한다. 다들 억울하지만 참는 길을 선택한 듯하다.

성범죄는 이래서 무섭다는 걸 실감했다. 변호사도 낙담했다.

앞으로 어떻게 해야 할까 하룻밤 고심해 결론을 내렸다.

어쩔 수 없다. 그럼…… 도시야의 컴퓨터에 저장된 사진 데이터를 훔쳐내서 최대한 고가에 팔아치우자!

그 정도밖에 없잖아. 기껏 발견한 보물 사진을 돈으로 바꾸면서 도시야도 파멸시키는 일석이조의 방법은.

사진에 찍힌 멍청한 년들이 앞으로 어찌되든 내 알 바 아니지.

난 얼굴을 따져. 잘난 사람이 좋아. 잘생기고 예쁜 얼굴만 봐도 가슴이 콩닥콩닥한다니까. 도시야의 얼굴은 완전히 내 타입이야.

하지만 제일 좋아하는 건 그렇듯 잘난 얼굴이 공포와 절망으로 꾸깃꾸깃 일그러지는 순간이지. 본판이 최대한 잘나고 공포와 절망이 최대한 깊어서 낙차가 크면 클수록 좋아. 그걸 볼 때 최고로 황홀감을 느껴.

하지만 아무도 그런 내 취향을 몰라. 다들 내 첫인상만 보고 순수하고 깨끗하며 아주 착한 애로 여기나 보더라고. 사람 보는 눈이라는 건 정말 믿을 게 못 돼. 뭐, 나도 내 그런 특성을 살려서 많은 사람과 친해져 신용을 얻은 다음에 파멸시키고 그 얼굴을 보며 즐기는 놀이를 해왔지만.

때문에 지금까지 많은 이름을 나눠서 사용해왔어. 본명인 유리코는 하도 오랫동안 안 써서 잊어버릴 지경이야.

보통 연예인끼리 사이가 좋아지면 예명으로 활동하는 사람도 본명을 알려주는 모양이지만, 난 에모토 리나가 본명인 것처럼 행세해. 상대와 진심으로 사이좋아지고 싶은 생각이 없거든. 다가오는 상대는 모두 사냥감 후보니까. 도시야도 본명으로 활동한다고 했지만 진짜인지는 모를 일이지.

도시야는 성욕을 억누르지 못하는 타입 같아. 섹스 중독일지도 모르지. 그에 비하면 난 내 욕망을 통제하고는 있어. 욕망이 많이 비뚤어지기는 했지만.

내가 그런 내 욕망을 깨달은 건 일곱 살 때였어.

난 피가 이어진 친아빠 얼굴을 모른다. 원래 도쿄에서 엄마와 함께 살았지만 내가 태어지기 전에 헤어졌다고 한다. 엄마는 사이가 껄끄러운 외가로 돌아가지 못하고, 이바라키 현에서 부동산 중개사로 일한다는 학창 시절 친구가 소개해준 셋방에 살며 날 낳았다. 거기가 내가 자란 집이다.

주택가 끄트머리에 위치한 허름한 목조 단층집. 시골이라 그런 집에도 정원이 딸려 있었다. 정원과 경계가 모호하게 인접한 숲도 주인은 있었겠지만 전혀 손질하지 않아 빈터 같은 느낌이었다. 도쿄에서는 상상도 못 할, 땅이 남아도는 시골 특유의 환경이었다.

철이 날 즈음에 아빠, 엄마, 나 셋이서 그 집에 살았다. 그때는 아직 아빠와 피가 이어지지 않은 줄 몰랐지만.

그리고 아빠가 이상했다는 것도.

아빠가 술만 마시면 난폭해져 엄마를 때리고, 가끔은 나까지 때리는 것도 어쩔 수 없는 일이라고 생각했다. 아빠와 목욕을 하면 몸 여기저기를 만지거나 핥는 것도 예사롭게 받아들였다. 그리고 엄마가 야근을 하느라 집에 없을 때 아랫도리를 벗은 아빠가 이불 속으로 들어와 나를 홀딱 벗기고 아빠 위에 태우는 것도 흔한 일이라고 생각했다. 아빠가 움직일 때마다 가랑이가 욱신욱신 아픈 건 싫었지만, 그게 끝날 때까지 아빠는 취했어도 날 때리지 않고 예쁘다고 칭찬해줬으므로 난폭하게 구는 것보다는 안심됐다.

그런데 엄마가 야근을 하던 어느 밤, 평소처럼 아빠가 장지문을 열고 들어오는 기척을 느꼈을 때였다. 장지문 너머에서 퍽, 하는 소리가 들리더니 뭔가가 쿵 쓰러졌다. 그후에도 퍽퍽, 하는 소리와 나지막한 신음 소리, 사람이 퉁탕퉁탕 움직이는 듯한 소리가 났다. 나는 놀라서 장지문을 살짝 열고 거실을 엿봤다.

엄마가 아랫도리를 벗은 채 엎어진 아빠 등에 올라타 아빠 목을 끈으로 힘껏 조르고 있었다. 두 사람 옆에는 피 묻은 삽이 나뒹굴고 있었다. 엄마 얼굴은 『모모타로◆』 그림책에 나오는 빨간 도깨비 같아서 몹시 무서웠다.

하지만 뒤에서 목을 졸려 몸이 젖혀진 아빠 얼굴을 본 순간.

나는 그만 웃을 뻔했다.

피가 흐르는 아빠 얼굴은 엄마보다 더 새빨갰지만, 그건 『모모타로』의 빨간 도깨비가 아니었다. 『눈물을 흘린 빨간 도깨비◆◆』에 나오는 재미있는 빨간 도깨비였다. 혀를 쑥 내밀고 튀어나올 것처럼 눈을 부릅뜬 모습이 마치 웃기기 놀이를 하는 것 같았다. 그렇게 무서웠던 아빠가 이렇게 재미있는 표정을 짓다니. 그 격차가 아주 신선하게 느껴졌다.

그때 내 욕망에 눈을 떴다.

내가 엿보는 걸 눈치챈 엄마가 "보지 마!" 하고 야단쳐서 바로 장지문을 닫았다. 하지만 어두운 침실에 누워도 흥분은 사그라지지 않았다. 몇 분 지나 엄마가 침실에 들어와서 "지금까지 몰라서 미안해" 하며 날 안아주었다. 그리고 "오늘은 이만 자렴" 하고 다시 장지문을 닫았다.

잠이 오지 않아 엄마가 현관을 나선 후에 거실 창문으로 밖을

◆ 복숭아에서 태어난 모모타로가 개, 원숭이, 꿩을 데리고 도깨비섬을 정벌한다는 설화.

◆◆ 동화 작가 하마다 히로스케가 1933년에 쓴 동화. 사람들과 친해지고 싶어 하는 도깨비가 나온다.

내다보았다. 아빠의 두 발목을 잡고 질질 끌며 정원을 가로질러 숲으로 향하는 엄마 모습이 달빛에 비쳤다. 잠시 후 빈손으로 돌아온 엄마는 삽을 들고 다시 숲으로 향했다. 지금 생각하면 그날 엄마는 야근이 아니었을 것이다. 아빠가 날 성적으로 학대하는 걸 알고 처음부터 죽일 작정이었겠지. 나중에 시체를 묻을 것까지 고려해서 삽으로 아빠를 때린 거 아닐까.

다음 날부터 엄마는 주변에 "남편이 물장사하는 여자와 야반도주했다"는 거짓말을 퍼뜨렸다. 아무래도 아빠는 제대로 회사를 다닌 게 아니라 프리터◆였던 듯하고, 그런 거짓말이 통할 만큼 평판이 별로였던 모양이다. 당시 나는 '물장사'라는 말도 '야반도주'라는 말도 몰랐지만, 그날 밤 일은 아무에게도 말하지 말라고 엄마가 신신당부했고 어린 마음에도 그래야 한다는 건 알고 있었으므로 시키는 대로 했다.

결국 그 살인은 그대로 묻혔다.

그런 아빠라도 돈은 어느 정도 벌었는지 그후로 형편이 많이 어려워졌다. 식품 공장에 다녔던 엄마는 야근을 더 늘리고 죽어라

◆ 일정한 직업을 가지지 않고 아르바이트로 생계를 꾸려가는 사람들을 가리키는 용어.

일했지만, 간식과 옷을 사주는 빈도가 점점 줄어들었다.

한편 바빠서 많이 돌봐줄 수 없는 만큼 함께 지내는 짧은 시간에나마 교육을 철저하게 시키기로 마음먹은 듯 엄마는 집에서 내게 엄하게 대했다. 엄마가 숙제, 이 닦기, 생활 태도를 꼼꼼하게 체크한 덕분에 성적은 상위권이었고, 한 번도 충치가 생기지 않았고, 매일 밤 8시에 잠드는 건강한 생활을 했지만, 가난은 싫었다. 나이가 들어 머리가 굵어질수록 가정환경을 받아들일 수 없게 됐다.

생각해보면 폭력적인 변태랑 결혼한 것도, 그놈을 죽인 탓에 벌이가 줄어서 가난해진 것도, 전부 엄마의 자업자득이잖아. 그 이전에 내 친아빠와 헤어진 것도, 사이가 나빠서 외가에 돌아가지 못하는 것도 역시 엄마 탓이잖아. 그런데 왜 내가 가난에 허덕여야 해? 그런 불만이 점점 쌓였다.

게다가 엄마는 지병인 심장병이 악화돼 병원에 다니게 됐다. 일을 자주 쉬는데다 병원비까지 들어서 생활은 더욱 곤궁해졌다.

나도 다른 애들처럼 멋을 부리고 싶었고, 휴대전화와 액세서리도 가지고 싶었다. 하지만 엄마가 아무것도 사주지 않아 친구 사이에 끼지 못하고 늘 쥐 죽은 듯 얌전하게 지냈다. 결국 용돈은 알아서 버는 수밖에 없었다.

그래서 초등학교 6학년 때부터 원조교제를 시작했지.

거부감은 없었다. 어렸을 적에 아빠와 했던 걸 하는 거라고 단순하게 받아들였다. 실제로 만남 사이트나 음성 사서함 서비스로 손님을 받아보자, 역겨운 아저씨도 있었지만 의외로 대학생같이 젊은 사람도 많았다. 의사나 사장 등 팁을 듬뿍 주는 사람도 있었다. 무엇보다 다들 아빠보다는 정중했다. 기분 좋지는 않았지만 몸이 자란 덕분인지 이제 아프지 않았다.

돈은 금방 모였다. 덕분에 중학교에 들어간 후에는 좋아하는 물건을 살 수 있었다. 아무래도 가방은 너무 눈에 띄니까 어려웠지만, 자잘한 소지품은 루이비통으로 통일했다.

그러자 동급생들이 어른 같다고 치켜세웠고 내 측근이 되려는 여자애들도 늘었다. 덧붙여 남자애들 중에 초등학교 때부터 나를 몰래 좋아했던 애가 있었다는 걸 알았다. 솔직히 나도 내 얼굴이 예쁘다는 건 알고 있었지만, 나랑 원조교제 손님뿐만 아니라 다들 그렇게 생각한다는 걸 그제야 깨달았다. 그 무렵 뚝 떨어진 성적과는 무관하게 나는 반의 중심이었다.

그러던 어느 날 교실에서 내 루이비통 지갑이 없어지는 사건이 발생했다.

내가 "어, 지갑이 없네" 하고 한마디하자 측근들이 일제히 움직였다. 결국 반 아이들 중에 제일 가난했던 친구가 의심받았다. 이제 이름도 기억 안 나지만 분명 노래를 잘하던 애였다. 한때는 제법 사이가 좋아 싱글맘 가정이라는 내밀한 사정까지 서로 밝혔던 것 같다. 측근들은 "네가 범인이잖아", "빨리 자백하고 내놔" 하고 일제히 걔를 공격했다.

딱하더라. 실은 그때 지갑을 찾았거든.

가방 깊숙이 넣어놔서 착각했지 뭐니.

하지만 소동이 커져서 말을 꺼낼 수 없었다. 그 결과 걔는 자칫하면 집단 폭행을 당하는 게 아닐까 싶은 상황까지 몰렸다. 나는 측근들 사이에서 걔의 얼굴을 가만히 살폈다.

그때 나는 오랜만에 흥분에 휩싸였다.

얼마 전까지만 해도 내 앞에서 명랑하게 웃던 걔의 얼굴이 절망에 뒤덮였다. 펑펑 울면서 바들바들 떨리는 입으로 아니라고 기를 쓰고 부정하다가 측근들 사이로 살피고 있는 나와 눈이 마주치자 그때까지보다 한층 크게 고개를 저었지만, 내가 의심하는 표정으로 노려보자 절망감이 역력한 눈을 꾹 감더니 더럽게 콧물까지 질질 흘리며 고개를 푹 숙였다. 마지막 희망이 사라진 순간의 무참한 얼굴을 보며 나는 짜릿한 흥분을 맛보았다. 살해당하는 아빠의 얼굴을 본 이래, 오랜만에 내 욕망이 깨어난 순간이었다.

걔의 얼굴은 제법 예뻤다. 예쁘장한 얼굴이 이렇게까지 허물어지는 그 간극이 참을 수 없이 좋다는 걸 자각했다.

다음 날부터 걔는 결석했다. 그리고 난 마치 지옥에 떨어진 듯한 인간의 표정을 다시 보고 싶다는 욕망이 강해졌다. 난 그 표정에 '끝장난 얼굴'이라는 이름을 붙이고 그때부터 '끝장난 얼굴'을 보고 싶다는 욕망을 충족시키기 위해 행동하기 시작했다.

원조교제 손님 중에 우리 학교 과학 선생님인 야자키가 있었다.

야자키는 마흔 살 먹은 세련된 미남으로, 수업이 재미있어서 학생들에게 인기가 있었다. 결혼은 했지만 아이는 없었고, 부인도 초등학교 선생님이었다. 내가 중1 때부터 손님이었는데, 옆 동네 중학교에 근무하다 내가 중2로 올라간 해에 우리 학교로 전근을 와서 우리 반 수업을 맡았다. 물론 새 직장에서 나를 보고 당황했지만 내가 비밀은 지킬 테니 걱정 말라고 하자 안심했다.

그후로 야자키와 관계가 깊어졌다.

처음에는 날 멀리했지만 역시 자기가 맡은 학생과 육체관계를 갖는 게 흥분되는 모양이었다. 부부 사이는 이미 냉각되어 "마누라는 화나면 바로 신경질을 부리니까 싫어" 하고 늘 투덜거렸다. 당연히 잠자리도 가지지 않았으므로 야자키는 점점 내 몸에 빠져들었다. 괜찮은 단골손님이었던 터라 결국 나는 반쯤 애인 비슷하게 지내게 됐다.

야자키의 얼굴은 제법 내 타입이었다. 그게 끝장나는 모습을 이렇게 가까이서 볼 수 있는 기회는 좀처럼 없을 것 같았다.

그래서 행동에 나섰다.

야자키와 만나기로 한 날, 약속 시간이 되기 전에 늘 가는 모텔 옆에 위치한 자동판매기 뒤편에 눈에 띄지 않도록 소형 디지털카메라를 설치했다. 모텔에 들어가는 손님과 모텔 간판이 잘 찍히도록 각도를 잘 계산해서.

그리고 야자키와 만나 모텔로 들어갈 때 얼굴을 카메라 반대편으로 돌려 야자키 어깨에 기댔다. 볼일을 보고 돈을 받고 헤어진 후 카메라를 회수했다. 야자키의 얼굴이 똑똑히 찍혔고, 누군지는 모르지만 젊은 여자와 모텔로 들어갔다는 게 확실한 사진을 컴퓨터로 출력했다. 물론 카메라, 컴퓨터, 프린터 전부 원조교제로 번 돈으로 샀다.

그 작업을 다섯 번쯤 반복한 후 야자키에게 사진과 협박장을 보냈지.

"바람피운 걸 들키기 싫으면 이 은행 계좌에 돈을 보내"라는 진부한 협박장. 계좌는 인터넷에서 파는 걸 샀다. 학교 주소를 써서 야자키 앞으로 보냈으니까 교무실에서 사진을 받아봤겠지. 깜짝 놀랐을 거야.

그날은 참 재미있었어. 마침 과학 수업이 있었는데, 교실에 들어오는 순간부터 야자키 표정이 평소와는 확실히 다르더라고. 마음이 어수선한지 언제나 귀에 쏙쏙 들어오던 수업도 엉망진창이었지. 수업이 끝나고 야자키가 날 몰래 빈 교실로 불러내 "이유는 말할 수 없지만 당분간 그만 만나자"라고 했어.

물론 그 '이유'를 만든 건 나지만 모르는 척 "왜요? 계속 만나고 싶어요. 사랑한단 말이에요" 하고 말해봤지. 야자키는 고뇌가 더 깊어진 듯 미안하다는 말을 되풀이하며 혹시 지금도 감시당하는 것 아닐까 겁먹은 얼굴로 주변을 두리번거리더군. 궁지에 바싹 몰린 표정이 정말 볼만했어.

재미있어서 다른 사진과 협박장을 계속 보냈고 요구 금액도 점점 올렸다. 그러자 야자키는 점점 수척해졌고 너글너글하던 성격도 날카로워져 학생들에게 고함을 지르곤 했다. 그 탓에 "야자키 선생님은 병이 났다"든가 "마약을 한다"는 헛소문까지 퍼졌다. 수업 시간이면 나는 그렇게 세련되고 인기 있던 선생님이 이렇게 참담하게 변하다니 걱정스럽다는 표정을 지었지만 실은 설레는 기분으로 야자키를 관찰했다.

하지만 총 삼백만 엔쯤 뜯어냈을 즈음 즐거운 나날은 느닷없이 끝을 맞았다.

야자키의 부인이 야자키를 저승길 동무 삼아 자살했거든.

부인은 집 1층 침실에서 자는 야자키를 칼로 찌른 후 자기 몸과 방에 등유를 뿌리고 불을 지른 모양이야. 사진이나 협박장을 발견한 걸까. 신경질을 부린다고는 들었지만 설마 그 정도일 줄은 몰랐네. 하지만 집이 전소했으니 나랑 야자키의 관계를 입증할 증거도 전부 불탔겠지.

뉴스에도 나올 만큼 큰 사건이었지만 부부 관계에 문제가 있던 듯했다는 주변 사람들의 증언 때문에 결국 '부부 싸움 끝에 충동적으로 저지른 짓'으로 마무리됐다. 뭐, 즐거운 놀이가 갑자기 끝나서 아쉬웠지만 돈도 벌었고 야자키의 끝장난 얼굴도 몇 달에 걸쳐 관찰했으니 좋은 경험이었다.

하지만…… 얼마 지나지 않아 이번에는 엄마가 내 돈벌이를 눈치채고 말았지.

루이비통에서 산 물건들은 꼭꼭 감춰놨고, 카메라와 컴퓨터를 친구에게 받았다는 내 거짓말도 엄마는 철석같이 믿었다. 그래서 잘도 속는구나 싶어 방심하고 원조교제비가 든 통장을 식탁에 놔뒀다가 엄마한테 딱 걸렸다.

엄마는 그 통장을 보고 "무슨 돈이 이렇게 많니!" 하고 소리를 질렀다. 그 말에 나도 모르게 발을 헛디뎌 넘어질 뻔했다. 나야말로 어릴 적부터 내내 '무슨 돈이 이렇게 없어!' 하고 소리를 지르고 싶은 기분이었으니까.

아르바이트를 해서 번 돈이라고 우겼지만 엄마는 믿지 않았다. 엄마가 끈질기게 물어볼 때마다 "다 집에 돈이 없어서 그런 거잖아!" 하고 나도 역정을 내서 싸움이 벌어졌다.

가난한 것도 불만이었지만 엄마야말로 이것저것 비밀이 많았지. 내가 일곱 살 때 아빠를 죽인 것과는 별개로 친아빠가 있다는 것도 초등학교 고학년이 돼서야 가르쳐줬고, 그런데도 친아빠가 지금 어떻게 지내는지는 알려주지 않았다. 게다가 엄마는 그 비밀을 지키는 데 도취한 듯한 구석이 있었다.

내가 친아빠에 대해 몇 번인가 물어보자 엄마는 묘하게 정겹고 자랑스러운 듯한 웃음을 띠며 "아직 비밀이야. 유리코가 더 크면 가르쳐줄게" 하고 말했다. 하지만 솔직히 그렇게까지 궁금하지는 않았다. 텔레비전 방송에서 별로 궁금하지도 않은 VTR의 다음 내용을 '과연 결말은?' 하고 몹시 감질나게 굴며 광고로 넘어가는 느낌이랄까. 과장스럽게 숨기는 태도에 짜증이 치밀었다.

엄마는 정서가 불안정한 구석도 있었다. 평소 무슨 생각을 하는지 잘 알 수 없었고, 서로 이해하기에는 엄마가 너무 바빴다.

내가 초등학생 시절, 보호자가 참석하는 학교 행사에서 아이들이 떠들거나 장난을 치면 항상 엄마가 제일 먼저 화를 내는 통에 명물이 될 뻔한 적이 있었다. 우리 엄마인 걸 알면 괴롭힘을 당할지도 모르니까 그만두라고 하자 엄마는 "규칙을 안 지키면 혼나는 게 당연하지. 자기가 한 짓에는 책임을 져야 하는 법이야" 하고 답했다. 그후로 엄마는 병이 악화돼 그런 행사에 별로 참석하지 않았지만, 규칙을 지키라니 사람을 죽여놓고 잘도 그런 소릴 한다 싶었다.

하지만 엄마는 규칙과 윤리에 엄격한 것치고는 그런 걸 도외시하는 내용의 V시네마나 조폭 영화를 이상하리만치 좋아했다. 나한테는 간식도 안 사주면서 자기는 그런 비디오를 늘 신작 요금으로 빌려서 밤중에 혼자 봤고, 아무래도 감동할 만한 내용이 아닌데 눈물을 짓기도 했다. 그러고 보니 분명 도몬 씨의 젊은 시절 모습도 나왔더랬지.

아무튼 수수께끼가 너무 많고 정서도 불안정한데다 취미가 저속하고 자신의 가치관을 강요하는 엄마와는 서로 이해할 수 없다는 마음이 쌓이고 쌓였다. 그리고 난 이제 엄마가 공장에서 버는 돈의 몇 배를 내 힘으로 벌고 있었다. 오히려 엄마가 병 때문에 돈 잡아먹는 귀신이 됐다.

그래서 엄마도 끝장냈지.

통장을 들키고 두세 달 지났을 무렵, 집에 있으면 말다툼만 하게 된 어느 날. 화해를 요청하는 척 그때까지 한 번도 해본 적 없었지만 차를 우려서 엄마에게 권했다.

평범한 녹차 잎에 협죽도 잎을 갈아 넣은 차를.

야자키가 생전에 가르쳐주었다. 야자키와 자주 가던 모텔 근처에 분홍색 꽃이 핀 나무가 있었는데, 내가 그걸 보고 예쁘다고 했더니 과학 선생님답게 토막 상식을 자세히 알려주었다.

"그건 협죽도라고, 독성이 강한 식물이야. 잎과 가지에 강심 작용을 하는 성분이 들어 있어서 자칫 어린애가 입에 넣으면 큰일 나. 어른이라도 특히 심장이 약한 사람은 몹시 위험하지"라고. 그 이야기를 들었을 때만 해도 아직 엄마를 죽일 계획은 없었지만, 이 식물을 사용하면 엄마를 죽일 수 있을지도 모르겠다고 마음 한구석에 새겨놓기는 했다.

하지만 정말로 효과가 있을지는 반신반의였다. 실패하면 다음 수단을 강구하자는 정도의 기분이었는데…… 결과는 훌륭했다.

엄마는 내 행동을 의심하지 않고 고맙다고 웃으며 차를 마셨다. 아마 엄마도 나랑 화해하고 싶었겠지. 하지만 잠시 후 엄마는 가슴을 누르고 고개를 숙이더니 컥컥대며 바닥에 무릎을 꿇었다. 나는 그 모습을 가만히 바라보았다.

엄마는 왼손으로 가슴을 누른 채 땀을 줄줄 흘리며 오른손으로 바닥을 짚더니, 거친 숨을 몰아쉬며 목소리를 쥐어짜내 "유리코, 구급차" 하고 말했다. 하지만 난 물론 전화하지 않고 가만히 엄마를 관찰했다. 아마 내 얼굴에는 웃음도 살짝 맺혀 있었을 것이다.

그걸 보고 눈치챘겠지. 엄마는 고개를 들고 최고로 끝장난 얼굴을 보여주었다.

눈초리에 주름은 좀 졌지만 새끼 고양이처럼 맑은 눈을 부릅뜨고 눈물을 잔뜩 글썽거리며 입을 뻥긋거려 뭔가 말하려고 했다.

하지만 목소리가 잘 안 나오는지 겨우 "이럴 수가……" 하고 중얼거린 후 더는 몸을 지탱하지 못하고 바닥에 벌렁 드러누웠다. 반쯤 감긴 눈에서 실개천 같은 눈물을 흘리며 몸을 작게 경련했다. 힉, 힉, 하는 얕은 호흡과 함께 수척한 가슴이 들썩거렸고 안 그래도 뽀얀 얼굴이 핏기가 가셔서 비쳐 보일 것처럼 새하얘졌다. 예쁘게 생긴 입술도 창백해지고 결국 호흡이 멈춰 이대로 덧없고 아름답게 끝나나 싶었을 때.

느닷없이 엄마가 고개를 번쩍 들고 날 노려보며 소리를 질렀다.

"자기가 한 짓에는 책임을 져!"

그때까지 수십 번이나 들어온 말이었지만 그야말로 혼이 담긴 외침같이 느껴졌다.

그 직후 온몸에서 힘이 스르르 빠져 바닥에 뒤통수를 쿵 찧더니 맑은 눈을 부릅뜬 채 이번에야말로 엄마는 숨을 거두었다.

그 끝장난 얼굴은 정말 아름다웠다. 아직도 그게 내 기억 속 '끝장난 얼굴 컬렉션'의 베스트다. 비디오카메라로 찍어둘걸 그랬다고 후회할 정도다. 오랫동안 일과 병에 지쳐 핼쑥해진 엄마밖에 못 봤지만 막판에 실은 내가 좋아하는, 아주 예쁜 얼굴을 가졌다는 걸 일깨워주었다.

깊이 감동한 나는 이 추억을 잊지 않게 뭔가 기념이 될 만한 물건을 가지고 싶어서 엄마가 걸고 있던 하트 모양 목걸이를 벗겨 내

목에 걸었다. 낚시를 좋아하는 사람이 물고기의 탁본을 뜨거나, 사냥을 좋아하는 사람이 포획물을 박제로 만들거나, 프레데터•가 다양한 별에 사는 생물의 뼈를 우주선에 장식하는 것과 같은 기분 아니었을까. 그 목걸이는 지금도 내 애장품이다. 오늘도 걸고 왔다.

난 협죽도를 넣은 찻잎을 처분하고 만약을 위해 삼십 분쯤 기다렸다가 119에 신고해 엄마가 방에 쓰러진 걸 지금 알아차렸다는 듯이 연기했다. 원래 심장에 지병이 있었던 엄마가 심장 발작으로 사망해도 부검은 하지 않으리라는 내 예상은 멋지게 적중했다. 아무 의심도 받지 않고 병사로 사인이 내려졌다.

그후 중학교를 졸업하고 도쿄로 올라가기로 했다. 엄마가 죽어 자유로워졌으니 더는 집에 머무를 이유가 없었고, 한 번은 대도시에 가보고 싶었다.

반 아이들과 담임에게는 도쿄의 친척 댁에 신세지기로 했다고 거짓말했다. 겉으로 보기에 나는 중3의 나이에 부모님을 모두 잃은 불쌍한 학생이었으므로 모두 눈물까지 흘리며 동정해주었다. 나는 속으로 혀를 쏙 내밀며 상경했다.

모아둔 돈으로 보증인 없이도 그럭저럭 괜찮은 방을 빌렸다. 처음에는 또 원조교제로 돈을 벌까 했지만 기껏 도쿄에 왔으니 고향에는 없었던 일을 이것저것 해보기로 했다. 만남 카페◆◆는 잠을 자지 않고도 용돈을 벌 수 있어 편해서 좋았고, 룸살롱 일일 알바만으로 돈을 긁어모은 시기도 있었다.

그렇게 다양한 가게를 전전하다 다다른 곳이 손님을 등쳐먹는 바였다.

처음에는 호스티스로 들어갔지만 점장이 이렇게 예쁜 애를 가게에만 놔두기는 아깝다며 밖에서 헌팅을 기다리거나, 만남 사이트와 전화방에서 남자를 건져 데이트 후에 가게로 데려오는 꽃뱀 역할을 맡겼다.

그 일은 재미있었다. 데이트할 때는 내 앞에서 신나게 폼을 잡던 남자가 바에 가면 무서운 오빠들에게 위협당해 지옥에 떨어진 것 같은 표정을 짓는다. 그야말로 끝장난 얼굴같이 느껴져 볼만했다. 얼굴이 내 취향인 손님만 고를 수는 없었지만 내 욕망을 충족시킨다는 실익을 겸한 취미였다.

얼마 지나지 않아 나는 출장도 나가게 됐다.

바와 연줄이 있는 폭력단을 통해 가끔 내게 의뢰가 들어왔다. 나는 바에서 의뢰인과 만나 협의하고 전국 각지로 출장을 나갔다.

◆ 영화 '프레데터' 시리즈에 등장하는 가공의 외계 생명체.

◆◆ 대기실에 있는 여자 손님을 남자 손님이 매직미러로 보고 대면하여 서로 조건이 맞으면 나가서 데이트를 하는 만남 주선 카페. 성매매의 온상이 되는 경우가 많다.

출장 내용은 지정된 가게에 가서 호스티스로, 때로는 우연히 거기 있던 손님을 가장해 목표물에게 술을 먹이는 것. 하지만 그건 보통 술이 아니다. 약효가 느리게 발휘되는 수면제를 넣어두었다.

그후 지정된 모텔로 남자를 유혹해 잠자리를 가진다. 약효가 발휘돼 남자가 마지막까지 가지 못하고 잠에 빠졌을 때 남자의 알몸 사진을 찍거나, 가방이나 노트북을 훔쳐내면 임무 완료. 뭐, 내가 훔친 물건이 어떻게 사용되는지는 모르지만 분명 두 손으로는 다 헤아릴 수 없을 만큼 많은 남자가 사회적 지위를 잃었겠지.

출장 업무는 상대의 끝장난 얼굴을 볼 수 없는 게 불만이었지만 보수가 괜찮았고 가끔 의뢰인이 보너스로 선물을 주기도 했다. 시계와 가방은 물론 고급 외제 차를 받은 적도 있었다. 사업 경쟁자인 청년 기업가를 박살 내줘서 고맙다며 부동산업자가 야마나시 현의 산속에 있는 별장을 준 게 제일 대박이었다.

그렇듯 못된 짓을 하다 보니 유유상종이라고 못된 친구도 늘었다. 폭력단 사람이 가끔 바에 데려오는 불법도 서슴지 않는 의사, 변호사, 세무사…… 전부 불법을 자행하면 큰일 날 사람들뿐이네. 그런 사람들이 올 때는 그 가게도 고급 회원제 바로 변신했다. 참고로 여기서 안면을 튼 변호사가 바로 요전에 도시야를 상대로 소송을 제기해 한몫 단단히 챙기려던 변호사다.

평소는 바에서 꽃뱀으로 일하다가 가끔 출장을 나가는 생활을 오 년 넘게 계속했다. 그나저나 그 바의 이름이 참 걸작이었다. 당연히 한 번 갈취당한 손님은 두 번 다시 오지 않으므로 손님들이 초면뿐이라는 점에 빗대어 'NEW COMER'라고 지었다.

거기서 내게 마지막으로 출장을 의뢰한 손님이 우에다였다.

난 몰랐지만 제법 유명한 J리거라는 그가 내게 자극적인 제안을 했다.

미즈사와라는 선배 선수와 동거하며 몰래 금지 약물을 먹이고, 자기 의사로 약물을 했다는 증거를 날조하라는 것이었다. 우에다와 미즈사와는 월드컵 국가대표 자리를 놓고 다투는 라이벌이었던 모양이다. 선수끼리 그런 음모를 꾸미다니 놀랐지만 아주 재미있을 것 같았다. 미즈사와의 얼굴도 제법 내 타입이었고, J리거인 만큼 연봉도 높았으므로 의뢰를 받아들였다.

'대학생 사와구치 미사키'가 된 나는 팀 훈련장을 구경하러 온 팬을 가장해 우에다에게 사인을 거절당한 척하며 미즈사와의 관심을 끌었다. 이 작전은 우에다가 고안했다. 겨우 이 정도에 넘어갈까 걱정됐지만 미즈사와는 단박에 걸려들었다. 나는 미즈사와와 사귀다가 동거를 시작했다. 대학생이 밤마다 집에 없으면 이상하니까 'NEW COMER'는 당분간 쉬기로 했다.

약물을 먹이기 시작하자 미즈사와는 부작용으로 성기능이 강화돼 잠자리 상대를 하느라 애먹었다. 그래도 날마다 붙는 근육을 훈련의 성과로 착각하는 미즈사와를 보고 있으면 웃겼고, 매일 약물을 타는 것도 스릴이 있어 재미있었다. 반년쯤 약물을 먹였을 때 미즈사와가 금지 약물을 사용했다는 정보를 우에다가 매스컴에 흘렸다. 나는 보고를 받자마자 미즈사와가 없는 사이에 짐을 싸서 내뺐다. 전에 선물받은 한정 굿즈 배낭도 안 쓸 것 같았지만 기념으로 챙겼다. 꼬리를 잡히지 않도록 미즈사와 전용으로 불법업자에게 구입한 휴대전화는 처분했다.

며칠 후 미즈사와는 기습적인 도핑 검사에서 양성 반응이 나왔다.

당연히 미즈사와는 기를 쓰고 부정했다. 기자회견 영상이 텔레비전에 계속 방송됐는데, 표정이 참 좋더라. 그때까지 잘나가는 스포츠 선수로서 내게 보여주었던 건실한 표정과는 딴판으로, 하이에나 같은 매스컴의 아가리로 떠밀려 겁을 먹고 애처롭게도 시선을 어찌할 줄 모르는 그 표정. 그는 필사적으로 무고함을 주장했지만 내가 우에다의 지시대로 날조한 인터넷 구매 기록과 방구석에 놓아둔 약병 등이 결정적 증거로 작용해 빠져나가기는 불가능했다.

미즈사와는 내 함정에 빠진 걸 눈치챘을까. 내게 연락하려 했을까. 하지만 내 번호로 전화를 걸어도 연결이 안 되니 아주 괴로웠겠지.

결국 얼마 지나지 않아 미즈사와는 집에서 목을 매 자살했다.

좀더 버티든지, 사귀던 여자의 함정에 빠졌다고 폭로할 줄 알았는데 그렇게 맥없이 자살하다니. 이럴 줄 알았으면 한번 만나서 끝장난 얼굴을 볼걸 그랬다고 약간 후회했다. 한편 우에다는 순조롭게 국가대표 팀에 승선해 예정대로 보수만 받으면 되는 상황이었다.

그런데 그때 예상외의 사고가 터졌지.

보수를 받기로 약속한 전날, 우에다가 '하반신에 원인 불명의 병'이 들었다는 이유로 느닷없이 입원했다. 우에다는 월드컵에도 출전하지 못하고 비난을 당하다가 소리 소문도 없이 공식석상에서 자취를 감추었는데, 대체 뭐가 어떻게 된 걸까. 내게도 큰 타격이었다. 약속한 보수가 날아간데다 'NEW COMER'는 복귀하려 하자 내가 반년 쉬는 사이에 경찰에 적발됐다. 요컨대 수입이 갑자기 없어진 셈이다. 다행히 저금은 그럭저럭 해놨지만, 또 다른 가게를 찾아 일하기가 귀찮았다.

그러던 작년 늦봄 무렵이었다.

오모테산도를 슬렁슬렁 돌아다니다가 현재 소속사 사람에게 스카우트됐다.

처음에는 정말 심심풀이였지. 따로 할 일도 없겠다, 지금까지 해본 적 없는 일이니 일단 해보자는 느낌이었달까.

그렇지만 "우리 회사에는 이런 연예인들이 소속되어 있어" 하며 매니저가 내민 파일의 홍보 사진을 보고 넋을 잃었지.

와, 다들 잘생기고 예쁘잖아!

왜 지금까지 몰랐을까. 맞아, 연예계야말로 전국의 잘난 사람들이 모이는 곳이잖아. 이럼 누굴 파멸시켜도 근사한 끝장난 얼굴을 볼 수 있을 것 같아……. 그렇게 생각하자 대번에 의욕이 솟구쳤다.

그때부터는 소속사 스태프도 놀랄 만큼 순조로웠다.

처음으로 지원한 광고 오디션에 "너같이 청아한 분위기가 넘쳐나는 애는 처음 봤어"라는 절찬을 받으며 합격. 게다가 그 광고가 화제에 올라 드라마와 영화 오퍼가 속속 들어와서 이례적인 속도로 출세했고, 이듬해에는 이렇게 청순파 연기자로서 드라마 주연도 꿰찼다. 난 남의 눈에 정말로 청순해 보이나 봐. 알맹이는 이렇게 음흉한데 말이야. 나이도 다섯 살이나 속였는데 들키지도 않고.

그건 그렇고 여자 연기자는 참 쉬운 일이야. 청순한 척하며 정해진 대사만 읊어도 돈을 받을 수 있잖아. "신인이라 믿기지 않는 연기력"이라느니 "수십 년에 한 명 나올 천재"라느니 칭찬하는 사람도 있지만, 내가 보기에는 다른 애들 수준이 너무 낮은 거야. 뭐, 연기자가 될 만큼 예쁜 애들은 대개 어릴 적부터 애정을 듬뿍 받으며 자라 거짓말로 어른을 속일 필요가 없었을 테니까. 당연히 연기력이 생길 리가 없지.

난 옛날부터 대본 없이 이런 연기를 해왔어. 엄마가 아빠를 죽인 걸 비밀로 했을 때도, 원조교제를 할 때도, 엄마를 죽일 때도 연기를 했는걸. 내게는 삶 자체가 즉흥 연기였어. 그런데 대본대로 연기만 하면 돈을 주다니, 이렇게 편한 일은 또 없지. 여기에 얼굴이 내 취향인 사람을 파멸시켜 끝장난 얼굴을 볼 수 있으면 천국이 따로 없을 텐데…….

얼마 전까지 그렇게 생각했는데, 큰 오산이었어.

이렇게까지 뜨고 나니까 자유가 전혀 없더라고!

생각이 얕았어. 너무 유명해지면 생활에 지장이 생긴다는 걸 고려하지 않았어. 밖에도 자유로이 못 나가다니 정말 못해먹겠다니까. 우르르 둘러싸서 몸을 만지고 멋대로 사진을 찍고, 그 망할 일반인들은 뭐가 재미있어서 그러는 거야? 진짜 이해가 안 되네. 게다가 이렇게 감시의 눈길이 많아서야 마음에 드는 상대가 생긴들 파멸시켜서 끝장난 얼굴을 보기가 힘들잖아. 하물며 자칫하면 평생 이렇게 살아야 하다니, 못 참아.

그런 이유로 나는 슬슬 연예계를 은퇴할 생각이야.

물론 데뷔한 지 이 년도 안 되어 은퇴라니, 세간에 큰 파장을 부를 테고 소속사 직원들도 온 힘을 다해 저지하려 들겠지. 하지만 어쩌겠어. 지금 그만둘 수밖에 없다고. 그저 예쁘기만 한 또래 연기자의 연기력과 내 연기력을 객관적으로 비교해보건대 지금 그만두지 않으면 점점 더 뜰 게 뻔하니까.

그만둘 준비도 다 해놨어. 일단 소속사에도 비밀로 집을 하나 더 빌렸지. 지금 사는 맨션에 계속 사는 척하면서 은퇴 직전에 재빨리 이동해, 사람들의 관심이 식을 때까지 변장하고 숨어 지내면 매스컴을 떼어낼 수 있겠지.

하지만 이왕이면 연예계에 기념이 될 만한 추억 한 가지는 남기고 싶어.

당초의 내 목표, 최고로 아름답게 끝장난 얼굴을 본다는 꿈을 이루지 못하면 애써 여기까지 온 보람이 없잖아. 그래서 엄마의 끝장난 얼굴을 넘어설 만한 최고의 목표물을 엄선했지.

첫 번째는 오타케 도시야.

그는 정말 잘생겼어. 내 취향을 저격하는 얼굴이야. 별 연기력도 없으면서 주인공을 꿰찰 만하다니까. 끝장난 얼굴을 보고 싶어서 이렇게까지 애태운 건 처음일지도 모르겠어. 뭐, 도둑 촬영한 사진을 저장해놓는다는 어마어마한 빈틈이 있으니까 파멸시키기는 식은 죽 먹기겠지만.

그리고 실은 목표물이 하나 더 있어.

바로 이데 나쓰키.

나쓰키하고는 작년에 내 연속드라마 데뷔작인 <닥터 컵>에 함께 출연하면서 알게 됐는데, 어쩐지 걔한테 엄청 유대감이 느껴지더라고.

나와 나쓰키는 생김새와 헤어스타일, 키와 몸매까지 비교적 비슷해서 닮은꼴 연예인으로 불리기도 하고, 혈액형도 같은 O형인데다 역술에서도 상성이 잘 맞는 모양이더군. 하지만 내가 느끼는 유대감은 그런 차원의 문제가 아니야. 걔는 나랑 마찬가지로 가면을 쓴 느낌이야. 얼핏 보기에는 밝은 웃음 이면에 어마어마한 상처나 야비한 본성을 숨기고 있는 것 같아.

난 웬일로 걔의 내면에 정말로 흥미를 품고서 동경하는 선배와 친해지고 싶은 후배인 척 접근했지. 그러자 바로 가까워져서 언니 동생 하는 사이가 됐어. 지금은 단둘이 여행도 가고, 올해 가을은 핼러윈 파티라도 하자는 이야기도 나누고, 집 여벌 열쇠도 서로 하나씩 가지고 있어.

그런데 나쓰키의 집에서 엄청 수상한 낌새가 풍기더라고.

일단 침대 밑에 전기 충격기를 놔뒀어. 나쓰키 말로는 호신용으로 샀다는데, 나중에 인터넷에서 찾아보니 호신용이 아니라 군용 수준으로 위력이 엄청난 물건이더라. 그리고 컴퓨터로 인터넷 검색 기록을 몰래 살펴봤더니 "밴드맨 행방불명"이니 "사진작가 행방불명"이니 "도쿄 강 사람 뼈 발견"같이 의미심장한 검색어로 몇 번이나 검색을 해봤더라고. 혹시 전기 충격기를 사용해 밴드맨이나 사진작가를 죽이고 강에 버렸나, 살짝 그런 상상을 했어.

무엇보다 놀란 건 거실 구석에 놓여 있던 분홍색 슈트케이스.

안에 돈다발이 엄청 많이 들어 있었어.

아마 일억 엔쯤 되지 않을까. 영화의 마약 거래 장면에서 갱이 들고 오는 슈트케이스 같은 느낌. 게다가 여권과 갈아입을 옷도 들어 있었어. 나쓰키가 목욕할 때 호기심이 발동해 슈트케이스를 열어봤다가 너무 많은 돈다발에 놀라 넋 놓고 있는 사이에 나쓰키가 돌아왔어. 화낼 줄 알았는데 나쓰키도 슈트케이스를 들켜서 당황했는지 잠시 침묵을 지키다가 "그거, 여차할 때 경찰을 피해 달아나기 위한 자금이야" 하고 농담하듯 웃었지.

나도 "아하하, 멋대로 열어서 미안해" 하고 웃음으로 얼버무렸지만 솔직히 농담으로 들리지 않더라. 걔는 정말로 웃어넘길 수 없는 과거를 숨기고 있는 거야.

아무튼 지금 나는 여러 의미에서 이데 나쓰키에게 큰 흥미를 품고 있어. 걔가 맨션 우편함을 열 때 옆에서 비밀번호를 외워서 우편물을 몇 번 빼내기도 했어. 과거에 대한 힌트가 없을까 싶었는데 공교롭게도 죄다 평범한 우편물이라 아무것도 못 알아냈지. 도시야네 우편함을 뒤질 때마다 성인숍 회원용 광고물이 나온 것과는 정반대야.

나쓰키는 생긴 게 아주 마음에 드니까 끝장난 얼굴도 꼭 보고 싶지만, 금방 끝내기는 아까워. 걔의 마음속 어둠을 좀더 파고들어보고 싶은 마음이 솟구쳐. 한편으로 역시 그 돈은 탐나. 연예계에서 은퇴하면 그렇게 큰돈을 한꺼번에 손에 넣을 기회는 좀처럼 없을 테니.

즉, '나쓰키의 끝장난 얼굴을 보고 싶다', '나쓰키의 돈을 빼앗고 싶다', '나쓰키의 수수께끼로 가득한 민낯을 까발리고 싶다'는 세 가지 욕망이 있는데, 걔의 민낯을 너무 끈질기게 추적하다 경계당하면 끝장난 얼굴이고 돈이고 날아갈 가능성이 있어.

그렇다면 역시 날 믿고 방심한 틈을 타 분홍색 슈트케이스를 날름하는 동시에 걔를 끝장낼 수밖에 없겠네. '세 마리 토끼를 쫓는 자는 한 마리도 붙잡지 못한다'고 할까. 세 마리 토끼 중 걔의 민낯을 까발리는 건 적당히 놔두고 두 마리 토끼로 만족하는 편이 낫겠지.

그렇게 생각하고 실은 얼마 전부터 계획을 세우고 있어.

사이가 좋아진 무렵부터 이렇게 될 것 같은 예감이 들어서 나쓰키한테 "우리가 사적으로 친하다는 건 공개하지 말기로 하자"라고 말해뒀지. "그래야 둘이서 놀러 다니기 편하니까"라는 핑계를 댔지만 사실은 나쓰키가 죽었을 때 내가 의심받지 않기 위해서야.

덧붙여 우리가 사이좋았다는 증거가 남지 않도록 주의하고 있어. 나쓰키와 도시야에게 연락할 때는 불법업자에게 구입한 대포폰으로 문자 메시지나 메신저 대신 통화만 해. GPS도 꺼놨고 서로의 집에 갈 때도 휴대전화는 소지하지 않기로 했어. 내 전화번호도 'R'라는 이니셜로만 등록시켜놨고. "연예인의 개인 정보와 사생활은 어디서 유출될지 모르니까"라고 이렇게까지 귀찮은 짓을 하는 이유를 설명했지만 사실은 나중에 메일이나 GPS 기록으로 꼬리를 잡히지 않기 위해서야.

다만 이렇게까지 준비해도 나쓰키네 집에 가서 나쓰키를 죽이고 슈트케이스를 빼앗으면 체포되기 십상이겠지. 그래서 일단은 걔를 밖으로 유인하려고.

꽃뱀 시절에 부동산업자에게 선물받아서 놀려두고 있는 야마나시 현 산속의 별장을 써먹어볼까 해. 도쿄에서 비교적 가까우니 나쓰키도 제안에 선선히 응하겠지. 그리고 나쓰키가 얼마 전에 차를 큼지막한 RV로 바꿨거든. 이것도 호재야. 그 차로 드라이브를 가자고 하면 일단 산부터 떠오를 테니까.

실전에 들어가기 전에 혼자 별장에 몇 번 가서 사전 준비를 꼼꼼히 해놔야겠어. 물론 실전에서는 끝장난 얼굴을 찬찬히 즐긴 후에 사인과 정확한 사망 추정 시각이 밝혀지지 않도록 공작해서 시체를 버릴 필요가 있겠지. 그런 산속이라면 어디에 시체를 버려도 금방 발견되지는 않을 거야.

실전 전후에 내가 타고 다닐 차도 필요해. 꽃뱀 시절에 선물받아서 처박아둔 외제 차를 써먹을까. 별장 주변에 N시스템◆이 설치된 곳도 파악해 최대한 피해서 운전하자. 하지만 오랜만의 운전이고, 일본 교통 사정에는 적합하지 않은 왼쪽 운전대 차량이니까 부디 사고를 내지 않도록 조심해야겠다.

그리고 나쓰키를 죽이기 전에 걔가 가지고 있는 옷과 가방을 싹 사놓는 거야. 나쓰키는 평소 패션에 신경을 안 쓰는 편이니까 이건 비교적 간단할 것 같아. 걔를 죽인 후에 걔가 마지막으로 입은 것과 똑같은 옷으로 갈아입고 여벌 열쇠로 걔네 집에 들어가 분홍색 슈트케이스를 들고 나오는 거지. 나쓰키가 현관 도어스코프 안쪽에도 뭔가 방범 설비를 설치해놓은 모양이지만 그런 건 언제든지 처분할 수 있으니까.

사망 추정 시각만 밝혀지지 않으면 이 작전은 성공할 거야.

변장에는 자신이 있고, 나쓰키와 닮은꼴 연예인으로 불릴 정도니까 마음만 먹으면 꽤 비슷하도록 꾸미는 건 일도 아니지. 그리고 나쓰키는 집에서 한 발짝이라도 나갈 때면 늘 모자와 마스크로 얼굴을 가려. 이 연예인 특유의 습관도 호재야.

◆ 도난 따위로 수배된 차량을 감시하거나 용의자를 추적하기 위해 주요 도로에 설치한 자동차 번호판 자동 확인 장치.

게다가 맨션 엘리베이터에는 지척에 CCTV가 달려 있지만, 비상계단에는 CCTV가 없어. 복도와 현관에도 CCTV가 달렸지만 둘 다 구형이지. 그 맨션, 조용함과 면적은 최상급이지만 꽤나 오래돼서 보안이 어설퍼.

요컨대 사인과 사망 추정 시각을 모르도록 나쓰키를 죽인 후, 모자와 마스크로 얼굴을 가려서 걔와 똑같아 보이도록 변장하고 비상계단으로 올라가 슈트케이스를 가지고 나오면 아무도 나인 줄 모르겠지. 나쓰키 본인이 집에서 슈트케이스를 가지고 산에 들어가 사고나 자살로 죽었다고 추정되지 않을까. 걔네 집은 2층이라 계단으로 올라가도 부자연스럽지 않을 테니.

나쓰키네 집을 나서기 전에 내 지문은 예전에 묻은 것도 포함해서 최대한 지우는 편이 좋겠지. 물론 타살일 가능성이 없다고 판단되면 집은 꼼꼼하게 조사하지 않겠지만 어디까지나 만약을 위해서.

뭐, 세세한 계획은 나중에 찬찬히 생각하기로 하고 빼앗은 돈은 어떻게 사용할까. 일단은 성형이겠지. 연예계를 떠나도 얼굴을 바꾸지 않으면 완전한 자유는 돌아오지 않을 테니까. 과감하게 전혀 다른 얼굴로 뜯어고칠 생각이야.

다만 지금이 너무 미인이니까 싹 뜯어고치면 좀 못생겨지는 건 감수해야겠지. 그럼 지금까지처럼 사람들에게 순수하고 착한 아이라는 인상을 주는 마력도 사라지려나.

뭐, 그래도 상관없지만.

어쩐지 이제 미인에 질렸거든.

이 얼굴로 접근하면 어떤 남자든 함락할 수 있다는 건 어차피 알잖아. 그러니 미인이 아닌 수수한 얼굴로도 남자를 포로로 만들어 파멸시킬 수 있는지 시험해보고 싶어. 게임 끝판을 깬 다음에 난도를 올려서 다시 도전하는 것과 비슷할지도 모르겠네. 뭐, 영 글렀다 싶으면 다시 미인으로 돌아오면 되니까. 그 슈트케이스에 든 돈이면 그 정도 수술은 가능할걸.

부탁할 만한 의사도 있고 말이야.

꽃뱀 시절에 안면을 튼 의사 선생님이 실은 미용성형계의 블랙잭◆이라고 불리는 명의야. 나도 연예인이 되기 전에 몇 번 칼을 댔는데 완성도가 최고였어. 가격만 맞으면 어떤 수술이든 해주고 범죄자의 얼굴도 바꿔준 적 있다니까 분명 돈만 내면 협력해주겠지.

다만 얼굴을 너무 바꾸면 면허증이나 여권 얼굴 사진하고 달라져서 불편하겠지. 그건 어떻게 해야 할지 고민이야.

차라리 적당한 여자를 골라 똑같은 얼굴로 성형해서 신분을 빼

◆ 데즈카 오사무의 만화 『블랙잭』의 주인공. 무면허 천재 외과 의사다.

앗을까 하는 생각도 했어. 하지만 그럼 그 여자도 죽여야 하잖아. 그것까지는 힘들려나…….

아무튼 도시야부터 끝장낸 다음에 이데 나쓰키를 끝장내고 돈이 든 슈트케이스를 쓱싹하자…….

아, 그래! 아주 좋은 생각이 났어.

두 사람을 함께 끝장내는 건 어떨까?

한 번에 두 명의 끝장난 얼굴을 보는 건 처음 시도하는 일이지만, 따로따로 하기보다 한꺼번에 정리하는 편이 증거 인멸 같은 작업도 수월하겠지. 더구나 오타케 도시야와 이데 나쓰키가 세트라니 궁극의 진미잖아!

그리고 두 사람이 사귄 걸로 하면 동반 자살로 위장할 수 있을지도 몰라. 지금은 서로 그렇게 친하지 않지만, 사귀다가 동반 자살한 걸로 꾸미려면 정말로 어느 정도는 친해져야 할 텐데. 혹시 둘한테 공통의 취미가 있었던가…….

우와, 가슴이 엄청 두근거리잖아! 물론 앞으로 생각해야 할 일이 산더미처럼 많고 실패했다간 체포되겠지만, 성공하면 이만큼 멋진 이벤트는 또 없겠지. 후후후, 앞으로가 기대된다…….

기자 그렇군요. 마지막 회를 향해 가는 〈사위는 10대째〉. 어떻게 될지 기대되는군요. 그럼 끝으로 독자 여러분께 한마디씩 부탁드립니다.

오타케 앞으로 2회, 눈을 뗄 수 없는 전개가 기다리고 있습니다. 채널 고정해주세요.

좋~아, 끝났다, 끝났어. 자, 오늘 밤 리나랑 자야지.

도몬 젊은 부부와 가게 경영이 어떻게 될지 지켜봐주시기 바랍니다.

오타케 이 망할 놈이 또 음흉한 눈으로 유리코를 보잖아. 유리코, 제발 눈을 떠! 넌 교코가 이 세상에 남긴 내 천사야. 그런 악마한테 다가가면 안 돼.

에모토 마지막 회도 마음이 따스해지는 인간 드라마입니다. 기대해 주세요!

오늘 밤은 도시야가 꼬셔도 거절하자. 나쓰키와 도시야가 동반 자살한 걸로 꾸민다는 최고의 계획을 차분히 검토하고 싶으니까. 그나저나 난 본성이 이렇게 악마 같은데 왜 다들 속는 걸까. 후후후, 이상하네.

〈사위는 10대째〉 제9회는 9월 10일, 그리고 마지막 회는 9월 17일에 방송됩니다. 놓치지 마세요!

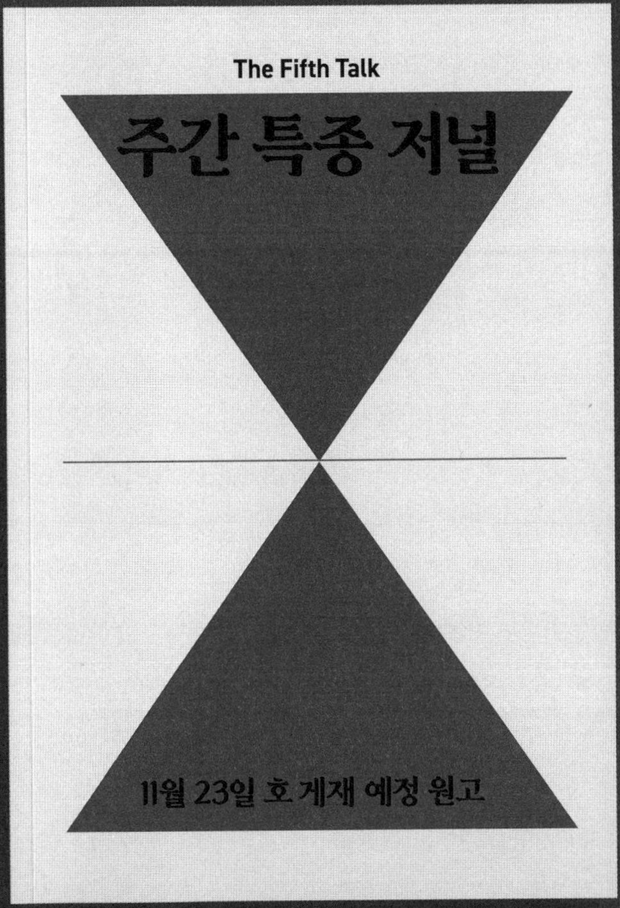
The Fifth Talk
주간 특종 저널
11월 23일 호 게재 예정 원고

사카가미 마사시의 「듣고 싶다! 돌격 인터뷰」

#227 스캔들 뒤에는 이 여자가 있다!

의혹의 프리랜서 기자 다니가와 마이코

매회 사전 설명이고 협의고 없이 논란의 인물에게 인터뷰를 감행하는 '돌격 인터뷰'. 이번 상대는 프리랜서 기자 다니가와 마이코 씨다.

얼마 전 무시무시한 법칙을 발견했다. 요 몇 해 사이 다니가와 씨가 취재한 유명인이 기사가 실린 후 모두 대형 스캔들에 휩싸였고, 목숨을 잃은 사람까지 나왔다. 면면을 슬쩍만 훑어봐도 놀라울 따름이다. 전 국가대표 축구 선수 미즈사와 유스케와 우에다 료헤이, 록 밴드 SML, 연기자 에모토 리나…… 그리고 압권은 오타케 도시야와 이데 나쓰키다.

과연 단순한 우연일까. 나는 이 법칙을 발견하고 큰 의문을 품었다.

그리고 이번 인터뷰 상대를 망설임 없이 다니가와 씨로 결정했다.

여기까지 원고를 써놓고 드디어 인터뷰 당일을 맞았다.

가슴이 뛴다. 왜냐하면 오늘은 이 연재가 시작된 이래, 아니 이 잡지가 창간된 이래 가장 큰 특종을 건질 수 있을지도 모르는 날이니까.

내가 담당하는 「듣고 싶다! 돌격 인터뷰」에서는 매주 다양한 상대를 인터뷰한다. 하지만 질문할 내용을 사전에 제대로 전달한 적은 거의 없다. 더 나아가 경우에 따라서는 가짜 질문으로 인터뷰를 요청한 후, 인터뷰가 시작되면 상대가 예상치 못한 질문을 사정없이 퍼붓고 허가 없이 기사화하기도 한다.

예를 들면 재작년 봄에 주부中部 지방에 위치한 어떤 시의 시장에게 인터뷰를 요청했다. 당시 그 시의 도로 휴게소가 인기라 영락없이 그 취재인 줄 알았는지 나를 극진하게 대접해주었다. 하지만 나는 느닷없이 시장의 공금 유용 의혹을 파고들었다. 당시 그 시에 살던 지인이 몰래 찔러준 정보였는데, 시장이 우스꽝스러울 만큼 당황하여 실언을 연발해준 덕분에 아주 재미있는 기사가 나왔다. 주요 신문과 텔레비전에서도 그 뉴스를 보도하자 시장은 결국 사임했고 나중에 체포됐다. 내 경력 중에서 가장 큰 특종이었다 할 수 있으리라.

최근에도 규슈에서 산불이 났을 때 화재 진원지인 별장의 관리를 맡은 리조트 개발업체 사장을 약속 없이 찾아가 방화 설비가 미흡했던 것을 꼬집고, 규슈 사투리로 두서없이 늘어놓는 사장의 변명을 고스란히 기사화했다. 그건 다른 회사도 같은 시기에 파악했으므로 특종은 되지 못했지만 내가 보기에도 현장감이 넘치는 기사였다.

다만 솔직히 말해 매주 그렇게 사회적인 기사를 쓸 수 있는 건 아니다. 취재가 불발로 끝나거나 취재 상대가 없어 적당한 삼류 연예인이나 AV 여배우를 인터뷰해 그저 자극적인 기사를 쓸 때도 적지 않다. 아니, 그런 회가 훨씬 많다. 그래도 난 《주간 특종 저널》의 이를테면 마지막 보루다.

돌이켜보면 창간 당시는 본격적인 보도를 지향하는 측면이 강했지만 출판 불황으로 판매량이 떨어지면서 편집 방침이 갈팡질팡해졌다. 딱딱한 경제 이야기를 다루던 코너에서 어느 틈엔가 도박에서 따는 방법을 특집으로 싣거나, 도시전설 붐이 일어났을 때는 바로 거기 편승해서 스가와라노 미치자네의 저주*나 다이라노 마사카도의 머리 무덤** 등 미심쩍은 이야기를 몇 주에 걸쳐 특집으로 실은 적도 있었다. 나도 예전에 마지못해 그런 기사를 쓴 적이 있지만, 그래도 판매량이 하향세를 벗어나지 못해 결국 수위가 높은 누드와 밑도 끝도 없는 연예계 가십을 판매 전략으로 삼게 됐다.

그런 가운데 예전의 기개 있는 모습이 유일하게 남아 있는 것이 내 연재 코너라고 해도 과언이 아니다. 뭐, 이제는 편집장도 부정과 불상사를 폭로하는 사회파 인터뷰보다 AV 여배우에게 좋아하는 체위를 묻는 인터뷰를 선호하지만, 그래도 나는 언젠가 이 코너에서 세상이 깜짝 놀랄 만한 대형 스캔들을 파헤치고 싶다.

그렇게 매주 인터뷰를 거듭하는 동안 나는 특기를 얻었다.

나는 취재중에 상대의 거짓말을 거의 백 퍼센트 꿰뚫어 본다.

물론 초능력이나 텔레파시가 있는 건 아니다. 기습적인 방법으로 상대에게 질문을 퍼부어 시선이 떨리거나 뺨이 경직되거나 목소리가 뒤집어지는 등 거짓말의 신호라 할 수 있는 동요를 지척에서 확인할 뿐이다. 그리고 상대가 동요를 보이면 더 철저하게, 생

◆ 스가와라노 미치자네는 헤이안 시대의 학자로, 현재 학문의 신으로 추앙받고 있다. 좌천당해 죽은 후 천재지변이 많이 발생했는데, 스가와라노 미치자네의 원령이 저지른 짓이라며 귀족 사회가 공포에 떨었다고 한다.

◆◆ 다이라노 마사카도는 헤이안 시대의 호족으로, 교토의 조정에 맞서 난을 일으켰다가 토벌당해 죽는다. 효수된 다이라노 마사카도의 머리는 고향을 향해 날아가다가 떨어졌다고 전해지는데 떨어진 자리를 머리 무덤이라고 부른다. 여기에 불경스러운 짓을 하면 저주를 받는다고 한다.

각할 틈이 없도록 단숨에 파고드는 것이 비결이다.

공금을 유용한 시장을 취재했을 때는, 일단 "돈을 어디 썼습니까? 도박입니까, 여자입니까?" 하고 밑밥을 던진 후 "그런 데 쓸 리가 있겠나!" 하고 시장이 뒤집힌 목소리로 반박하자 "그럼 동생 회사의 손실을 메웠습니까?" 하고 즉시 되받아쳤다. 그러자 시장은 실로 알아보기 쉽게 기가 죽었다. "어, 말문이 막히셨네요" 하고 단숨에 핵심을 찌르는 질문을 퍼붓자 시장은 진땀을 줄줄 흘렸다. 물론 미리 시장과 동생의 회사가 유착했다는 정보를 입수해놓고 처음에는 일부러 엉뚱한 곳을 찌른 것이다.

이번 상대 프리랜서 기자 다니가와 마이코.

대강 조사해본바 다니가와 마이코는 주로 연예인 인터뷰와 대담 등 가벼운 기사를 담당했고, 스태프와 나눈 대화까지 게재하는 유연함이 특색인 듯했다. 하기야 그런 건 표면적인 얼굴에 지나지 않겠지만.

딱 잘라 말해 이 여자는 의혹투성이다. 재작년 《월간 엔터테인먼트 붐》, 작년 《SPORTY》와 《월간 히트 메이커》, 그리고 올해 《텔레비전 마니아》에 그녀가 쓴 기사의 취재 상대가 차례차례 불행에 빠졌다. 요 몇 년 새 스캔들로 몰락한 유명인을 정리해서 기사로 쓰려고 스캔들이 터지기 전의 인터뷰 기사를 확인하는데, 첫머리에 취재기자 다니가와 마이코의 이름이 자주 눈에 띈다는 걸 알아차렸다.

과연 그 수많은 사건에 다니가와 마이코는 얼마나 연관된 걸까.

전부 우연일 리는 만무하다. 확실히 말해 다니가와 마이코가 몇몇 스캔들을 뒤에서 획책한 게 아닐까 싶기도 하다.

다만 동기가 마음에 걸린다. 다니가와 마이코는 그 갖가지 소동으로 무엇을 얻었을까.

《SPORTY》와 《월간 히트 메이커》는 문제의 기사가 실린 호가 판매중일 때 스캔들이 드러나 판매량이 폭발적으로 뛰었지만 이윽고 판매가 중지됐다. 하지만 그다음 호에서 인터뷰 상황을 재편집해 특집을 싣자 판매량은 역시 아주 높았던 듯하다. 게다가 그때 또 다니가와 마이코에게 일이 주어졌다. 즉 그녀는 결과적으로 취재 대상의 스캔들 덕분에 새 일거리를 획득한 셈이다.

아마도 다니가와 마이코는 《SPORTY》 취재 후에 축구 선수 두 명이 잇달아 스캔들을 일으킨 것에 맛을 들였지 싶다. 《월간 히트 메이커》와 《텔레비전 마니아》가 발매되고 나서 터진 스캔들은 분명 그녀가 의도적으로 획책한 것이다. 그리하여 새 일거리를 얻을 뿐 아니라, 앞으로도 스캔들을 몇 건 더 터뜨려 장차 취재 기사를 책으로 엮어서 내려는 게 아닐까. 요컨대 유명인의 스캔들을 교묘하게 유발시켜 일확천금을 노리려는 수작이다. 이렇게 비열한 작자가 다 있나!

이렇게 생각하면서 사실, 증거는 하나도 못 건졌지만.

실은 다니가와 마이코의 본성을 좀더 파헤치고 나서 취재에 임하고 싶었다. 하지만 그녀의 취재 대상이 잇달아 불행해진다는 법칙을 제일 먼저 눈치챈 건 나다. 지금 오타케 도시야와 이데 나쓰키의 충격적인 사건이 어마어마한 파장을 일으키고 있는 이상, 꾸물거리다가는 다른 기자가 그들의 과거 기사를 조사하다가 이 법칙을 알아차릴 가능성도 있다. 남에게 특종을 빼앗기면 최악이다. 내가 특종을 터뜨리는 걸 우선해야 한다. 그런 생각으로 다소의 준비 부족은 감수하고 이번 취재를 감행하기로 했다.

다니가와 마이코의 정체는 결국 실전 승부를 벌이며 밝혀내야 할 것 같다. 그러므로 이번 취재는 내 가치를 시험하는 자리이기도 하다. 그녀의 정체를 푹 찔러낸다면 내 주가는 단숨에 오를 것이다. 임시 보너스를 넘어 파격적인 승진도 가능할걸. 아니, 차라리 이 특종을 전리품 삼아 회사를 때려치워도 괜찮겠네. 아직 삼십 대인데 이런 영세 출판사에 뼈를 묻을 것도 없잖아.

해야 할 일은 평소와 다름없다. 아슬아슬한 질문을 뻥뻥 던지다가 다니가와 마이코가 동요하면 단숨에 깊이 파고드는 거야!

그런 각오와 기세를 가슴에 품고 다니가와 마이코가 자택 겸 사무실로 쓰는 맨션에 도착해 방으로 안내받았다. 다니가와 마이코는 비쩍 말랐고 나른한 분위기를 풍기는 수수한 여자였다. 그리고 다니가와 혼자인 줄 알았는데 젊은 여자 조수도 있었다. 감기에 걸렸는지 커다란 마스크를 끼고 있었다.

나는 인사도 하는 둥 마는 둥 녹음기를 책상에 내려놓고 메모장을 꺼내 인터뷰 태세에 들어갔다. 상대에게 마음의 준비를 할 틈을 주고 싶지 않았다. 조수가 부랴부랴 차를 두 잔 내왔다.

자, 승부다, 다니가와 마이코. 반드시 네 정체를 까발려주마…….

사카가미 안녕하세요, 다니가와 씨. 잘 부탁드립니다. 거두절미하고 저희 잡지의 이 코너를 알고 계셨습니까?

다니가와 일단 보내주신 자료는 살펴봤는데요…….

사카가미 이전에는 보신 적이 없으시고요?

다니가와 견문이 모자라 죄송합니다.

사카가미 무슨 말씀을요. 여성들이 즐겨 볼 만한 잡지는 아니니까요(웃음).

흥, 솔직한 여자로군. 하지만 잘됐어. 사전에 보낸 건 지하 아이돌◆을 날림으로 취재한 기사가 실린 호니까. 날카로운 질문이라고는 없지. 물론 다니가와를 방심시키기 위해 일부러 그걸 보냈어.

다니가와 네, 뭐, 그런 것 같네요(웃음).

사카가미 자, 이 연재물은 취재 내용을 사전에 거의 설명하지 않고 돌격 인터뷰를 하는 방식인데요.

다니가와 아아, 원래 그런 방식이군요. 취재 의뢰가 들어왔는데 내용에 대해서는 설명을 거의 못 들어서, 솔직히 나 같은 프리랜서 기자 나부랭이한테 뭘 물어볼 게 있나 싶었거든요(쓴웃음).

사카가미 에이, 실은 짐작 가는 구석이 있으신 것 아닙니까?

다니가와 아니에요, 정말로 모르겠어요. 내가 무슨 나쁜 짓이라도 했었나(웃음).

사카가미 바로 그걸 지금부터 자세하게 여쭤보고 싶습니다만.

이 여자가 시치미떼기는. 좋아, 드디어 결투가 시작됐다.

다니가와 무슨 말씀이신지?

사카가미 솔직히 여쭙겠습니다. 다니가와 씨가 최근에 인터뷰한 상대가 차례차례 큰 스캔들에 휘말리고 있잖아요. 대체 어째서일까요?

다니가와 아아, 그거군요. ……확실히 최근에 잇달아 그런 일이 일어난다는 생각이 들긴 했어요.

사카가미 호오, 그럼 전부 우연이라는 말씀이신가요?

역시 잡아뗄 작정이로군.

◆ 방송이나 잡지 등의 매체에 출연하지 않고 라이브를 중심으로 활동하는 아이돌을 가리키는 용어.

다니가와 네, 그야 물론 그런데요…….

사카가미 그럼 다니가와 씨가 인터뷰를 한 후에 스캔들에 휘말린 유명인을 한번 훑어볼까요.

일단 J리그 펠자나 후나바시에 소속된 미즈사와 유스케와 우에다 료헤이입니다. 다니가와 씨가 취재한 두 사람의 대담은 작년 4월 26일 발매된《SPORTY》황금연휴 특대호에 실렸는데요, 그 직후인 4월 30일에 미즈사와가 금지 약물을 사용했다는 의혹이 부각됐습니다. 미즈사와는 당초 의혹을 부정했지만 자택과 클럽하우스에서 아나볼릭 스테로이드를 사용한 흔적이 차례차례 발견되자 빠져나갈 수 없다는 걸 깨달았는지 5월 17일에 자택에서 목을 매 자살했죠.

한편 우에다는 5월 15일에 발표된 월드컵 국가대표 멤버에 선발됐습니다. 그런데 이틀 후에 팀 동료 미즈사와가 자살했고, 사흘 후인 5월 20일에 느닷없이 "하반신에 원인 불명의 병이 들었다"는 이유로 대표팀을 이탈했죠. 당초는 동료 미즈사와의 자살에 충격을 받아 심신에 이상이 생긴 것 아닐까 걱정하는 사람들이 많았지만, 증상을 일절 설명하지 않고 기자회견도 없는데다 팀에서도 도망치듯 종적을 감춘 탓에 팬과 미디어의 반감을 샀고, 결국 7월에는 펠자나 후나바시에서 방출됐습니다. 현재도 선수로 복귀할 전망은 보이지 않는 모양이고요. 자, 다니가와 씨. 이 두 명을 인터뷰할 때 무슨 낌새 못 알아채셨습니까?

다니가와 네, 설마 둘 다 그렇게 될 줄은 꿈에도 몰랐어요.

사카가미 약간의 징후도 없었다고요? 미즈사와는 한눈에도 수상하다는 걸 알 만큼 아나볼릭 스테로이드의 효과가 나타났다는 설도 있는데요.

다니가와 그 기사를 담당해놓고 이렇게 말하면 비난을 받을지도 모르지만, 사실 스포츠는 잘 몰라요. 《SPORTY》는 스포츠 잡지지만 스포츠에 문외한이면서 팬이 된 여성 독자도 타깃이라 굳이 저 같은 기자에게 그런 독자 눈높이의 기사를 맡긴 거예요. 그러니까 처음 만난 스포츠 선수가 아나볼릭 스테로이드를 사용했는지 간파하기는 어렵죠. 스포츠 선수는 보통 사람보다 근육질이겠거니, 그 정도 인식밖에 없으니까요.

사카가미 그렇군요. 하지만 《SPORTY》 황금연휴 특대호는 이례적인 판매량을 기록했고, 잠시 발매가 중지됐지만 미즈사와와 우에다의 대담을 다니가와 씨가 재편집한 특집 기사를 월드컵 후에 싣자 또 판매량이 급등한 모양이던데요. 그로 인한 이익이 다니가와 씨에게는 돌아오지 않았나요?

다니가와 무슨 말씀이신지?

사카가미 즉, 특집 기사 원고료가 평소보다 높게 책정되지는 않았나요?

다니가와 아하하(웃음). 그럼 좋았을 텐데요. 평소와 다름없었을 거예요. 큰돈이 입금됐다면 분명 기억하고 있을 테니까요.

사카가미 아하, 그거참 아쉽네요(웃음).

웃어? 여유가 넘치는구나, 다니가와 마이코.

하지만 거짓말하는 티는 안 나니까 축구 선수 건은 손대지 않았을 가능성이 높아.

문제는 이다음인데. 내가 예상하기에 다니가와 마이코는 축구 선수 건으로 맛을 들여 취재 상대의 스캔들에 개입해 국물을 얻어먹을 계획을 세운 거야. 목표물은 바로 SML. 좋아, 이제 이 여자를 흔들어볼까…….

다니가와 찾아보면 원고료 명세서가 있을지도 모르는데, 보실래요?

사카가미 아니요, 괜찮습니다. 다만 그후에 기사를 담당하신 《월간 히트 메이커》에 관해 좀 상세하게 여쭤보고 싶은데요.

다니가와 네, 뭔가요?

사카가미 다니가와 씨는 매니저와 전속 사진작가가 찬조 출연한 록밴드 SML의 대담을 취재하셨죠. 그런데 SML은 그후에 활동을 무기한 중지했습니다.

보컬 SHIORI는 작년 가을, 콘서트 투어 'SML END TO START'를 연출하면서 곤돌라를 이용한 투신자살을 계획했습니다. 그리고 그걸 예고하는 유서를 〈메시지〉라는 제목의 신곡 가사에 숨겨놨죠.

가사 일부를 거꾸로 읽으면 '다들 고마워 잘 있어 모두에게 사랑받아 행복했어 이제 목소리가 안 나와 곤돌라에서 떨어져 떠날게'라는 메시지가 나타나 사람들은 경악을 금치 못했죠.

그런데 투어 전에 그 메시지를 여러 팬이 발견해 대소동이 벌어지는 바람에 투어는 물론 SML 활동도 중지돼 SHIORI의 계획은 실패로 끝났습니다.

다니가와 네, 그랬죠. 저도 깜짝 놀랐어요.

사카가미 놀라셨다고요? 정말인가요? 계산대로였던 게 아니고요?

다니가와 어, 그게 무슨 말씀이세요?

사카가미 다니가와 씨의 기사 때문에 가사에 숨겨진 SHIORI의 메시지가 투어 전에 발견됐다는 설이 인터넷에서는 유력하거든요.

다니가와 앗, 그런가요?

사카가미 기사 끝에 〈메시지〉의 가사가 실렸죠. 하지만 밴드와의 대담 말미에 신곡 가사를 싣는 건 음악과 아이돌 정보를 많이 다루는 《월간 히트 메이커》에서도 이례적인 일이었다던데요. 실제로 《월간 히트 메이커》 편집부를 취재해보니 사전에 그런 아이디어는 듣지 못했다고 하더군요. 기사를 그렇게 마무리한 건 다니가와 씨의 독단이고, "쓸거리가 별로 없어서 페이지를 못 채웠으니 가사를 싣기로 했다"는 이유를 대셨다면서요.

좋아, 다니가와의 얼굴에 동요가 조금 보인다. 단숨에 밀어붙일 기회야!

다니가와 네, 분명 그렇게 설명했어요.

사카가미 실은 가사에 숨겨진 메시지를 누구보다 먼저 발견하신 거 아닙니까? 알고 일부러 실으신 거 아니에요?

다니가와 무슨 말씀인가요?

사카가미 취재중에 SHIORI의 태도가 이상하다는 걸 알아차렸다. 그 후에 신곡 가사를 보다가 문득 유언을 발견했다. 그리고 '현재 이 메시지를 알아차린 건 나뿐이겠지. 이걸 내버려뒀다가 정말로 SHIORI가 자살하면 이걸 눈치채는 사람이 수두룩하게 나올지도 몰라. 그럼 의미가 없어'라고 생각하신 거 아닙니까? 그래서 잡지에 싣기로 했죠. 맞춤법에 맞춰서 적으면 알아보기 힘드니까 굳이 한 글자씩 띄어서요.

다니가와 하아……. 그러니까 제가 SHIORI 씨의 자살을 저지하기 위해 일부러 노래 가사를 실었다는 말씀인가요?

사카가미 아니요……. 제 생각은 다릅니다.

다니가와 네?

사카가미 다니가와 씨는 축구 선수의 스캔들로 안 거예요. 자기 기사에 스캔들이 얽히면 추가로 일이 들어와서 득을 본다는 걸. 그래서 이번에는 더 큰 화제성을 노리고 기사를 계기로 SML의 스캔들이 터지도록 획책한 거죠.

다니가와 재미있는 말씀을 하시는군요.

사카가미 아닌가요? 그럼 수긍이 가는 이유를 들려주시죠. 왜 SML 대담 기사 말미에 생뚱맞게 신곡 가사를 실으셨습니까?

자, 어떠냐, 다니가와 마이코! 완전히 코너로 몰았어!

다미가와 음, 이건 말 안 하려고 했는데…… 실은 SHIORI 씨에게 부탁받았어요.

사카가미 ……네?

다니가와 대담 취재가 끝난 후에 SHIORI 씨가 느닷없이 신곡 가사를 꼭 기사 말미에 실어달라고 부탁하더군요. ……지금 SHIORI 씨는 정신과에 입원해 계시다니 본인에게 확인하기는 어렵겠지만, 같은 자리에 있던 매니저님은 기억하실 테니 확인해보시면 되겠죠.

사카가미 그렇습니까…….

으앗, 정말이야?

다니가와 솔직히 대담 도중에 분위기가 몇 번 날카로워져서 별로 흥이 나지 않았거든요. 지면을 채우려면 애먹겠다 싶었는데 SHIORI 씨가 그렇게 제안해줘서 한숨 돌렸죠. ……다만 지금 생각해보면, 어디까지나 제 추측이지만, SHIORI 씨는 자살하고 싶다는 마음과 누가 알아채고 살려주길 바라는 마음 사이에서 흔들렸던 게 아닐까요. 그래서 열을 맞춘 가사가 잡지에 실리면 누가 눈치챌지도 모른다고 생각하고 제게 부탁한 게 아닐까 싶어요. 아, 물론 저는 소동이 벌어질 때까지 가사에 그런 메시지가 숨겨져 있는 줄 전혀 몰랐지만요.

사카가미 호오라, 그렇군요…….

젠장, 예상외의 대답이었어!

거짓말을 하는 낌새는 없으니 분명 엉터리로 둘러대는 건 아닐 거야. 물론 만약을 위해 확인은 해보겠지만 SHIORI가 가사를 실어달라고 부탁했다는 건 사실이겠지. 다니가와가 동요를 보인 것도 그 사실을 내게는 숨기려고 했기 때문인 듯하고.

그렇다면 내가 그린 큰 그림이 전제부터 우르르 무너진 셈인데.

어쩌지. 솔직히 SML 건이 제일 자신 있었는데.

으음…… 일단 오늘은 꼬리를 말고 달아나는 편이 좋을지도 모르겠어.

하지만 《텔레비전 마니아》에서 대담한 <사위는 10대째>의 출연자들이 얽힌 스캔들을 언급하지 않고 넘어갈 수는 없지. 지금 세상은 오타케 도시야와 이데 나쓰키의 화제로 들끓고 있으니까. 다음 주 발매되는 주간지는 우리도 포함해서 거의 모두가 그 사건을 머리기사로 다룰 텐데, 만약 다니가와가 뭔가 알고 있다면 내가 현재 제일 진상에 가까이 있는 셈이야. 여기서 진상을 밝혀내지는 못하더라도, 다니가와가 어디서 거짓말을 하는지 내 예상이 어디까지 들어맞는지는 확인하고 싶어. 의혹은 훗날 다시 추궁해도 되니까…….

다니가와 음, 이야기의 흐름상 물어보실 게 하나 더 있겠네요.

사카가미 네, 그렇죠.

망할, 제 입으로 말하다니 여유가 넘치시는군.

다니가와 《텔레비전 마니아》에 실린 〈사위는 10대째〉 대담요.

사카가미 네. 오타케 도시야, 에모토 리나, 도몬 도루 세 명의 대담이었는데요. 그중 오타케 도시야와 에모토 리나가 각각 연예계를 뒤흔드는 전대미문의 사건을 터뜨렸습니다. 하나만으로도 충분히 충격적인데, 연달아 두 건이죠.

지난달에 에모토 리나가 연예계를 전격 은퇴했습니다. 청초한 미모와 신인이라고는 믿기지 않는 천재적인 연기력으로 데뷔한 지 고작 일 년여 만에 큰 인기를 얻었고, 앞으로의 활약도 기대된 만큼 몹시 충격적인 소식이었는데요. 중병설과 임신설 등도 나돌았습니다만, 결국 확실한 이유는 밝혀지지 않아 진상은 어둠에 묻혔습니다.

그리고 얼마 전, 더 큰 충격이 연예계를 뒤흔들었습니다. 오타케 도시야와 이데 나쓰키가 야마나시 현의 산속에서 동반 자살로 추정되는 죽음을 맞았죠. 두 사람의 시신이 발견된 건 11월 7일, 신원이 공식적으로 확인된 건 바로 오늘 오전(취재일은 11월 11일)입니다. 두 사람이 공통의 취미인 사이클링을 즐긴 후 동반 자살했다는 소문도 돌고요. ……뭐, 이번 주 호의 머리기사도 틀림없이 이 이야기일 테니 최신 정보는 거기 실리겠지만요.

다니가와 믿기지 않는 소식을 차례차례 접해 저도 놀라울 따름이에요.

사카가미 정말이신가요? 다니가와 씨, 뭔가 알고 계신 거 아닙니까?

억측이라도 상관없어. 뭔가 실마리를 잡아야 해.

다니가와 그럴 리가요. 저야말로 기자의 한 명으로서 알고 싶을 정도인데요.

사카가미 어디까지나 상상입니다만…… 오타케 도시야와 이데 나쓰키 동반 자살 사건의 열쇠는 은퇴한 에모토 리나가 쥐고 있는 것 같습니다.

다니가와 에모토 씨가…… 그건 또 어째서죠?

사카가미 어, 실은 알고 계신 거 아닙니까?

앗, 지금 한순간 다니가와의 표정이 변했어. 그냥 억측해서 찔러봤을 뿐인데…… 뭐, 좋아, 도가 되든 모가 되든 파고들어보자!

다니가와 무슨 말씀인지 모르겠는데요.

사카가미 지난달에 오타케 도시야와 이데 나쓰키가 함께 장을 보는 사진이 '핼러윈 데이트'라는 제목으로 사진 주간지에 실려서 둘이 사귄다는 소문이 퍼졌죠. 오타케 도시야는 에모토 리나하고도 〈사위는 10대째〉에 함께 출연했습니다. 혹시 오타케 도시야가 에모토 리나와도 사귀었다면, 이번 동반 자살 사건은 삼각관계가 꼬여서 발생한 비극이 아닐까요.

다니가와 하아, 과연. 상상력이 풍부하시군요.

사카가미 아닌가요.

어라? 방금 한순간 비친 표정이 사라졌어. 음, 잘못 짚었나.

다니가와 뭐, 상상은 자유죠. 어쨌거나 제가 두 사람을 죽인 게 아니라는 것만은 분명해요(웃음).

사카가미 어, 저도 그렇게까지 의심하는 건 아니고요. ……다만 솔직히 말씀드려 최근 다니가와 씨가 취재한 사람이 이만큼이나 스캔들에 휘말렸어요. 아무리 봐도 단순한 우연 같지는 않은데요.

에라, 모르겠다. 여기까지 왔으니 정면으로 부딪쳐보자!

다니가와 뭐, 저도 기자님 입장이었다면 의심이 들 거예요. 하지만 전부 우연이니 어쩌겠어요. 한없이 작위적으로 보이는 일도 때로는 우연히 일어나는 법이에요. 세상에는 벼락을 일곱 번이나 맞은 사람도, 복권 1등에 세 번이나 당첨된 사람도 있다잖아요.

사카가미 그렇군요…….

젠장, 표정 변화도 동요도 전혀 없어. 정말로 거짓말이 아닌 건가. 전부 단순한 우연이라고? 엄청난 특종일 줄 알고 뛰어들었건만.

다니가와 덧붙여 스캔들에 휘말린 사람들 말고도 제가 취재한 사람은 수없이 많아요. 물론 다들 제가 취재한 후에도 평화롭게 살고 있고요. 그건 짚고 넘어가야죠. 제가 취재한 사람이 나중에 전부 불행해진다는 딱지가 붙으면 이 일을 접어야 할 테니(웃음).

사카가미 네, 그렇겠죠.

제길, 여유로운 웃음이군. 정말 전부 우연인가. 이 여자는 우연히 불행을 불러들이는 체질일 뿐인가.

다니가와 사카가미 씨도 오늘 돌아가는 길에 조심하시고요.

사카가미 무서운 말씀 마세요(웃음).

어어, 하지 마. 지금 정말로 섬뜩했다고.

다니가와 고생하셨습니다. 살펴 가세요.

사카가미 아아, 네. 실례 많았습니다.

이번 돌격 인터뷰는 아쉽게도 완전히 불발로 끝나고 말았다.

하지만 앞으로 다니가와 씨의 기사에서 또 이런 '우연'이 발생한다면……. 앞으로도 눈을 뗄 수 없다.

ᚑ

아아, 젠장. 역시 원고를 퇴짜 맞았어!

그저께 진행한 다니가와 마이코의 인터뷰를 원고로 정리해 제출하자, 오늘 편집장이 "이딴 쓰레기 같은 인터뷰를 실으라는 거냐, 이 멍청아!" 하고 불호령을 내려서 지금 대체용 원고를 쓰는 중이다. 아직 기사화하지 않은 매상 1위 호스티스의 인터뷰를 써먹는 수밖에 없겠지.

그건 그렇고 다니가와 마이코라는 여자는 지금까지 취재해온 상대와는 차원이 달랐다. 내가 일부러 무례한 질문을 해도 감정이 전혀 얼굴에 드러나지 않았다.

그렇다기보다 애초에 감정이 있는지조차 불분명했다. 마치 악마에게 혼을 팔아넘긴 듯 가끔 눈 속에서 깊이를 알 수 없는 어둠이 엿보이는 것 같았다. 그게 다니가와 마이코의 퇴폐적인 분위기와 어우러져 실로 으스스한 분위기를 자아냈다.

하지만 아무리 으스스하기로서니 아무 증거도 없이 '다니가와 마이코는 수상하다'고 쓸 수는 없었다. 고소라도 당하면 승산이 없는걸.

가장 큰 오산은 SML의 <메시지> 가사를 SHIORI의 요청으로 잡지에 실었다는 것이다. 그후 바로 SML이 소속된 연예기획사에 전화로 확인해보자, 대담 후에 SHIORI와 다니가와 마이코가 그런 대화를 나누었다는 사실을 안자이라는 매니저가 기억하고 있었다. 다니가와 마이코의 말을 뒷받침하는 증거가 나온 셈이다.

다니가와 마이코가 숨겨진 메시지를 발견하고 가사를 실어서 소동을 불러일으킨 줄만 알았다. 내가 그걸 알아맞혀 동요한 그녀가 오타케 도시야와 이데 나쓰키의 동반 자살 사건에 대해서도 약간이나마 허점을 드러내길 바랐다. 하지만 당초 계획이 완전히 빗나가 도리어 내가 동요하고 말았다. 그 결과가 원고 퇴짜다.

하지만 취재중에 딱 한 번 실마리를 잡을 뻔한 적이 있었는데.

오타케 도시야와 이데 나쓰키의 동반 자살에 에모토 리나가 얽혀 있는 것 아니냐는 내 말에 다니가와 마이코의 표정이 한순간 변한 것 같았어. 하지만 정말 한순간이었거든. 역시 기분 탓이었나.

그리고 지금 돌이켜보니 묘하게 걸리는 게 하나 있단 말이야.

창피해서 취재를 마치자마자 냉큼 돌아왔는데…… 조금만 더 시간을 내서 조수에게 한마디 시켜볼걸 그랬어.

그게, 잘 생각해보니 이상하잖아. 특별히 잘나가지도 않는 프리랜서 기자에게 조수가 딸려 있다니. 그리고 그 조수는 큼지막한 마스크를 껴놓고 재채기고 기침이고 하지 않았어. 어쩌면 내게 얼굴을 보이기 싫어서 가렸는지도 몰라.

설마 다니가와 마이코 말고 그 조수가 진짜 흑막 아닐까…….

그럴 리가 있나. 됐어, 터무니없는 생각은 집어치워.

요즘 후각이 둔해졌어. 이런 되도 않은 감에 의지해 다시 다니가와 마이코를 취재하러 가면 이번에야말로 문제가 되겠지. 그것보다 지금은 매상 1위 호스티스의 원고를 마무리해야 해. 다니가와 마이코는 잊자.

그나저나 이건 어찌된 조화람. 왜 지금까지 이걸 기사화하지 않았느냐면 이 호스티스가 열 몇 달이나 연속으로 매상 1위를 지키다가 하필이면 내가 취재하러 간 날에 2위로 떨어진 탓에 기분이 안 좋아서 인터뷰에도 건성으로 응했거든. 아아, 진짜 못해먹겠어…….

⧺

나는 「돌격 인터뷰」를 다 읽고 《주간 특종 저널》 11월 23일 호를 책상에 탁 내려놓았다.

내 기사는 이번 호에 실릴 거라 들었는데, 사카가미 마사시의 코너에 실린 건 호스티스의 인터뷰 기사였다. 혹시 그 기사는 퇴짜를 맞은 걸까…….

그럼 안심해도 되겠지.

괜찮다. 아무 걱정할 필요 없다. 나는 속으로 스스로를 다독였다.

나는 원래 대형 주간지의 조사 보도 기자였다. 당시 취재를 가나다부터 배웠는데, 사카가미라는 남자는 기자로서 그런 기본이 전혀 안 되어 있었다. 억측만 가지고 밀어붙이면서 돌격 인터뷰라니 어처구니가 없다. 자폭 인터뷰라면 모를까.

내 취재 상대가 차례차례 불행한 꼴을 당한 건 전부 우연이다. 한없이 작위적으로 보이는 일도 때로는 우연히 일어나는 법이라고 나는 말했다.

하지만 그 말은 조금 정정해야 한다.

이 우연은 일어날 만해서 일어났다.

물론 그런 이야기를 공공연하게 할 수는 없으므로 사카가미 앞에서는 말하지 않았지만.

내 취재 상대가 차례차례 스캔들에 휘말리는 진짜 이유. 그건…… 그들이 모두 정점에는 한 발짝 모자란 1.5류나 이류 인간이기 때문이다.

사실 나는 병을 앓고 있다.

그래서 프리랜서 기자로서 제일선에서 활약하기는 힘들다.

낮에 병원에 가는 날은 아침 5시에 억지로 일어나 원고를 쓰기도 하지만, 최근 병이 악화돼 작업량은 예전보다 크게 줄었다.

더구나 각계의 인기인이나 거물을 취재할 때는 상대방이 지정하는 시간에 맞춰야 하므로 나처럼 병원에 다니느라 시간을 내지 못할 가능성이 있는 기자에게는 애초에 그런 일이 안 돌아온다. 내게 들어오는 의뢰는 그 아래 급이다. 즉, 유럽 축구 리그에서 대활약하는 선수 말고 J리그의 별 인기도 없는 펠자나 후나바시 같은 팀의 선수, 국민적으로 인기를 누리는 특급 밴드가 아니라 SML같이 약간 두각을 나타낸 밴드, 시청률이 높은 화제의 드라마 말고 <사위는 10대째>같이 시청률이 낮은 드라마의 취재를 의뢰받는다.

그리고 그런 내 취재 대상들은 다들 어쩐지 무리하고 있는 경우가 많다. 1.5류부터 이류급에 해당한다는 건 정신건강상 아주 좋지 않다는 뜻이다.

좀더 높은 급으로 가고 싶다. 하지만 아무리 노력한들 정점에 있는 사람들과의 압도적인 역량 차이는 메우기 힘들다. 그렇다고 방심하면 바로 아래 급으로 떨어질지도 모른다……. 이렇듯 무력감에 좀먹히면서도 끊임없이 늦출 수 없는 긴장 상태를 강요당하는 상황이야말로 가장 위험하다.

뭐, 유명인만 그런 건 아닐지도 모르겠다. 이제 일반 기업도 포함해 어떤 분야에서도 경쟁은 심해질 따름이다. 그런 가운데 다들 경쟁에서 탈락하지 않고 조금이라도 위로 가기 위해 가혹한 소모전을 계속한다. 그러는 동안 건전한 인간성을 유지하는 데 중요한 부분까지 조금씩 마모돼 어느덧 넘어서는 안 될 선을 넘는 바람에 마음에 병이 들거나 돌발적으로 범죄에 손대서 파탄에 이르는 사람이 나오는 것 아닐까.

뛰어난 재능을 타고난 초일류, 혹은 상승하고자 하는 욕심이 없는 삼류 이하의 인간이라면 적당히 분발하며 더 마음 편히 살 수 있을 것이다. 실제로 과거에 스캔들을 일으킨 유명인을 돌이켜보아도 그 분야의 정점에 군림한 초일류는 별로 없었던 듯하다. 일시적으로 정점에 섰다가 하강 곡선을 그리는 사람과 정점을 노리면서도 끝까지 도달하지 못했던 사람이 많았던 것 같다.

요컨대 그렇듯 무리하는 사람만 취재했으므로 취재 대상이 스캔들을 일으킬 확률도 필연적으로 높았던 셈이다. 이렇게 잇달아 스캔들이 터진 건 드문 일이겠지만, 벼락을 일곱 번 맞거나 복권 1등에 세 번 당첨되는 것보다는 훨씬 확률이 높지 않을까.

내가 취재한 상대가 차례차례 불행에 빠진다는 걸 언젠가 누가 알아차릴지도 모른다 싶었는데, 결국 기자가 찾아왔다. 이번에는 삼류 가십 잡지 기자가 아주 어설프게 덤비다가 창피를 당하고 돌아갔지만, 비슷한 기자가 또 찾아올지도 모른다. 나름대로 준비를 해두어야 한다.

그나저나 무작정 찔러보던 그 기자에게 딱 한 번 당황했다. 소가 뒷걸음치다가 쥐 잡는다더니, 옛말 그른 데 없다.

"어디까지나 상상입니다만…… 오타케 도시야와 이데 나쓰키 동반 자살 사건의 열쇠는 은퇴한 에모토 리나가 쥐고 있는 것 같습니다."

그 말을 듣고 동요가 얼굴에 살짝 드러났을지도 모르겠다.

그 사건에 에모토 리나가 관여했다는 걸 파악하고 있는 사람은 전국을 다 뒤져도 나와 사카가미, 그리고 당사자인 그녀뿐 아닐까…… 하고 내가 생각한 바로 그때.

"다니가와 씨, 드세요."

그녀가 내게 차를 우려주었다. 나는 웃음 띤 얼굴로 고맙다고 말하고 한 모금 마셨다.

그건 그렇고 잘나가지도 않는 프리랜서 기자에게 조수가 있는데도 사카가미는 수상쩍게 여기지 않은 걸까. 역시 그의 통찰력은 별것 아니었다.

'조수'는 어디까지나 세상을 속이기 위해 임시로 맡긴 역할이다.

우리는 비밀리에 계약을 맺었다.

계약은 그녀 쪽에서 제안했다.

처음에는 나도 놀랐다. 느닷없이 전화가 와서 놀랐고, 반 장난이겠거니 하고 나가본 약속 장소에서 본인을 보고 더 놀랐다.

그녀는 '오타케 도시야와 이데 나쓰키 동반 자살 사건'에 관해 이렇게 말했다.

"저는 그 사건의 진상을 다 알아요."

고백을 자세히 들으면 들을수록 흥분하지 않을 수 없었다. 기자라면 누구나 군침을 흘리며 덤벼들 만한 엄청난 특종이었다. 게다가 이쪽에서 돈을 내고서라도 사고 싶을 지경인데, 거액의 현금까지 주겠다고 했다.

하기야 계약에는 위험성도 있었다. 일단 특종을 즉시 세상에 내놓는 건 허락되지 않았다.

게다가 그녀는 나랑 똑같은 얼굴로 성형수술을 받고 싶다고 했다.

자세한 사정을 들었지만 당치 않은 이야기다 싶었다.

그렇지만 나는 결국 고개를 끄덕였다.

일찍이 조사 보도 기자였던 시절, 언젠가 내 기사로 세상을 바꾸기를 꿈꿨다. 하지만 격무를 이기지 못해 출판사를 그만두고 프리랜서가 되자 생활하기도 빠듯했다. 어느덧 꿈은 잊고 그저 먹고살기 위해 나와도 그만 안 나와도 그만인 기사만 쓰게 됐다. 더구나 이제는 병원비 때문에 저금도 많이 줄어 근로빈곤층 같은 상태다. 그런 내게 이 계약은 위험을 동반한다고는 하나 천재일우의 기회라고 생각했다.

다만 이제 와서 의심의 싹이 돋았다.

정말 그 이야기를 믿어도 될까.

당초에 나는 그녀가 순수하고 진지한 표정으로 들려주는 이야기를 진심으로 믿었다. 하지만 냉정하게 생각해보면 그 이야기가 진실인지 아닌지 검증할 방법이 내게는 없다. 그 큰돈의 진짜 출처도, 나와 똑같은 얼굴로 수술하고 싶어 하는 진짜 동기도 불분명하다. 그 이야기는 전부 거짓말 아닐까, 실은 그녀가 그 사건을 획책한 진범 아닐까. 나는 최근에 그런 생각에까지 사로잡혀 있다.

물론 그런 생각을 한다는 걸 결코 들켜서는 안 된다. 나는 그렇게 명심하고 차를 한 모금 더 마셨다.

잠시 후에 예리한 통증이 가슴을 후벼 팠다.

쯧, 이건 지병의 증상이다.

나는 그날 그녀가 제공한 특종에 흥분해 그만 병에 대해 이야기하고 말았다. 당시는 정보의 진위를 의심하지 않았고, 오히려 나 같은 기자에게 굳이 연락해준 것이 기쁜 나머지 “당신만 비밀을 이야기하면 미안하니까 나도 비밀을 밝힐게요” 하고 지금 생각하면 낯간지러운 말을 꺼냈다.

그러자 그녀는 내 병의 자세한 증상을 듣고 나서 계약을 제안했다.

그런 생각을 하면서 나는 차를 한 모금 더, 이번에는 천천히 마셨다.

그제야 깨달았다. 평소와는 달리 쓴맛이 난다는 사실을.

가슴의 통증이 점점 심해져 나도 모르게 컥컥거렸다.

아파, 아파, 괴로워. 가슴이 답답해……. 나는 눈물 어린 눈으로 컥컥거리며 가슴을 눌렀다. 시야가 흐릿해지는 가운데 그녀가 순수한 눈으로 나를 똑바로 쳐다보며 고개를 기울이는 모습이 보였다.

목에서 하트 모양 목걸이가 흔들린 것도 간신히 눈에 들어왔다.

이윽고 시야가 더 흐릿해지더니 숨이 쉬어지지 않아 나는 바닥에 무릎을 풀썩 꿇고 몸을 웅크렸다.

The Last Talk
4월 18일
클릭 브로드캐스트
미디어믹스
스페셜 대담

클릭 브로드캐스트
미디어믹스 스페셜 대담

작가 야마나카 레이코×**만화가** 히비키 다쓰오
(**인터뷰어** 다니가와 마이코)

다니가와 자, 미디어믹스 스페셜 대담을 시작하겠습니다. 이 대담은 인터넷 방송 '클릭 브로드캐스트'에서 생중계하고 있는데요, 어, 그러니까…….

야마나카 긴장하지 말아요, 다니가와 씨.

다니가와 가, 감사합니다(웃음). 어, 자, 사회는 저, 프리랜서 기자이자 인터뷰어인 다니가와 마이코입니다. 잘 부탁드립니다.

야마나카 잘 부탁해~요(박수).

다니가와 분위기를 띄워주셔서 감사합니다. 어, 제가 잡지 대담은 많이 진행해봤는데, 이런 생방송에서 사회를 맡은 적은 처음이라 좀 긴

장돼서…….

야마나카 괜찮아요, 긴장할 것 없어요. 스튜디오도 작고 카메라도 두 대밖에 없으니까(웃음).

이런, 이런, 인터넷 방송은 다 이런가? 출연료가 괜찮기에 오퍼를 수락했는데, 막상 와보니 스튜디오는 허름한 상가 빌딩 한켠에, 기재도 스태프도 얼마 없고, 사회자도 아마추어 티를 풀풀 내다니 놀랄 노 자네.

다니가와 아하하, 감사합니다(웃음). 어, 자, 이번에 대담하실 분은 이 두 분. 소개하기도 전에 벌써 말씀을 많이 하셨지만…….

야마나카 어머, 미안해요(웃음).

다니가와 아니에요(웃음). 미스터리 작가로서 수많은 히트작을 내시는 한편으로, '매우 아름다운 여성 작가'로 불리며 텔레비전에도 출연하시고, 올해 1월에는 자신의 소설이 원작인 드라마 〈살의의 레슨〉에 특별 출연해 배우 데뷔까지 이루신 야마나카 레이코 씨입니다.

야마나카 잘 부탁드려요.

이 방송, 정말 괜찮으려나. 스튜디오 구석에 서 있는 감독, 요전에 미팅했을 때보다 배가 더 나오지 않았나? 재킷 밑자락도 올이 풀어졌고. 복장이고 몸매고 형편없네. 같은 방송국이지만 화려한 지상파 스튜디오랑은 하늘과 땅 차이야.

다니가와 또 한 분은 현재 〈도쿄 디스토피아〉가 인기를 누리고 있는 가운데 최근 발매된 27권도 절찬리에 판매되고 있는, 지금 가장 주목 받는 만화가 히비키 다쓰오 씨입니다.

히비키 처음 뵙겠습니다. 잘 부탁드립니다.

후우, 이런 일은 처음이라 좀 긴장되네. 그나저나 야마나카 씨는 말을 참 잘하는군.

다니가와 오늘 두 분 다 잘 부탁드립니다.

후후후, 순조로운 출발이야. 난 지금 생방송 사회를 맡아 긴장한 중년 프리랜서 기자 다니가와 마이코. 아무도 정체를 의심하지 않아.

야마나카 긴장이 좀 풀린 것 같네요(웃음).

그러고 보니 이 사회자를 어디서 본 것 같은데. 본업은 프리랜서 기자라니까 취재에 응한 적이 있나. 뭐, 취재라면 수백 번 넘게 받았는데 기자 얼굴을 어떻게 일일이 기억하겠어. ……그런데 센스가 좀 별로네. 중년이면서 젊은 애나 고를 법한 하트 모양 목걸이를 하고 다니다니.

다니가와 감사합니다(웃음). 덧붙여 히비키 씨는 미디어에 얼굴을 공개하는 게 처음이시라면서요.

히비키 완강하게 거절한 건 아니지만 이런 얼굴을 굳이 내놓을 게 있나 싶어 안 나왔을 뿐입니다.

야마나카 아니, 멋진걸요. 키도 크셔서 처음에는 모델인 줄 알았어요(웃음).

목 아래로만. 얼굴은 모델과 거리가 멀어. 본인 말마따나 굳이 내놓을 거 없겠어. 뭐, 작품은 정말 재미있지만.

다니가와 자, 오늘은 '미디어믹스 스페셜 대담'이라는 제목으로 드라마와 영화로 제작된 작품이 많은 두 분을 모셨는데요. 듣기로 야마나카 씨는 히비키 씨가 그리신 『도쿄 디스토피아』의 열렬한 팬이시라고요.

그것도 전부 조사해서 오늘 대담을 세팅했어, 야마나카. 잘도 내 계획을 방해했겠다.

야마나카 네, 맞아요. 오늘 봬서 정말 기쁘네요.

솔직히 '열렬한 팬'은 아니고 '일반 팬' 정도지만. 반년쯤 전에 아는 사람 추천으로 보기 시작했는데 아직 최신간은 안 봤으니까.

히비키 감사합니다. 저도 야마나카 씨의 작품을 좋아해서 자주 읽어요.

사실 '자주'라고 할 정도는 아니야. 영화나 드라마는 몇 번 봤지만 원작은 한 번도 안 읽었거든.

야마나카 기쁘네요.

히비키 드라마 〈살의의 레슨〉에 야마나카 씨가 나오시는 회도 봤어요.

야마나카 어머나, 창피해라. 그건 보지 말았으면 했는데(웃음).

히비키 에이, 잘하시던걸요(웃음).

완전 발연기더라. 교육 방송의 <중학생 일기>◆ 가 생각났어.

다니가와 저도 봤는데 정말 연기가 좋더라고요.

어찌나 국어 책을 읽어대는지 화면에서 눈을 돌리고 싶은 수준이었지.

야마나카 빈말도 참, 그만해요(웃음).

어, 인터넷에서는 엄청 욕을 먹었는데 역시 나쁘지 않았나.

다니가와 두 분 다 인간의 어두운 부분을 실감나게 그려내는 표현력으로 팬의 마음을 사로잡으시는데요. 야마나카 씨는 『마녀의 도망』과 『다가오는 그림자』 등 많은 작품이 영화화됐고 『살의의 레슨』도 드라마화됐습니다. 히비키 씨의 『도쿄 디스토피아』도 애니메이션에 이어 실사 영화 제작이 결정됐고요. 이쪽도 사회 격차가 커지고 치안이 악화돼 범죄가 만연하는 근미래의 도쿄를 아주 실감나게 그려내죠.

히비키 최근 현실에서도 인간의 어두운 부분이 부각되는 사건이 늘어나고 있으니까요. 그런 풍조와 맞아떨어져 저희 작품이 인기를 끄는 건지도 모르겠네요.

야마나카 '현실은 소설보다 기이하다'는 말이 딱 맞는다니까요. 작품 속에서 맘먹고 잔혹한 사건을 일으켜도, 작품 발표 후에 비슷한 수법으로 더 무서운 사건이 발생하기도 하잖아요.

히비키 그러니 저희 작품이 인기를 끌고 영상화도 되는 건 별로 좋지 않은 일인지도 모르겠어요(웃음). 요즘은 연예인까지 엄청난 사건에

◆ 나고야 시의 중학교를 무대로 한 텔레비전 드라마. 아마추어 혹은 극단에 소속된 실제 중학생이 출연했다.

휘말릴 정도니까요. ……이데 나쓰키 씨와 오타케 도시야 씨가 돌아가신 사건도 아직 진상이 밝혀지지 않았잖아요.

다니가와 확실히, 그 사건은 충격적이었죠.

후후후, 마침맞게 이 이야기로 이어졌네. 자, 야마나카, 당신은 어떤 얼굴로 이 이야기를 하려나?

야마나카 정말이에요. 저도 뉴스랑 연예 정보 방송을 보면서 얼마나 놀랐는지.

이런, 이 이야기가 나왔네. 안 내키는걸.

히비키 아마 그 사건의 진상에도 픽션보다 훨씬 깊고 무서운 어둠이 깃들어 있을 겁니다. ……앗, 그러고 보니 돌아가신 이데 나쓰키 씨가 여우주연상을 거머쥔 영화는 야마나카 씨의 소설이 원작 아니던가요?

야마나카 네, 맞아요. 〈마녀의 도망〉에 출연했죠.

정말 불쾌한 추억이야.

히비키 그럼 제작 발표회 같은 데서 이데 씨와 만난 적 있으세요?

야마나카 네. 촬영 현장이랑 제작 발표회에서도 만났고, 실은 잡지에서 대담까지 했어요.

그래, 그날은 평생 못 잊겠지.

히비키 부럽네요……. 경을 칠 소리지만 그런 대사건의 당사자와 실제로 이야기를 한 건 귀중한 경험이죠. 대담 당시의 인상은 어땠나요?

야마나카 진부한 표현이지만 정말 밝고 예뻤어요. 설마 훗날 그렇게 비참하게 세상을 떠날 줄은 상상도 못 했죠.

거짓말은 아니야.

대담중에는 그런 생각을 손톱만큼도 안 했거든.

하기야 대담 두 시간 후에는 이데 나쓰키를 죽이기로 마음먹었지만.

그날은 평생 못 잊어. 그날부터 내 인생 최대의 복수 계획이 시작됐으니까.

삼 년 전 8월 3일. 나는 《월간 엔터테인먼트 붐》이 주관한 이데 나쓰키와의 잡지 대담 취재를 마치고 서둘러 도노 탐정 사무소로 향했다. 생이별한 외아들 히로야에 대한 조사 보고를 듣기 위해서였다. 분명 히로야를 찾았다는 보고일 거라고 낙관적인 희망을 품었지만 도노가 보고한 내용은 결코 좋지 못했다.

히로야는 본가를 뛰쳐나간 후 도내에서 인디 밴드 보컬로 활동했다고 한다. 하지만 한참 전에 밴드를 해체한 뒤로 밴드 동료들과도 거의 연락을 하지 않아 소식이 감감하다고 했다.

도노는 머뭇대며 말을 꺼냈다.

"히로야 씨는 마약을 상용했던 모양입니다."

도노는 히로야가 몇 년에 걸쳐 수많은 유의 마약을 구입했다고 말했다.

나는 물론 큰 충격을 받았다. 자식이 마약을 했다는 말에 충격을 받지 않을 부모는 없으리라. 하물며 히로야는 심장이 약하다. 보통 사람보다 위험성이 높을 텐데 왜 그런 데 손을 댔을까……. 나는 그저 슬펐다.

그런데 도노가 더 놀라운 정보를 들려주었다.

"그리고 히로야 씨는 그 시기에 배우 이데 나쓰키 씨와 동거했던 모양입니다."

우연하게도 한 시간쯤 전까지 나와 대담했던 이데 나쓰키와 히로야가 동거했다니 그야말로 예상외의 전개였다.

도노는 특기인 잠입 조사를 해서 히로야와 과거에 어떤 관계였는지 이데 나쓰키에게 직접 물어봤다고 한다. 본인은 웃으며 부정했지만 이데 나쓰키와 히로야가 사귄다는 소문이 그때 이미 스태프들 사이에서도 나돌고 있었다고 한다. 하지만 현재는 헤어진 듯하다고 도노는 덧붙였다. 그리고 이데 나쓰키와 동거한 이후로 히로야의 소식이 뚝 끊어졌다는 이야기였다.

감이 딱 왔다.

어쩌면 히로야는 연인인 이데 나쓰키에게 약물을 배운 것 아닐까…….

맞다, 분명 그거다. 심장에 문제가 있다는 걸 아는 히로야가 자진해서 위험한 약물에 손을 댈 리 없다. 그리고 현재 연예계의 약물 남용은 심각하다. 몇 명 체포되기도 했지만, 실제로는 훨씬 많은 연예인이 약을 하고 있다는 소문을 들은 적 있다. 틀림없다. 나쁜 건 히로야가 아니라 이데 나쓰키다…….

거기까지 생각했을 때 더 무서운 상상이 떠올랐다.

혹시 심장이 좋지 못한 히로야가 약물을 복용하다 급사한 거 아닐까.

그리고 시신을 이데 나쓰키가 유기한 거 아닐까.

그래서 히로야의 소식이 끊긴 거 아닐까…….

생각하면 할수록 상상은 현실미를 띠었다. 과거에도 연인과 함께 약을 하다가 연인이 죽자 매니저와 함께 증거 인멸을 꾀한 배우가 있지 않았는가. 일단 무시무시한 상상이 시작되자 거기서 벗어날 수가 없었다.

나는 생각 끝에 도노에게 추가 조사는 의뢰하지 않고 다른 걸 하나 부탁했다.

이데 나쓰키의 주소를 알려달라고.

위법이므로 도노는 망설였지만 내가 요금을 듬뿍 지불하자 "그러시다면야" 하고 쓴웃음을 지으며 순순히 알려주었다. 말이 잘 통하는 탐정이라 다행이었다. 뭐, 독립해서 자기 사무소를 차린 지 얼마 안 된 듯하니 돈이 궁했으리라.

이제부터는 혼자 조사하기로 결심했다.

물론 나보다야 프로 탐정의 조사 능력이 월등할 것이다. 하지만 더이상은 탐정에게 의지할 수 없었다.

내 불길한 상상이 적중할 경우 내 손으로 이데 나쓰키를 죽이겠다고 결의를 굳혔으니까.

이데 나쓰키는 한적한 주택가에 자리한 3층짜리 맨션의 2층에 살고 있었다. 그 맨션은 1층은 세 가구가 살지만 2층과 3층은 한 가구라 저층인 반면 가구당 전용 면적이 넓은, 구형 고급 맨션이었다. 이데 나쓰키는 젊은 나이에 그렇게 큰 집을 산 것이다. 역시 인기 배우다웠다.

맨션 건축 연수가 오래되어 보안에 다소 빈틈이 있다는 것이 내게는 호재였다. 그리고 이데 나쓰키의 윗집이 비었다는 것도. 원래는 맨션 주인이 살았지만 고령이라 요양원에 들어가서 마침 비었다고 한다. 이만한 물건은 또 없다고 부동산 중개업자도 말했다.

바로 나는 자택과는 별개로 그 집을 빌려 거실, 욕실, 침실 바닥에 최대한 같은 간격으로 콘크리트 마이크◆를 세 개 설치해 녹음기에 연결했다.

◆ 두꺼운 벽 너머의 소리를 들을 수 있는 집음 장치.

예전에 스토커를 소재로 한 『다가오는 그림자』라는 소설을 쓸 때 취재를 위해 콘크리트 마이크를 하나 구입한 적이 있다. 그걸로 실험해본바 옆집과 아래층 소리가 희미하게 들리는 정도였기에 이번에는 열 배에 가까운 가격의 초고성능 제품을 인터넷으로 세 개 구입했다. 그것들은 예상 이상의 효과를 발휘했다. 이데 나쓰키가 생활하는 소리, 통화 소리, 텔레비전 소리가 아주 선명하게 들렸다.

이데 나쓰키의 집에서 나는 소리는 스물네 시간 내내 녹음했다. 녹음기에는 소리 인식 기능이 있었다. 집에서 소리가 날 때만 기계가 작동해 녹음하고 사람이 없어 소리가 나지 않을 때는 녹음하지 않는, 프로 탐정과 프로 변태가 애용하는 기능이다. 그래서 일주일에 한두 번 들러 건전지를 교환하고 음성을 확인하면 충분했다.

만약 정말로 이데 나쓰키가 히로야를 죽였다면 통화하다 히로야에 대해 한마디쯤 언급하지 않을까. 예를 들어 소속사 사람과 통화하다 급성 약물중독으로 죽은 히로야에 대한 이야기가 나온다거나, 그 정도까지는 아니더라도 작은 힌트 정도는 잡을 수 있지 않을까 싶었다.

히로야 실종의 진상에 가장 가까운 것으로 보이는 이데 나쓰키의 몇 미터 거리에 잠입하는 데 성공했다. 이 작전으로 잠시 상황을 보다가 성과가 없으면 다른 수단을 강구하자……. 그 정도 마음가짐이었지만, 설마 그렇게 빨리 성과가 나올 줄은 몰랐다.

내가 이데 나쓰키네 윗집을 빌려 도청을 시작한 지 채 한 달도 지나지 않아서였다.

어느 날 한 남자가 이데 나쓰키를 찾아왔다.

구라모토라고 이름을 댄 그 남자는 오토록 인터폰으로 이데 나쓰키와 대화했다. 음성은 일부밖에 잡아내지 못했지만 구라모토가 이렇게 말한 건 알 수 있었다.

"나쓰키…… 네가 죽인…… 알아…… 냉동실…… 증거 사진……."

그러자 이데 나쓰키는 잠시 침묵을 지키다 "들어오세요"라고 했고, 바로 급한 발소리가 들렸다. 아무래도 오토록을 연 후 서둘러 집을 정리한 듯했다.

내가 확인한 날로부터 사흘 전에 녹음된 음성이었다. 즉 사흘 전에 이데 나쓰키의 집에 깜짝 놀랄 만한 손님이 찾아온 것이다. 나쓰키가 '죽인' 건 과연 히로야일까. 문득 마음에 걸려 녹음된 음성을 일시 중지하고 지금 이데 나쓰키의 집에서 나는 소리를 들어보았다. 하지만 아무 소리도 나지 않았다. 이데 나쓰키는 집을 비운 듯했다.

대체 그 뒤로 구라모토와 이데 나쓰키는 어떻게 됐을까. 나는 두근대는 가슴을 안고 녹음된 음성을 다시 재생했다.

현관 초인종이 울리자 이데 나쓰키의 발소리에 이어 문이 여닫히는 소리가 들렸다. 집에 들어온 구라모토의 목소리는 아까보다 제법 선명하게 들렸다.

"나쓰키…… 이 사진…… 그 밖에도 증거가 있어…… 믹서기랑 톱도…… 연인 히로야를 죽이고…… 토막 낸…… 사용했지?"

나는 거기서 일단 음성을 멈추고 크게 심호흡을 했다.

만약을 위해 그 부분을 되감아 다시 들었다. 하지만 몇 번을 들어도 구라모토는 "연인 히로야를 죽이고"라고 말했다. 전후 문맥으로 판단컨대 이데 나쓰키가 히로야를 죽인 후 믹서기와 톱으로 토막 냈다는 내용이 틀림없었다. 도청 음성이라고는 하나 잘못 들을 수 없을 만큼 선명한 음질로 녹음됐다.

게다가 이데 나쓰키는 선선히 "네, 맞아요" 하고 대답했다. 마이크가 여자의 높은 목소리는 남자 목소리보다 더 선명하게 잡아내는 것 같았다.

이데 나쓰키는 히로야를 죽이고 시신을 토막 내서 유기한 사실을 아주 간단히 인정했다.

하지만 나는 스스로도 뜻밖일 만큼 놀라지 않았다. 각오가 되어 있었던 것이다.

구라모토라는 남자는 형사가 아닐까, 이데 나쓰키를 체포하러 온 게 아닐까 잠시 생각했다. 하지만 말도 안 된다는 걸 깨달았다.

유명 배우 이데 나쓰키가 사흘 전에 체포됐다면 벌써 난리가 났을 테니까…….

아니나 다를까 구라모토는 흥분한 낌새로 이데 나쓰키에게 말을 꺼냈다. 목소리가 더 커진 만큼 말끝이 뒤집어지는 것까지 똑똑히 들렸다.

"나쓰키…… 소문나길 원치 않으면…… 나랑 자, 자…… 자줘!"

"뭐라고?!"

그건 이데 나쓰키의 목소리……가 아니었다. 음성을 듣던 내가 지른 소리였다.

하지만 당사자인 이데 나쓰키는 "알았어요. 침실은 저쪽이에요" 하고 순순히 구라모토의 요구를 받아들였다.

나는 분노에 치를 떨었다. 웃기지 마! 구라모토인지 뭔지는 모르겠지만, 내 소중한 히로야를 살해했다는 용서할 수 없는 사실을 이데 나쓰키와 자기 위한 거래 재료로 사용하다니. 이런 못돼먹은 놈!

"저어, 샤워는……."

"그건 됐어……. 빠, 빠, 빨리…… 옷 벗어……."

나는 침실로 이동한 듯한 두 사람의 목소리를 들으며 어금니를 꽉 깨문 채 몸을 부들부들 떨고 손바닥에서 피가 날 만큼 주먹을 단단히 움켜쥐었다. 히로야의 죽음을 이런 일에 이용하다니, 괘씸

한. 용서할 수 없어, 절대 용서 못 해. 죽어, 죽어, 죽어버려!

그렇게 염원하고 있자니 정말로 구라모토가 죽었다.

무슨 수를 썼는지는 모르겠다. 다만 이데 나쓰키는 구라모토에게 몸을 허락하는 척하며 한순간의 빈틈을 노린 모양이다. "끄윽" 하는 구라모토의 나지막한 목소리와 바닥에 쿵 쓰러지는 소리가 난 후, 우당탕탕 몸싸움을 벌이는 소리와 간헐적으로 "윽", "크헉" 하는 목소리가 들렸다. 그러다 소리가 서서히 잦아들고 거의 무음에 가까운 상태가 오 분쯤 이어졌다.

마침내 숨을 헐떡대면서도 의기양양한 이데 나쓰키의 목소리가 들렸다.

"망할 돼지 새끼가…… 날…… 이길 줄 알았냐."

그후 이데 나쓰키가 무슨 짓을 했는지는 음성만으로도 짐작이 갔다.

시체를 질질 끌고 가는 소리, 여기저기 돌아다니는 발소리, 톱으로 뭔가 써는 소리, 모터 소리, 변기 물을 내리는 소리, 샤워기 물소리, 가끔 토하는 소리. ……아까 구라모토가 말한 것처럼 톱과 믹서기를 사용해 구라모토의 시체를 해체해 처분하는 소리였다.

그 소리는 장장 몇 시간이나 이어졌다. 나는 세간이 거의 없어 휑뎅그렁한 도청용 집에 방석을 깔고 앉아 녹음기 음성에 가만히 귀를 기울였다.

그동안 내 몸은 쉴 새 없이 떨렸다.

하지만 이번에는 분노 때문이 아니었다.

흥분과 기대와 긴장 때문이었다.

이데 나쓰키는 구라모토를 멋지게 격퇴했다. 구라모토도 제 욕심을 채우려 한 이상, 이데 나쓰키가 히로야를 죽였다는 정보를 외부에 흘리지는 않았을 것이다. 구라모토는 결과적으로 이데 나쓰키가 히로야를 죽였다는 사실과, 그녀가 버거운 상대라는 사실을 몸소 내게 전하며 죽었다.

다시 말해 이데 나쓰키를 죽이기 위한 무대가 갖추어졌다는 뜻.

부족함 없는 상대다. 한번 붙어보자.

히로야가 어떻게 죽었는지는 모른다. 하지만 어떤 방법으로 죽였든 히로야가 맛본 고통의 수백 배를 이데 나쓰키에게 안겨주겠다. 생지옥을 맛보여주고 아주 괴로운 방법으로 이데 나쓰키를 죽인다. 그게 내 사명이다.

이리하여 내 인생 최대의 살인 계획이 개막했다.

예전부터 생각했던 대로 아직 소설에 써먹지 않은 트릭을 사용해 이데 나쓰키를 죽이기로 했다. 하지만 뭐든지 다 괜찮다는 건 아니다. 소설에서나 성공할 만한 방법은 물론 논외고, 성공 가능성이 높더라도 총이나 폭탄처럼 한순간만 고통을 주고 즉사시키는 방법은 안 된다.

내가 이데 나쓰키에게 접근해서 죽이기도 힘들다. 그녀는 별 고생 없이 남자를 죽일 수 있는 기술을 가지고 있다. 연기자는 액션신을 찍기 위해 격투기를 배우기도 한다니까, 그런 기회에 습득했는지도 모른다.

나는 신중하게 검토했다. 이데 나쓰키에게 접근하지 않고 최대한 고통을 주는 살해 방법은 뭘까.

숙고한 끝에 최선의 방법을 선택했다.

뭐, 만전을 기하기 위해 실행하기까지 약 이 년이 걸렸지만.

시간이 걸린 가장 큰 요인은 이상적인 '소화기' 제작이었다.

그렇다고 진짜 소화기는 아니다. 겉보기는 색깔도 모양도 진짜와 똑같지만, 내용물은 소화제消火劑가 아니고 용기도 고밀도 폴리에틸렌이라는 플라스틱으로 만들었다.

나는 이혼하고 히로야의 친권을 빼앗긴 후 작가로 데뷔할 때까지 방재용품 제조 회사에서 일했으므로 소화기의 구조를 대강은 알고 있었다. 하지만 자력으로 전부 완성하기는 무리라 부품은 외주로 발주했다. 한때 다녔던 회사 이름을 살짝 바꾸어 가공의 방재용품 제조 회사 명함을 만들고, 설계도와 완성도를 그려 플라스틱 제품 공장에 신형 소화기 샘플을 만들고 싶다고 의뢰했다. 물론 보수는 듬뿍 지불했다. 그 결과 레버와 용기는 물론, 호스까지 폴리에틸렌으로 '원형'을 만드는 데 성공했다.

나는 수작업으로 '원형'을 개량했다. 안전핀을 뽑고 레버를 움켜쥐면 내용물이 힘차게 분사되도록. 그것도 호스에서뿐만 아니라 레버 쪽에 숨겨진 구멍의 뚜껑이 열리며 사용자 방향으로도 내용물이 없어질 때까지 분사되도록. 평소에는 밀봉되어 내용물의 냄새가 새지 않도록. 본체가 불타면 흐물흐물 녹아 일반적인 폴리에틸렌 등유 통 찌꺼기와 구별이 가지 않도록……. 일하는 짬짬이 집에서 실험하고 개량을 거듭한 끝에 작년 여름에야 완성품이 나왔다.

이번에는 방재용품 제조 회사 사원으로 가장해 인쇄 회사를 찾아가 소화기 라벨을 만들었다. 진짜 소화기의 사용법 등이 적힌 라벨에 "유사시에 여성이나 고령자도 사용하기 쉽도록 가볍고 튼튼한 난연성 플라스틱으로 제작한 소화기입니다"라는 그럴싸한 말을 덧붙이자 아주 감쪽같아 보였다.

이제 라벨을 두른 특제 소화기에 등유를 넣고 "화재 예방을 위해 각 가구에 소화기 설치를 부탁드립니다"라는 문장과 맨션 관리 회사 이름을 기입한 종이를 붙인 후 이데 나쓰키의 집 앞에 놓아두기만 하면 끝이었다.

만약 이걸 놓아둘 때 집 앞에서 이데 나쓰키와 마주치기라도 하면 계획은 물거품으로 돌아간다. 하지만 그녀에게는 연예인이라면 피할 수 없는 커다란 빈틈이 있었다. 생방송이다.

그날 이데 나쓰키는 드라마를 홍보하기 위해 생방송에 출연했다. 이때만큼 그녀가 집에 없다는 것이 확실히 보증되는 시간은 없었다. 만약을 위해 오랜만에 이데 나쓰키네 윗집에서 콘크리트 마이크의 건전지를 갈고 다른 사람이 없는지 확인해보았지만, 아무 소리도 들리지 않는 것이 역시 빈 듯했다. 나는 이데 나쓰키가 텔레비전 화면에서 웃음을 흩뿌리는 사이에 유유히 그녀 집 앞에 가짜 소화기를 놓아두고 위층으로 돌아왔다.

이데 나쓰키는 저녁에 돌아왔다. 마이크가 잡아내는 소리를 잠시 들어보았지만 의심해서 관리 회사에 전화를 거는 일 없이, 텔레비전을 보면서 전자레인지에 돌린 저녁을 먹은 후 목욕하고 잠자리에 드는 고독한 1인 가구의 생활음이 들릴 뿐이었다. 잠든 이데 나쓰키의 숨소리를 확인하고 나서 심야에 살그머니 2층으로 내려가 확인하자 소화기는 없었다. 그녀는 가짜 소화기를 의심 없이 집에 들여놓은 모양이었다.

일주일 후, 나는 마이크를 전부 회수하고 이데 나쓰키네 윗집을 해약했다. 이데 나쓰키가 죽었을 때 윗집이 내 명의이면 좋지 않을 것 같았고, 계획이 성공하면 윗집까지 불탈 가능성도 있었기 때문이다.

계획을 바로 실행에 옮길 수는 없었다. 조사해보니 맨션 CCTV 영상 보존 기간은 이 주였다. 내가 이데 나쓰키 집 앞에 가짜 소화기를 놓아두는 영상이 남아 있어서는 안 되므로 적어도 그 기간은 지나기를 기다려야 했다. 덧붙여 소화기에 대한 이데 나쓰키의 기억이 어느 정도는 희미해졌으면 했으므로 만약을 위해 석 달쯤 간격을 두었다.

그사이에 나는 뜯으면 불이 붙는 봉투를 만들었다. 시판하는 연료와 화약, 인터넷에서 입수한 화학 실험용 분말 마그네슘을 넣고 인터넷에서 시키는 대로 발화 장치를 만들자 가짜 소화기보다 훨씬 수월하게 완성됐다. 봉투 겉면에 이데 나쓰키의 소속사 이름을 인쇄하고 속에는 일회용 라이터를 하나 넣었다. 또 이데 나쓰키의 소속사로부터 제일 가까운 우체국에서 우리 집으로 빈 봉투를 보낸 후, 봉투에 붙은 우편 증지를 떼어내 날짜 부분을 고쳐 쓰고 컬러 복사해서 발화 봉투에 붙였다.

그리고 작년 11월 5일 밤. 드디어 작전에 나섰다.

나는 인터넷으로 구입한 집배원 제복으로 빈틈없이 변장하고 이데 나쓰키의 맨션 우편함에 발화 봉투를 넣었다. 세대별 우편함 앞 관리실의 관리인과 눈인사를 나누었지만 전혀 의심하지 않는 눈치였다. 이 봉투가 발화물이라는 건 이데 나쓰키 말고 아무도 모를 터였다.

이데 나쓰키 살해 시나리오는 이렇다.

집에 들어간 이데 나쓰키가 우편함에 들어 있던 봉투를 소속사에서 보낸 것인 줄 알고 뜯으면 느닷없이 불이 붙는다. 실내에 스프링클러는 설치되어 있지 않다. 당연히 그녀는 당황한다. 악질적인 팬의 장난이라 여기리라. 일단은 물을 끼얹어 불을 끄려 할지도 모르지만 역효과다. 봉투에 든 분말 마그네슘은 연소중에 물이 닿으면 화학반응을 일으켜 빛을 내뿜으며 더 활활 타오른다. 그녀는 더욱 허둥지둥하다가 번쩍 생각이 난다.

'그러고 보니 관리 회사에서 나누어준 소화기가 있었다'고.

석 달이나 전에 배포된 소화기와 발화 봉투를 보낸 사람이 설마 동일 인물이라고는 생각지 않을 것이다.

이데 나쓰키는 가짜 소화기를 가져온다. 안전핀을 뽑은 후 호스를 불로 향하고 레버를 움켜쥔다. 그러자 호스에서 등유가 힘차게 분사된다. 등유는 작은 입자로 분사되면 폭발적으로 타오른다. 게다가 등유가 레버를 쥔 사용자 방향으로도 분사되도록 해놓았으므로 불은 순식간에 이데 나쓰키 몸에도 옮겨붙는다.

온갖 죽음 가운데서도 불타 죽는 게 가장 고통스럽다고 한다. 이데 나쓰키는 피부, 머리카락, 점막이 지글지글 타들어가는 걸 느끼며 죽을 때까지 지옥 같은 고통에 몸부림치다 생전의 미모는 찾아볼 수도 없게 숯덩이 같은 시체로 변할 것이다.

그 옆에는 일반적인 등유 통의 소재인 폴리에틸렌 찌꺼기와 봉투에 들어 있던 일회용 라이터 찌꺼기만 남는다. 봉투 자체는 불타서 흔적도 없이 사라진다. 즉, 현장은 얼핏 보기에 스스로 등유를 끼얹고 불을 붙인 분신자살과 구별이 가지 않는다.

당연히 이데 나쓰키가 죽은 후 '설마 자살할 것처럼은 안 보였다'라고 말하는 사람도 나올 것이다. 더구나 분신이라는 수단도 과격하다. 하지만 자살할 것 같지 않았던 연예인이 지금까지 몇 명이나 자살해서 사람들을 놀라게 했는가. 그들은 보통 사람들이 상상도 못 할 스트레스에 시달려 종종 정신에 병이 든다. 현장 상황이 분신자살로 보이거니와 타살이라는 명확한 증거가 없는 이상, 다소 부자연스러운 점이 있더라도 결국 이데 나쓰키의 죽음은 자살로 판단되리라고 나는 예상했다.

그리고 작년 11월 7일. 이데 나쓰키는 시체로 발견됐다. 나는 히로야의 원수를 갚는 데 성공했다. 멋지게 복수를 달성했다!

이렇게 순수하게 기뻐해야 마땅하겠지만.

지금 내 기분은 편치 않다.

설마 이렇게 될 줄은 예상도 못 했다. 죽은 이데 나쓰키 주변에서 예상하지 못한 사태가 그렇게 많이 발생할 줄이야. 진범인 나조차 상황이 완벽하게 이해가 안 된다.

이제는 이런 생각까지 든다.

정말로 내가 이데 나쓰키를 죽인 게 맞을까…….

히비키 뭐, 하지만 연예인 중에는 우리는 상상도 못 할 어둠을 마음에 품고 있는 사람도 적지 않겠죠.

다니가와 저도 취재를 하면서 여러 연예인과 만났는데, 화면 속에서와 달리 평소에는 아주 얌전하거나 어두운 사람도 많더라고요. 그런 갭 때문에 마음에 어둠이 깃들 여지가 보통 사람보다 많을지도 모르겠어요.

히비키 하지만 잘 생각해보면 꼭 연예인이 아니더라도, 겉만 보고 마음속까지 알 수 있는 사람은 어디에도 없잖아요. 그렇듯 누구나 마음에 어둠을 품고 있기에 저희 작품이 지지받는 측면도 있겠죠. 실제로 저도 그렇고, 야마나카 씨와 다니가와 씨 마음속에도 남에게 보여줄 수 없는 부분이나 들키면 안 되는 일이 있을걸요.

다니가와 저는, 글쎄요. 뭐, 전혀 없지는 않겠죠(웃음).

실은 수두룩해. 아직 들켜서는 안 되지. 내가 진짜 다니가와 마이코가 아니라는 걸. 진짜는 죽었고 내가 성형수술을 해서 그 자리를 대신하고 있다는 걸. 그리고 내 완벽한 계획을 훼방 놓은 야마나카 레이코의 목숨을 오늘 끝장내러 왔다는 걸.

야마나카 제 마음속에도 남에게 알려지면 안 되는 일이 산더미처럼 많아요(웃음).

그래, 아무에게도 들키면 안 돼. 내가 지금 겁에 질렸다는 걸.

실은 다른 사람이 이데 나쓰키를 죽인 거 아닐까. 그리고 진범이 어디선가 날 노리고 있는 거 아닐까. 그런 공포에 떨고 있다는 걸 누구에게도 의논할 수 없어. 그런 상황이 날 점점 몰아붙이고 있지.

작년 11월 5일 밤, 나는 이데 나쓰키의 맨션 우편함에 발화 봉투를 넣은 후 텔레비전에 '도쿄 도 세타가야 구에 위치한 이데 나쓰키 씨의 자택에서 화재가 발생해 이데 씨로 추정되는 시체가 발견됐습니다'라는 뉴스가 나오기를 이제나저제나 기다리고 있었다.

하지만 꼬박 하루가 지나도록 그런 뉴스가 나오지 않아 한껏 불안이 차오르던 7일 아침, 드디어 방송된 임시 뉴스는 예상치도 못한 내용이었다.

"오늘 새벽, 야마나시 현 오쓰키 시의 산간 도로에서 자동차 한 대와 시신 두 구가 불탄 채 발견됐습니다. 번호판을 조회한 결과 차주가 배우 이데 나쓰키 씨로 확인됐고, 현재 이데 씨와 연락이 닿지 않아 경찰은 시신 중 한 구가 이데 씨일 가능성도 있다고 보고 신중하게 수사를 진행하고 있습니다……."

당연히 나는 뉴스를 보고 놀랐다. 이데 나쓰키가 혼자 함정에 빠질 것만 상정하고 남이 휘말릴 가능성을 전혀 고려하지 않다니 생각이 너무 얕았다. 그건 그렇고 야마나시 현이라는 장소도 너무

나 의외였다.

그후로 텔레비전 특집 방송에서는 온통 그 이야기뿐이었다. 평소에는 보지 않는 각 방송국의 정보 방송을 보며 새로운 정보를 체크했다. 첫 번째 발견자는 그 지방에 사는 젊은 커플로, 늦은 밤에 산길을 드라이브하며 애정 행각을 벌일 장소를 찾다가 불에 탄 차와 시체를 발견한 듯 7일 새벽 2시경에 경찰에 신고했다는 것. 산속이라 경찰은 삼십 분 넘게 지나서야 도착했다는 것. 전소한 이데 나쓰키의 차에는 사이클링용 자전거가 두 대 실려 있었다는 것. 차 안에는 등유가 잔뜩 뿌려져 있었고 라이터와 등유 통 같은 물건의 찌꺼기가 발견됐다는 것. 시신은 둘 다 심하게 불타서 사망 시각은 정확하게 파악할 수 없다는 것. 다만 시신에 다른 외상과 묶인 흔적이 없으므로 자살일 가능성이 있다는 것.

그리고 시신의 신원에 관해 세간이 더욱 떠들썩해질 정보가 공개됐다.

차에 실린 자전거의 차체 번호를 조회한 결과, 한 대는 이데 나쓰키 것이었지만 다른 한 대는 배우 오타케 도시야 것이었다. 오타케 도시야와 연락이 되지 않아 소속사 매니저가 자택에 가보았지만 아무도 없었다고 한다.

이데 나쓰키와 오타케 도시야가 사귄다는 소식이 10월에 보도됐던 모양이다. 그리고 두 사람은 사이클링이 취미였다고 한다. 그날 이후 정보 방송에서는 이데 나쓰키와 오타케 도시야가 교제를 반대하는 주변 사람들의 의견에 부딪혀 비관한 나머지 동반 자살한 것 아니겠냐는 둥, 사이클링을 하며 마지막 추억을 남긴 것 아니겠냐는 둥 무책임한 억측을 잔뜩 섞어서 보도했다.

시체가 발견되고 나흘이 지난 11월 11일. 경찰은 DNA 검사 등을 통해 시신의 신원이 이데 나쓰키와 오타케 도시야라는 결론을 정식으로 내놓았다.

여기까지는 좋았다.

예상하지 못한 일이 많이 발생했지만 이때까지만 해도 두 사람이 내가 놓은 덫에 걸려서 죽었다고 믿었다. 이데 나쓰키가 왜 덫을 가지고 차에 탔는지는 모르겠지만 라이터와 등유 통 찌꺼기가 현장에서 발견돼 자살로 추정되는 건 내 계획대로였다.

그런데 시신이 발견되고 일주일 후인 11월 14일. 경찰이 놀랄 만한 사실을 발표했다.

시신은 7일 새벽 2시경에 발견됐다. 그런데 새벽 3시경, 한 여자가 이데 나쓰키의 집에 드나들었다는 것이다.

얼마 후 공개된 그 여자의 영상은 사람들을 충격에 빠뜨렸다.

여자의 차림새가 집을 나섰을 때의 이데 나쓰키와 똑같았기 때문이다.

이데 나쓰키는 11월 6일 아침에 집을 나섰다. 그때 찍힌 맨션

CCTV 영상과 7일 새벽에 나타난 여자의 영상은 벌써 텔레비전으로 몇십 번이나 봤다. 둘 다 위는 회색 파카, 아래는 짙은 색 청바지와 검은색 운동화고 검은색 가방을 왼손에 들었다. 그리고 검은색 야구 모자와 큼지막한 마스크로 얼굴을 가렸다.

하지만 이데 나쓰키가 죽은 후에 나타난 여자가 당연히 본인일 리 없다. 덧붙여 얼굴을 가렸지만 영상을 확대해서 자세히 보자 이데 나쓰키보다 귀가 크다는 것이 밝혀졌다. 여자는 이데 나쓰키와 똑같은 복장을 준비해 본인 행세를 하며 집에 침입할 작정이었던 듯하다.

여자는 여벌 열쇠를 가지고 있었던 듯 오토록도 이데 나쓰키의 집 현관문도 간단하게 열었다. 또한 비상계단으로 2층에 올라가 집에서 분홍색 슈트케이스를 들고 나오더니, 가방과 슈트케이스를 거추장스럽게 끌어안고 다시 계단으로 내려왔다. 바로 옆에 엘리베이터가 있는데도.

그렇게 행동한 이유는 명백했다. 맨션 엘리베이터에는 탑승자를 지척에서 촬영하는 CCTV가 설치되어 있다. 하지만 비상계단에는 카메라가 없다. 여자는 미리 카메라 위치를 조사해놓고 가까이에서 찍히지 않도록 주의해서 행동한 것이 분명했다. 일부러 이데 나쓰키와 같은 복장을 준비하고 미리 카메라 위치를 파악한 것에서 계획성이 엿보였다.

그리고 집 안에서 지문을 닦아낸 흔적이 발견됐다. 이데 나쓰키에 관한 정보를 낱낱이 아는데다 여벌 열쇠까지 가지고 있었던 것으로 보건대 이데 나쓰키 생전에 신용을 얻고 친밀한 관계를 맺어 집에 들어간 적도 있으리라. 그때 남긴 흔적을 지우려 한 모양이지만 전부 지우지 못하고 남은 지문에서 이데 나쓰키가 아닌 여자의 DNA가 검출됐다.

하지만 여자의 행적은 거의 해명되지 않았다. N시스템을 판독하고 있는 모양이지만, 여자가 야마나시 현에서 이데 나쓰키와 오타케 도시야를 살해한 후에 탔을 차는 찾아내지 못했다. 이데 나쓰키의 집에 나타나기 전후에는 걸어서 이동했지만 가로등 불빛이 밝고 CCTV가 많은 도로는 철저히 피하고 어두운 주택가 뒷길만 골라서 다녔다. 때문에 뉴스에 가끔 나오는 옥외 CCTV에 찍힌 여자의 영상은 죄다 어둡고 선명하지 못했다. 그래도 경찰은 판독에 애썼지만 도중에 행적을 놓쳤다고 한다. 도중에 은신처가 있었던 걸까, 혹은 CCTV 사각에 차를 준비해놓은 걸까, 그것도 아니면 협력자가 있었던 걸까. 여자가 이데 나쓰키의 집으로 향할 때 도중까지 탔다고 추정되는 수상한 검은색 외제 차가 수사선상에 올랐다는 보도도 있었지만, 번호판 등의 유력한 단서는 얻지 못한 듯 그후로도 수사에는 진전이 없었다.

한편 이데 나쓰키와 오타케 도시야의 휴대전화는 둘 다 불탔지만 통화 기록과 백업 데이터를 복원해보니, 두 사람은 'R'라는 이름으로 전화번호를 등록한 사람과 빈번하게 통화했다고 한다. 다만 그 전화는 불법업자나 불법 사이트에서 판매하는 소위 대포폰이고, 사건 전에 처분된 것 같다고 한다. 이 'R'가 그 여자일 가능성이 농후하지만, 휴대전화를 통해서도 행적은 해명하지 못한 듯하다.

그 여자는 이제 중요 참고인이다. 각 방송국의 뉴스 방송에서도 그 여자를 '수수께끼의 여자 R'라고 부르며 완전히 범인 취급하고 있다. 또한 '수수께끼의 여자 R'가 이데 나쓰키를 죽이면서까지 훔쳐낸 슈트케이스에는 뭐가 들었을까, 검은돈일까 마약일까…… 하며 피해자 이데 나쓰키까지 싸잡아 악당 취급하는 글이 인터넷에 넘쳐난다. 뭐, 그러거나 말거나 난 상관없지만.

또한 사건이 발생하고 두 달쯤 지났을 무렵, 오타케 도시야의 성행위 사진이 인터넷에 유출되는 예상치 못한 일이 발생했다. 상대 여성은 주로 연예인으로, 그중 몇 명이 오타게 도시야에게 협박당했다는 사실을 밝혀 오타케 도시야가 생전에 저지른 만행이 만천하에 드러났다. 그후 각 연예기획사와 유명 연예인들이 한데 뭉쳐 사진 삭제를 촉구하고 여론까지 들끓자 사진은 대부분 인터넷에서 삭제됐지만, 제일 먼저 사진을 유포한 범인이 누구인지는 여태 밝혀지지 않았다.

이처럼 사건은 사회를 뒤흔들었고, 때로는 장외 난투 같은 일까지 유발시켰다. 사건이 발생한 지 벌써 다섯 달 넘게 지났는데도 해결의 실마리가 보이지 않아 여전히 뉴스와 정보 방송에서는 특집을 구성해 온갖 억측을 내놓고 있는 실정이다.

나는 당초 내가 이데 나쓰키와 오타케 도시야를 죽인 범인이라 생각했다.

하지만 지금은 자신이 없다.

확실한 건 내가 이데 나쓰키를 죽일 계획을 세운 것과 같은 시기에 '수수께끼의 여자 R'도 이데 나쓰키와 오타케 도시야를 죽일 계획을 세웠다는 것이리라. 그럼 두 사람을 죽인 건 나일까, 아니면 '수수께끼의 여자 R'일까. 만약 그녀라면 내가 이데 나쓰키 집에 보낸 가짜 소화기와 발화 봉투는 어디로 갔을까. 그게 이데 나쓰키 집에 고스란히 남아 있다면 경찰이 발견했을 테고, 뉴스에 나왔을 것이다. 하지만 그렇지 않았으니 역시 두 사람은 그 덫에 걸려 죽은 걸까.

아니, 어쩌면 '수수께끼의 여자 R'가 그 덫을 이용한 것 아닐까.

내가 만든 가짜 소화기는 이데 나쓰키가 죽기 석 달이나 전부터 집에 놓여 있었다. '수수께끼의 여자 R'는 슈트케이스를 노리고 드나드는 동안 그 정체를 눈치챈 것 아닐까. 그리고 예전부터 세웠던 이데 나쓰키와 오타케 도시야 살해 계획에 이용한 것 아닐까. 하지만 예를 들면 위력이 너무 강했다는 식으로, '수수께끼의 여자 R'로서는 예상치 못한 사태가 발생해 결과적으로 그녀의 완전범죄 계획이 무너진 건 아닐까.

상상이 더욱 뻗어나간다.

만약 '수수께끼의 여자 R'가 그 덫을 놓은 사람이 나, 야마나카 레이코라는 사실까지 알아냈으면 어쩌지. 그녀는 내 정체를 알지만 나는 그녀의 정체를 짐작도 못 하는 상황이라면 어쩌지. 최악의 경우 나도 없애버릴 작정으로 지금 이 순간에도 내 생명을 빼앗기 위한 준비를 착착 진행중일지도 몰라…….

나도 참, 무슨 바보 같은 생각이람.

그럴 리 없다. 설령 '수수께끼의 여자 R'가 그 덫을 눈치챘을지언정 내게 다다를 수 있을 리 만무하다. 왜 걱정을 사서 하고 그럴까. 진정하자. 흐트러진 마음을 가다듬고 다시 대담에 집중하자. 그럼 분명 조금은 기분전환이 될 거야…….

히비키 역시 인생을 살다 보면 누구나 마음에 어둠을 품게 되는 법이군요. 하지만 전혀 이상한 일은 아니고, 독자의 그런 부분을 건져내는 것도 만화가가 할 일 중 하나라고 생각해요.

다니가와 『도쿄 디스토피아』에서도 등장인물의 마음속 어둠이 이야기 전개에 큰 영향을 주죠. 주요 캐릭터마저 동료를 배신하거나 욕심을 내서 책략이 실패로 돌아가기도 하니까요.

내 책략도 실패했어. 시체와 차가 너무 빨리 발견되는 바람에 알리바이 공작이 어그러져서 이제 '수수께끼의 여자 R'라고 불리는 처지가 되고 말았지.

히비키 그 만화는 황폐해진 근미래의 도쿄가 무대지만, 현재 평화로운 도쿄에도 오타케 도시야같이 마음이 삭막한 사람이 있으니까요. 뭐, 죽은 사람을 나쁘게 말하는 건 좀 그렇지만.

야마나카 정말 놀랐어요. 그 잘생긴 배우가 여자의 천적이라 할 만한 비열한 짓을 일삼았다니.

솔직히 사진 유출 소동 덕분에 오타케 도시야까지 죽음으로 몰아넣었다는 죄책감이 옅어졌으니, 그건 좀 고맙지만.

히비키 슈트케이스에 뭐가 들어 있었는지는 제쳐놓고 이데 씨는 딱하다는 기분이 들지만, 오타케는 여론을 통틀어 죽어도 싸다는 느낌이죠.

다니가와 히비키 씨, 생방송이니까 말씀을 좀 조심해주세요(웃음).

실은 생방송이 아니지만.

히비키 아아, 실례했습니다(웃음). 두둔하는 건 아니지만 오타케 도시야만큼 마음속을 들여다보고 싶었던 인물은 없어요. 가능하면 한번 취재해보고 싶었죠. '왜 그렇게 몹쓸 짓을 한 거야. 네 마음속 어둠을 전부 드러내봐' 하고요.

야마나카 그럼 저는 그 사건과 관련해 '수수께끼의 여자 R'를 취재해 보고 싶네요(웃음).

취재가 아니라 그냥 캐묻고 싶어. '당신 누구야? 앞으로 어떻게 할 작정이야?' 하고.

다니가와 '수수께끼의 여자 R'를요? 작품을 위해서라면 흉악범을 만나러 가는 것도 무섭지 않으신가 봐요?

후후후. '수수께끼의 여자 R'는 지금 눈앞에 있어. 머지않아 바라는 대로 그 사건에 대해 들려줄게. 저승길 선물로 말이야.

야마나카 그럼요. 좋은 작품을 쓸 수 있다면 전혀 무섭지 않아요.

거짓말이야. 실은 무서워죽겠어. '수수께끼의 여자 R'는 지금 어디 있을까? 설마 내 목숨을 노리는 건 아니겠지? 아, 또 불안이 도졌네.

다니가와 그렇군요, 대단하세요.

야마나카. 당신이 놓은 덫 때문에 내가 세운 계획이 엉망이 됐어. 드디어 두 사람의 최고의 얼굴을 볼 수 있겠다고 기대했는데……. 이 원한을 풀어야겠어.

히비키 역시 직업병이랄까요. 작품을 위해서라면 살인범을 취재하는 것도 두렵지 않고, 최악의 경우에는 죽어도 상관없다 그거죠(웃음).

야마나카 알아요, 알아요(웃음).

전혀 모르겠는데. 무슨 소릴 하는 거야, 히비키 씨. 웃기지 마, 난 절대 죽기 싫어.

다니가와 그렇군요. 두 분 다 대단하세요. 좋은 작품을 만들기 위해서라면 죽어도 상관없다니, 각오가 엄청나십니다(웃음).

그럼 야마나카, 원하는 대로 죽여드릴게.

그리고 죽기에 앞서 내 정체를 알려주겠어.

후후후, 그때 당신 어떤 표정을 지을지 기대되는걸.

진짜 다니가와 마이코는 이제 이 세상에 없어. 계약을 맺는 순간 그렇게 될 운명이었지. 난 예쁜 얼굴을 일부러 이렇게 평범한 얼굴로 성형하고, 피부 나이도 열 살 넘게 노화시켜서 그녀의 인생을 차지했어.

야마나카. 당신은 지금 눈앞에 있는 여자가 설마 그렇게 엄청난 짓을 저지른 줄 모르겠지.

하지만 당신도 나 못지않게 엄청난 계획을 세웠잖아. 뜯으면 불이 붙는 봉투와 등유가 든 가짜 소화기를 만들어 덫이 발동한 후에 분신자살로 추정되도록 꾸미다니 역시 미스터리 작가는 다르구나.

당신 때문에 공들인 내 계획이 와르르 무너졌어. 예상치 못한 타이밍에 그 덫이 발동해서 두 사람의 얼굴도 제대로 못 봤어. 내 즐거움이 싹 날아가버렸다고.

최고의 추억이 됐을 텐데.

절대 용서 못 해.

야마나카 레이코, 처형 결정.

하기야 당신도 당황했겠지만. 원래 계획상 '이데 나쓰키가 집에서 혼자 분신자살했다'는 상황을 만들고 싶었을 테고, '수수께끼의 여자 R'가 나타난 것도 계산 밖이었겠지. 그래도 완전범죄에 성공해 경찰의 추적은 피했으니 대단해.

오히려 경찰과 매스컴에 쫓기고 있는 건 나야.

그건 그렇고 매스컴은 짚어도 한참 잘못 짚었어. 뭐, 내가 이데 나쓰키를 죽인 건 일단 정답이지만, '수수께끼의 여자 R'는 해외로 달아난 것 아니겠냐느니, 얼굴을 고치고 도피중인 것 아니겠냐느니 정보 방송에서 멋대로 떠드는 내용은 전부 땡. 전혀 아니야.

그야 분명 얼굴을 고치기는 했지.

하지만 도망치기 위해서가 아닌걸.

싸우기 위해서야.

내 유일한 절친이었던 에모토 리나의 원수를 갚기 위해서라고.

그래서 나, 이데 나쓰키를 죽은 걸로 위장하고 다니가와 마이코의 얼굴로 성형한 거야.

야마나카 레이코. 당신을 절대 용서하지 않겠어. 몇 번을 죽여도 시원치 않을 정도야.

나와 리나는 재작년 가을, 과학수사를 소재로 한 <닥터 컵>이라는 드라마에 함께 출연한 걸 계기로 친해졌다. 날 동경하던 리나는 처음에 조금 긴장한 눈치로 날 '이데 선배님'이라고 불렀지만, 내가 선후배 관계는 너무 의식하지 않아도 된다고 하자 '이데 언니'라고 불렀다.

그후로 집 여벌 열쇠를 하나씩 나누어 가지고, 함께 온천 여행도 갈 만큼 가까워졌다. 산속 깊숙한 곳에 있는 온천까지 돌아다니게 되자 간토 지방 근교는 선뜻 다녀올 수 있도록 차도 커다란 RV로 바꿨을 정도다.

그때까지도 출연자들과 친해진 적은 많았지만, 리나와는 신기하리만치 단숨에 가까워졌다. 혈액형이 같은 O형이고 역술에서도 상성이 잘 맞는데다 어려서 부모님을 여의었다는 공감대가 있어서 그랬던 걸까. 리나가 어머님 유품이라며 걸고 다니는 하트 모양 목걸이를 "그거 예쁘다" 하고 칭찬하자 같은 디자인의 목걸이를 선물해주기도 했다. 리나는 정말 착하고 순수한 애였다.

한편으로 너무 순수하달까 천진난만한 구석도 있어서 우리 집에 왔을 때 내 물건을 멋대로 뒤지기도 했다. 제대로 숨기지 않은 내 잘못이기도 하지만, 슈트케이스의 돈다발과 전기 충격기를 들켰을 때는 얼버무리느라 애먹었다. 하지만 반대로 말하면 그렇게 찜찜한 물건을 보고도 나를 대하는 리나의 태도는 여전했으니, 역시 착했어.

리나는 야무진 구석도 있었다. 전생에 스파이였나 싶을 만큼 변장과 미행을 떼어내는 데 능해 사진 주간지에 사진을 찍힌 적이 거의 없었다. 그리고 "연예인의 개인 정보와 사생활은 어디서 유출될지 모르니까 서로의 집에 놀러갈 때 휴대전화는 지참하지 말자"라고 제안했고, 평소 휴대전화 GPS 기능도 꺼놨다. 문자 메시지도 메신저도 일절 하지 않았고, 전화번호도 리나 것은 'R', 내 것은 'N'이라는 이니셜로 저장했다. 더 나아가 "우리가 사적으로 친하다는 건 공개하지 말기로 하자"라고까지 했다. 그래야 둘이서 놀러 다니기 편하다면서. 솔직히 그렇게까지 경계할 필요가 있나 싶기도 했지만, 일단 리나가 하자는 대로 했다. 리나는 사생활을 보호하려는 의식이 투철한 연예인이었다.

리나에게 이런저런 상담도 받았다. 연기에 대한 질문에는 선배 입장에서 대답했지만, 실은 리나가 훨씬 재능 있었다고 생각한다. 연기 수업을 제대로 안 받고 데뷔했는데도 연기가 끝내줬으니까.

그래서 작년 가을에 리나가 은퇴하고 싶다고 했을 때는 놀랐다. 아깝다는 생각에 처음에는 반대했다. 하지만 리나가 연예계에서 모은 돈으로 두 번째 인생을 살기로 진지하게 결심한 듯 보여서 결국 나도 응원하기로 했다.

철두철미하게 계획을 세웠는지 리나는 소속사에도 비밀로 이사했다. 하지만 내게는 여벌 열쇠를 줬으므로 단단히 변장하고 주간지의 미행만 조심하면 리나가 은퇴한 후에도 집에 놀러 갈 수 있었다.

시간에 여유가 생기자 리나는 잇달아 이벤트를 열어주었다.

10월 중순의 조금 이른 핼러윈 파티. 전부터 파티를 하기로 리나와 이야기하기는 했지만, 내가 그 시기에 워낙 바빠서 결국 리나 혼자 준비했다. 마침 리나와 몰래 사귀던 오타케 도시야도 스케줄이 맞아서 그의 집에서 파티를 열기로 했다. 리나는 좀비로 실감나게 분장까지 하며 분위기를 띄웠다. 그때 나랑 오타케 둘이서 장을 보러 나갔다가 주간지에 걸려서 '핼러윈 데이트'라는 기사가 나는 바람에 소속사의 높은 사람에게 잔소리를 들었지만, 사실 나와 오타케는 그렇게 친한 사이가 아니었다.

하지만 난 두 사람의 교제를 응원했고, 온 마음을 다해 둘이 잘 되기를 빌었다.

그래서 두 사람이 진심으로 여행을 만끽하는 최고의 얼굴을 보고 싶어 의욕적으로 여행 계획을 짠 것이다.

리나가 아는 사람에게 별장을 빌렸다기에 1박 2일로 놀러 갈 예정이었다. 멤버는 리나, 오타케, 그리고 나. 두 사람의 화려한 빨간색과 노란색 이탈리아 스포츠카보다 내 투박한 RV가 산길에는 적합하므로 자연스럽게 내가 운전사 역할을 맡았다. 오타케는 여행 직전까지 스케줄이 가득 차 있었지만 나는 널널했으므로 이번에는 나도 리나와 함께 여행 계획을 세웠다.

리나 말로는 별장에 바비큐 세트가 있다기에 바비큐를 하기로 하고, 별장 근처 사이클링 코스의 단풍이 예쁜 모양이라 그것도 보러 가기로 했다. 나도 오타케도 예전부터 자전거를 좋아해 하이브리드 자전거를 가지고 있었지만, 리나는 생활용 자전거를 역 앞에서 견인당한 후로 자전거가 없다고 해서 내가 사놓고 거의 타지 않은 하이브리드 자전거를 한 대 선물하기로 했다. 즐거움으로 가득한, 완벽한 여행 계획이었다.

내 차로 자전거 세 대를 나르기 위해 토우바 마운트형 자전거 캐리어라고, 트렁크 문 바깥쪽에 자전거를 세워서 싣는 기구까지 달았다. 앞으로도 셋이 여행을 가서 사이클링을 할 기회가 있으면 좋겠다 싶어서.

그때는 설마 오타케가 그런 놈일 줄은 몰랐지만.

다만 내게 오타케를 나무랄 자격은 없겠지. 그는 소위 이상성욕자인 모양이었지만, 리나의 목숨까지 빼앗으려던 건 아니야.

하지만 난 결과적으로 리나의 목숨을 빼앗았으니까.

일단 그 화재가 발생한 타이밍이 안 좋았다.

핼러윈 파티 후, 설레는 마음으로 별장 여행 계획을 세우고 있던 무렵이었다. 규슈 지방 어딘가에서 별장에 불이 나 소유주가 불타 죽고, 별장 관리를 맡은 리조트업체가 방화 설비를 제대로 갖추지 않은 탓에 큰 산불로까지 발전했다는 뉴스가 보도됐다. 내가 리나 집에서 별장 여행 일정을 상의할 때도 마침 틀어놨던 저녁 뉴스에 리조트업체 사장이 규슈 사투리로 안달복달하며 기자회견을 하는 모습이 나왔다.

하필이면 그후에 <위험한 별장 화재>라는 특집까지 방송됐다. 산속의 별장은 보통 소방서와 인가에서 멀리 떨어져 있으므로, 화재 발견이 늦어 초기 진화에 실패하면 대규모 산불로 발전할 위험성이 높다고 한다. 마치 별장 여행을 앞둔 우리의 불안을 부추기는 듯한 내용이었다.

리나도 그 뉴스를 보며 "화재로 죽는 거 괴롭겠다" 하고 작게 중얼거렸다. 뭐, 정말 작은 목소리라 "화재로 죽는 것도 좋겠다"같이 들리기도 했지만, 설마 그렇게 불길한 소리를 할 리는 없으니 리나도 뉴스를 보고 무서웠던 것이리라.

그래서 나는 문득 떠오른 생각을 제안했다.

"아, 그러고 보니 우리 집에 소화기 있어. 관리 회사에서 나누어 준 건데 가벼운 플라스틱으로 만들어서 여성도 사용하기 쉽다고 적혀 있더라. 그거 가지고 갈까?"

리나는 허공을 시선으로 더듬으며 생각하다가 "응, 그러자" 하고 대답했다. 하지만 바로 "뭐, 어차피 쓸 일은 없을 테니" 하고 중얼거렸다. 그때는 설마하니 정말로 쓰게 될 줄 리나도 몰랐겠지.

여행까지 보름 넘게 남았지만 나는 잊어버리지 않도록 그날 집에 가자마자 부엌에 놓아둔 소화기를 차 트렁크에 실었다. 하지만 그런 준비성은 없는 편이 나았다. 이제 와서 후회해봤자 늦었지만.

별장 여행 당일인 11월 6일.

난 평소대로 모자와 마스크를 쓴 채 짐을 넣은 큰 가방을 들고 집을 나섰다. 1층으로 내려와 우편함을 확인하자 소속사에서 보낸 봉투가 들어 있었다. 그때 그것만 무시했어도 리나는 죽지 않았을 텐데.

하지만 이틀 집을 비울 예정이었고 우편물을 털어 가는 못된 장난질을 몇 번 당해봤으므로, 소속사에서 보낸 우편물을 이틀이나 우편함에 방치하기는 꺼려졌다. 그래서 별장에 가져가서 보기로 했다. 생각해보니 우편물을 털어 간 놈도 죽여버리고 싶다. 놈이 무서워 봉투를 가지고 가는 바람에 리나가 죽었으니까.

난 결국 그 봉투를 가방에 넣고 맨션 주차장으로 향했다. 트렁크에 가방을 넣고 토우바 마운트형 자전거 캐리어에 나랑 리나의 자전거를 실은 후, 휴대전화 전원을 끄고 차를 출발시켰다. 예전에 운전하면서 문자 메시지를 슬쩍 확인하다 경찰한테 걸려서 벌점을 먹은 뒤로 운전할 때는 전원을 꺼둔다. 덧붙여 평소에는 휴대전화에 부쩍 신경을 쓰는 리나도 "이번에는 휴대전화를 가지고 가는 편이 여러모로 편하겠다"라고 했다.

리나와 오타케를 약속 장소인 조용한 공원에서 태웠다. 바비큐 도구와 재료 등의 짐은 뒷좌석 뒤편 트렁크에, 오타케의 자전거는 자전거 캐리어에 싣고 두 사람은 뒷좌석에 사이좋게 앉아서 드디어 별장으로 출발했다.

차를 타고 가는 동안 드라마에서 NG를 낸 경험이나, 선배 연기자의 소문을 신나게 떠들었다. 그리고 전날 휴대전화가 변기에 빠져서 망가졌다는 리나의 이야기에 오타케는 "리나는 참 실수쟁이라니까" 하고 웃었다.

그러고 보니 최근에 리나의 휴대전화가 불법업자에게 구입한 물건이라느니, 계획적으로 처분했다는 말이 나도는데 전부 유언비어다. 그저 변기에 빠뜨렸을 뿐인데 그런 유언비어를 퍼뜨리다니, 매스컴은 정말 믿을 게 못 된다니까.

우리 차는 순조로이 야마나시 현으로 진입했다. 평일 하행선이라 고속도로도 막히지 않았다. 공교롭게도 날이 흐려서 후지산과 주변 산줄기는 거의 보이지 않았지만, 고속도로를 빠져나오자 논밭과 과수원 등 한가로운 풍경이 펼쳐져 그것만으로도 충분히 풍취를 맛보았다. 우리는 시골길을 빠져나와 드디어 본격적인 산길로 들어섰다.

산길을 올라갈수록 이 세상에 우리밖에 없는 게 아닐까 싶을 만큼 차와 사람이 뜸해졌다. 안개가 짙어져 나는 안개등을 켜고 산길 옆으로 떨어지지 않도록 조심조심 운전했다.

"안개가 이렇게 심하니 바비큐는 내일로 미루는 편이 나으려나."

오타케가 말했지만 분위기는 그렇게까지 축 처지지 않았다. 오히려 짙은 안개에 감싸인 산속이라는 아주 비일상적인 경치와 리나가 별장 주소를 찍어준 내비게이션에 차의 현재 위치를 나타내는 빨간색 화살표 말고는 아무것도 표시되지 않는 걸 보고 나는 "우리, 다른 차원에 들어온 것 같아" 하고 말하며 기분이 들떴다.

"이 길을 빠져나가서 산을 하나 넘으면 도착이야."

리나가 말했다. 리나는 별장에 몇 번 가본 적 있다고 했다.

"그나저나 아주 외진 곳인데. 사고라도 나면 큰일이겠어."

오타케가 휴대전화를 들고 밖을 보며 웃었다. 내비게이션만으로는 미덥지 못해 오타케가 휴대전화 지도로 길을 확인하며 보조해주었다.

"사고가 나도 아무도 모를걸. 이 부근에는 집이 하나도 없으니까……."

리나가 평소보다 나지막한 목소리로 의미심장하게 말했다.

"에이, 괜히 부담 주지 마!"

운전을 맡은 나의 핀잔에 셋이 함께 웃었다.

거기까지는 정말 즐거운 휴일이었다. 하지만 그다음은 생각하기조차 괴롭다.

"아, 배터리 다 됐다."

계속 지도를 보느라 오타케의 휴대전화 배터리가 다 떨어졌다. 나와 오타케는 휴대전화 기종이 같고, 내 휴대전화는 가방 바깥 주머니에 넣어놨으니까 전원을 켜서 사용해도 됐지만, 오타케에게 비밀번호를 알려주기가 껄끄러웠다. 그래서 백미러로 오타케를 보며 말했다.

"내 가방에 보조 배터리 들었어. 집에서 완충한 거."

"그래? 그럼 충전하면서 지도 볼게."

오타케의 대답에 리나가 좌석 뒤편으로 손을 뻗어 내 짐이 든 검은색 가방을 꺼냈다.

지퍼를 연 리나가 갑자기 목소리를 높였다.

"어, 나쓰키 언니 소속사에서 보낸 우편물이 있네."

"아아, 그러고 보니 나올 때 가지고 왔지 참."

나는 그때까지 그 봉투의 존재마저 잊어버리고 있었다.

"보조 배터리는 그 밑에 있을 거야."

내 말에 리나는 봉투를 꺼내고 보조 배터리를 찾아서 오타케에게 주었다. 하지만 그후에 봉투가 가방에 잘 들어가지 않아 리나가 낑낑대는 모습이 백미러로 보였다. 오타케도 도우려고 했다.

봉투는 A4 크기에 제법 두꺼웠다. 그걸 안 그래도 짐이 가득한 가방에 억지로 쑤셔 넣었으므로 나 말고 다른 사람이 꺼냈다가 다시 넣기는 어려울 것 같아 리나에게 말했다.

"아아, 굳이 넣을 것 없어. 우편함에 이틀이나 놔뒀다가 누가 빼가기라도 하면 어쩌나 싶어서 가져온 거니까."

"아, 그러고 보니 나도 우편함에서 우편물을 도둑맞은 적 있어."

오타케가 고개를 끄덕였다. 그러자 리나는 놀란 듯 소리쳤다.

"으아, 그런 짓을 하는 사람이 있구나. 진짜 깬다."

나는 어차피 별것 아니겠거니, 크기로 보건대 전에 취재에 응한 잡지이겠거니 생각하고 농담 삼아 쓸데없는 말을 하고 말았다.

"아, 봉투 뜯어서 뭐가 들었는지 보고 갈까? 중요한 물건 아니면 내일 바비큐 때 불쏘시개로 쓰자."

"어, 그래? 알았어."

리나도 가벼운 기분으로 받아들인 것 같았다.

뜯기 직전, 리나는 봉투 아래쪽을 만지며 "USB? 라이터? 그런 게 들었어" 하고 중얼거렸다. 하지만 크게 마음에 두는 기색 없이 봉투를 뜯었다.

그 직후.

백미러가 눈부시게 빛나고, 리나와 오타케가 "아, 뜨거!" "앗, 뭐야?" 하고 외치는 소리가 들려 앞을 보고 운전하던 나도 이변이 생겼음을 바로 알아차렸다.

뒷좌석 바닥에서 불길이 피어오르고 있었다.

"뭐야!"

나도 무슨 일인지 정확하게 파악하지는 못했지만, 속도를 줄이고 포장이 안 된 샛길로 들어가 차를 세웠다.

"뜨거, 뜨거."

"뭐야, 이거. 누가 장난친 건가……."

리나와 오타케는 혼란스러운 와중에도 발을 올려 뒷좌석에 쪼그려 앉았다. 그래야 겨우 불길을 피할 수 있는 상황이었다. 내 차는 뒷좌석 왼쪽에만 슬라이드도어가 달렸고 오른쪽은 창문도 열리지 않는 타입이었다. 그런데 하필이면 불이 바닥 한복판에서 왼쪽 문으로 번져 문이고 창문이고 열 수 없는데다 활활 타오르는 불길 때문에 운전석으로 이동하기도 무리였다. 한편 뒷좌석 뒤편의 트렁크는 짐으로 가득했다. 즉, 두 사람은 뒷좌석에서 오도 가도 못하는 상황에 처했다.

"아아…… 미안해, 나 때문에……."

나도 완전히 혼란에 빠져 불타는 바닥을 돌아보고 말했다.

"아니…… 나쓰키 언니가 사과할 일은 아니지."

리나가 불길과 내 얼굴을 번갈아 보며 나를 감싸주었다.

"맞아. 분명 정신 나간 팬이 장난친 거야."

오타케도 그렇게 말하며 페트병을 열어 차를 불에 끼얹었다. 그러자 환한 빛과 함께 불이 더 크게 번졌다.

"젠장, 왜 이래, 안 꺼지잖아!"

오타케는 혼비백산해 페트병을 내던졌다. 리나도 "어휴, 이런 중요한 때에……" 하고 중얼거렸다. 불길이 두 사람의 발치에서 혀를 날름거렸다.

그때 생각났다.

나는 두 사람을 죽음으로 이끌 마지막 한마디를 입에 담았다.

"앗, 맞다! 뒤에 소화기 실어놨어!"

그때만 해도 소화기를 가져오길 잘했다, 이제 살았다고 생각했다.

"진짜다, 찾았다, 찾았어!"

재빨리 뒷좌석 너머로 손을 뻗어 소화기를 꺼낸 오타케가 통에 붙은 라벨을 읽으며 안전핀을 뽑고 호스를 불로 향했다.

"좋아, 이제 걱정 마, 리나."

오타케가 힘 있게 말하자 리나는 불안한 표정으로 "응……" 하고 고개를 끄덕였다.

그리고 오타케가 소화기 레버를 움켜쥐었다.

다음 순간.

폭발음과 함께 오타케와 리나, 뒷좌석 시트가 모조리 거대한 화염에 휩싸였다.

"꺄아아아아아아아악!"

평소 귀여운 리나의 목소리에서는 상상도 못 할 절규가 울려 퍼졌다. 오타케는 비명을 지를 틈도 없었던 모양이다. 나는 두 사람의 마지막 얼굴도 제대로 못 봤다.

다행히 운전석 등받이가 방패 역할을 해서 나는 무사했지만, 화염의 물결은 순식간에 퍼져나갔다. 재빨리 눈을 감았지만 머리와 얼굴에 엄청난 열기가 느껴지고, 강렬한 기름 냄새가 코를 찔렀다.

나는 거의 무의식중에 운전석 문을 열고 굴러떨어지다시피 차에서 내려 열 발짝쯤 달렸다. 화상을 입었으나 목숨은 구했음을 알고 한순간 안도했지만, 바로 두 사람을 구해야 한다는 생각으로 돌아보았다.

하지만 차 안은 화염으로 가득했다.

반쯤 열린 운전석 문으로 불길과 연기가 힘차게 뿜어져 나왔다. 급히 차로 달려가 뒷좌석 문을 열려고 했지만 원래 잠금 기능이 그렇게 설정되어 있는 건지, 아니면 열에 망가진 건지 문은 열리지 않았다. 아니, 설령 열렸어도 두 사람을 구해내기는 불가능할 것 같았다. 운전석도 맹렬한 불길 때문에 못 다가갈 지경이었으니까.

"리나! 오타케!"

목이 터져라 불렀지만 불이 활활 타오르는 소리만 들릴 뿐 응답은 없었다.

새하얀 안개를 배경으로 타오르는 내 차. 아무 인기척도 없이 차가 불타는 소리밖에 들리지 않아 마치 꿈을 꾸는 것 같았다. 하지만 뺨을 꼬집자 아팠고, 그 이전에 불에 덴 얼굴이 몹시 따갑고 화끈거렸다.

"누가 좀 도와주세요! 아무도 없어요?"

나는 몇 번이고 힘껏 고함을 질렀다. 하지만 공허하게 울려 퍼지는 메아리를 들으며 깨달았다.

설령 누가 지금 와본들 두 사람을 살릴 방법은 없다는 걸.

애당초 이런 산길을 지나다니는 사람은 좀처럼 없다는 걸.

안개가 이렇게 끼어서야 멀리서 연기와 불길을 발견하기도 힘들다는 걸.

나는 도움을 청하기를 포기하고 터벅터벅 차에서 멀어졌다. 그리고 그제야 뭐가 어떻게 된 건지 머릿속으로 정리하기 시작했다.

소속사에서 보낸 우편물에서 불길이 솟았다.

하지만 정말로 소속사에서 보냈을 리 없다. 누가 악의적으로 위조한 것이리라. 게다가 마음만 먹으면 봉투에 폭발물을 넣을 수도 있었을 텐데, 이걸 보낸 범인은 그러지 않았다. 나중에 오타케가 소화기를 사용했을 때 불이 폭발적으로 타올랐다. 즉, 범인은 소화기를 사용하게 할 목적으로 봉투를 보낸 것이다. 범인이 놓은 덫의 윤곽이 서서히 보이기 시작했다.

차에서 달아나기 직전에 기름 냄새를 맡았으니 소화기에는 분명 등유 같은 게 들어 있었으리라. 그건 불을 끄려고 소화기를 사용한 사람을 불태우는 끔찍한 덫이었다. 범인은 일단 우리 집에 소화기 덫을 설치했다. 몇 달 후에는 뜯으면 불이 붙는 봉투를 보냈다. 봉투를 뜯자 불이 나는 걸 보고 내가 허둥지둥 소화기로 불을 끄려다 불길에 휩싸여 죽는 작전이었던 것이다.

그리고 그 소화기가 왜 내 집에 있었느냐 하면, 관리 회사에서 화재 예방 차원으로 집 앞에 놔둬서…… 앗!

나는 번쩍 깨달았다.

범인은 야마나카 레이코다.

왜냐하면 몇 달 전 생방송에 출연한 날, 야마나카 레이코가 우리 집 앞에 소화기를 놔두는 걸 두 눈으로 똑똑히 봤거든.

실은 당시 현관문에 '도어스코프 카메라'라는 방범용품을 설치했다. 이름 그대로 도어스코프 안쪽에 달아서 현관 앞에 온 사람을 센서로 파악해 녹화하는 카메라다. 센서가 반응했을 때만 작동하므로 건전지도 오래가고, 녹화한 영상은 내장 메모리에 저장되며, 밖에서는 카메라가 있는 줄 모른다는 게 장점이었다. 원래는 우편물을 털린 후 맨션에 이상한 놈이 있는 게 아닐까 싶어 달았지만, 그때까지 수상한 사람이 찍힌 적은 없었다.

다만 그날은 문 앞에 "화재 예방을 위해 어쩌구저쩌구" 하는 쪽지가 붙은 최신형 플라스틱 소화기가 놓여 있어 만약을 위해 영상을 확인해보니, 예전에 대담을 한 적도 있는 작가 야마나카 레이코가 찍혀 있었다.

하지만 기껏 영상을 봐놓고도 나는 전혀 의심치 않고 넙죽 믿어버렸다.

"이야, 세상 참 좁네. 야마나카 씨가 우리 맨션의 새 주인이 됐구나" 하고.

그도 그럴 것이 그 몇 달 전에 일을 마치고 돌아왔을 때 엘리베이터를 타는 중년 여자의 뒷모습과 엘리베이터가 3층에 멈추는 걸 봤기 때문이다. 그때는 야마나카 레이코인 줄 몰랐지만 3층에 사는 맨션 주인이 나이 많은 할아버지라 조만간 요양원에 들어갈 수도 있다는 이야기는 예전에 부동산 중개사에게 들었다. 그래서 그 중년 여자가 맨션을 매입했구나 싶었다.

더구나 맨션에 투자하는 연예인도 적지 않아, 배우 아무개 씨가 실은 맨션을 가지고 있다는 식의 소문도 몇 번 주워들었다. 그런 상황에서 야마나카 레이코가 관리 회사의 쪽지가 붙은 소화기를 놓아두었기에 설마 그게 덫이라고는 전혀 의심치 못하고 '일전에 본 3층에 사는 중년 여자=맨션의 새 주인=야마나카 레이코'라는 공식을 내 머릿속에 그리고 말았다.

게다가 소화기, 봉투, 그것들이 불을 내뿜기 직전의 일을 하나하나 돌이켜보자 덫이 얼마나 교묘했는지 새삼 이해가 갔다.

일단 소화기. 라벨에는 플라스틱으로 제작했다고 적혀 있었다. 실제로 제법 가벼웠으니 그 설명은 진짜이리라. 그게 지금 이런 화염에 휩싸여 있다……. 즉 원형을 알아볼 수 없게 흐물흐물 녹을 것이다.

다음은 봉투를 뜯기 직전에 리나가 꺼낸 말.

"USB? 라이터? 그런 게 들었어."

USB 메모리를 넣어본들 불이 나면 데이터는 소실된다. 하지만 라이터라면 플라스틱은 녹아서 못 쓰게 되겠지만 부싯돌과 금속 부품은 남는다……. 거기까지 생각하다 야마나카 레이코의 목적을 알아차렸다.

등유를 덮어쓰고 타 죽은 나. 시체 옆에 남는 건 녹은 플라스틱과 라이터 부품. 내가 플라스틱 통에 든 등유를 끼얹고 라이터로 불을 붙여 분신자살한 상황과 구분이 안 되겠지. 야마나카 레이코의 노림수는 분명 그거였어. 그리고 그 덫을 놓기 위해 일부러 우리 윗집을 빌린 거야.

과연 미스터리 작가구나 싶었다. 이렇게 치밀한 계획을 세우고 실현시키다니. 하지만 왜 내가 야마나카 레이코에게 죽어야 하는지는 짐작도 가지 않았다. 오히려 영화 <마녀의 도망>을 주연인 내가 상을 몇 개나 탈 만한 연기로 히트시킨 덕분에 원작도 잘 팔렸을 테니 고맙다는 말을 들으면 모를까 원망을 살 이유는 없다. 아, 그러고 보니 대담 때 지각했던가. 하지만 설마 그딴 일로 사람을 죽일 리는 없고…….

불타는 차 앞에서 잠시 생각해보았지만 결국 알 수 없었다.

하지만 내가 해야 할 일이 하나 있다는 건 알았다.

두 사람의 원수를 갚는 거다.

하지만 경찰에 고소해도 야마나카 레이코가 체포될지는 미지수였다.

일단 야마나카 레이코가 우리 집 앞에 소화기를 놓아두는 장면이 녹화된 도어스코프 카메라. 실은 9월 하순에 리나가 마지막으로 우리 집에 온 날 "이거, 안 움직이는데 고장 난 거 아니야?"라는 리나의 말을 듣고 확인해보자 어느 틈에 망가졌는지 켜지지도 않아서 "어차피 별 도움도 안 되는데 버려야겠다" 하고 쓰레기로 내놓았다. 수리하면 야마나카 레이코의 영상을 복원할 수 있었을지도 모르는데, 후회막급이다.

우리 집 앞에도 CCTV는 달려 있지만 영상에 보존 기간이 있다고 들었다. 분명 야마나카 레이코는 보존 기간을 조사해 기간이 지나고 나서 봉투를 보냈을 테고, 그 봉투도 불타 없어졌다. 또한 야마나카 레이코가 내 윗집에 살았다는 것도 상황증거는 될지 모르지만 그녀가 살인을 저질렀다는 직접적인 증거는 아니다.

아아, 역시 야마나카 레이코를 법으로 심판하기는 불가능하다. 그렇다면 내가 복수하는 수밖에. 하지만 그런 트릭을 고안하는 사람을 이길 수 있을까…….

마음이 좀 약해졌지만 바로 생각을 고쳐먹었다.

이건 야마나카 레이코도 계산 밖의 상황일 것이다.

야마나카 레이코는 내가 집에서 혼자 덫에 걸려 죽으리라 예상했을 터. 산속 차 안에서 다른 사람까지 덫에 휘말리고, 정작 나는 살아남을 줄은 꿈에도 몰랐을 것이다.

내가 살아 있는 줄 알면 야마나카 레이코는 나를 죽이기 위해 다음 수단을 강구하리라. 하지만 죽었다는 착각을 심어준다면 방심시킬 수 있지 않을까. 그리고 방심한 야마나카 레이코가 상대라면 내 공격도 통하지 않을까…….

난 있는 지혜 없는 지혜를 최대한 짜내서 앞으로 뭘 해야 할지 생각했다.

그러다 얼토당토않은 아이디어가 떠올랐다.

얼토당토않다고는 하나 그걸 실현할 수 있는 조건을 마침 나와 리나는 갖추었다. 아이디어를 머릿속으로 몇 번이나 확인하고 재검토했다.

할 수 있다……. 그렇다기보다 하는 수밖에 없다고 결심했다.

나는 차 뒤편으로 달려가 트렁크 문 너머로 전해져 오는 엄청난 열기를 견디며 자전거 캐리어에 실은 내 하이브리드 자전거를 꺼냈다. 그리고 파카 호주머니에 마스크와 함께 넣어둔 모자를 쓰고 하이브리드 자전거로 달렸다. 차로 올 때 고속도로와 나란히 뻗은 선로가 보였지만, 열차를 타면 승객에게 얼굴을 들킬 위험성이 높다. 그럼 내 계획은 실패하므로 어떻게든 자전거를 타고 도쿄로 돌아가는 수밖에 없었다.

뒤에서 폭발음이 크게 울려 퍼졌다. 멈추고 돌아보자 안개 속에 커다란 불기둥이 솟아올랐다. 연료 탱크에 불이 붙은 모양이었다. 하지만 주변 나무들과 거리가 충분히 떨어져 있어 산불로 발전하지는 않을 것 같았다. 그걸 확인하고 나서 다시 자전거 페달을 밟았다.

이데 나쓰키를 죽이기 위한 여행이 시작됐다…….

히비키 '수수께끼의 여자 R'라는 별명답게 그 여자는 정말 수수께끼 투성이예요. 이데 씨 집에서 가지고 나온 슈트케이스에 뭐가 들었는지도 수수께끼고, 이데 씨와 오타케 도시야를 죽인 후의 행적도 거의 밝혀지지 않은 모양이고요.

야마나카 아주 소상하게 알고 계시네요(웃음).

실은 내가 훨씬 자세히 알고 있겠지만. 현재 전국에서 그 뉴스를 나보다 더 진지하게 보는 사람은 없을걸.

히비키 아직도 뉴스에서 특집으로 다루니까 눈길이 가더라고요. 오랜만에 그 사건이 방송되면 뭔가 새로운 정보가 나왔나 싶어 신경이 쓰여요.

다니가와 확실히 저도 뉴스를 자꾸 보게 되더라고요.

그럴 만도 하지. 혹시 내 행적이 발각되면 내가 살아 있다는 것도 발각되지 않을까 내내 불안했으니까.

하지만 아직 발각되지 않았나 봐.

아무래도 '수수께끼의 여자 R'를 계획 살인범으로 여기는 모양이야. 미리 도주용 차량을 준비해놓고 이데 나쓰키와 오타케 도시야를 산속에서 자살로 위장해 죽였다고 보는 것 같아. 설마 임기응변으로 자전거를 타고 도쿄까지 달아났다고는 생각지 않겠지.

난 자전거로 단숨에 산을 내려갔다. 안개가 짙어서 사고가 날까 봐 무서웠지만 기슭까지는 한 번도 차나 사람과 마주치지 않았다. 간선도로로 나온 뒤에도 요즘 붐인지 로드 자전거와 하이브리드 자전거를 타는 사람이 여성도 포함해 몇 명 있었으므로 내가 특별히 눈에 띄지는 않을 것 같았다.

하지만 거기서부터가 큰일이었다. "도쿄 90킬로미터"라고 적힌 파란색 국도 표지판만 믿고 달렸지만, 기복이 심한데다 군데군데 좁아지는 길을 자전거로 달리려니 죽을 맛이었다. 게다가 N시스템 카메라가 보일 때마다 샛길로 우회한 탓에 날이 저물고 나서야 간신히 도쿄에 진입했다.

자전거를 비교적 자주 타는 편이기는 했지만, 운동 부족을 해소하고자 집에서 방송국이나 스튜디오까지 기껏해야 편도 10킬로미터쯤 달리는 수준이었으므로 이렇게 장거리를 달린 건 처음이었다. 하지만 아드레날린이 솟구쳤나 보다. 100킬로미터 가까이 달려 물론 피곤하기는 했지만 녹초가 되어 옴짝달싹도 못 할 정도는 아니었다.

덧붙여 머릿속이 몹시 맑았다. 난 도심으로 향할수록 불빛이 많아지는 밤길을 묵묵히 달리며 차후 계획을 세웠다.

일단 내가 죽은 걸로 위장한다.

이건 반드시 성공해야 한다. 다만 성공해도 그후가 큰일이었다.

죽었으니 얼굴을 다른 사람으로 바꾸어야 한다.

하기야 여기에 관해서는 믿는 구석이 있었다. 열아홉 살 때 거식증으로 인한 후유증을 감추는 수술을 해준 선생님. 그는 미용성형계의 블랙잭이라고 불리며, 가격만 맞으면 극비로 어떤 수술이든 해주는 걸로 유명했다. 범죄자의 얼굴까지 바꿔줬다는 소문도 있었다. 물론 소문이 어디까지 사실일지는 모르지만 거기 걸어보는 수밖에 없었다.

다만 그런 대수술이 한 번 만에 끝날 리 없다. 게다가 병원이 작고 입원 설비가 없었으므로 얼굴이 완전히 바뀔 때까지 어디 숨어 있어야 한다.

하지만 호텔에 묵으려도 내 정체가 들통나면 큰 소동이 벌어질 것이다. 리나의 집에 숨을까도 했지만, 그 맨션에는 컨시어지◆가 상주하고, 보안도 우리 맨션보다 훨씬 삼엄하다. 남이, 그것도 죽은 사람이 들어가 살면 결국은 발각되리라.

아는 사람에게 숨겨달랄 수도 없다. 내 지인은 죄다 업계 관계자고, 리나처럼 마음을 터놓고 지내는 사이도 아니다. 내가 죽은 걸로 치고 계속 숨겨줄 사람은 없겠지…… 하고 낙담하다 좋은 생

◆ 보통 호텔에서 고객을 맞이하고 객실 서비스를 총괄하는 직원을 의미하지만, 요즘은 고객에게 필요한 서비스를 총괄하여 제공하는 관리인으로 그 의미가 확대되고 있다.

각이 번쩍 떠올랐다.

업계 관계자지만 연예인을 대하는 방식이 반대인 사람도 있잖은가. 특종과 교환한다는 조건으로 날 숨겨줄지도 모르는 사람. 예를 들어 주간지 기자라든가…….

조그마한 실마리가 생겼다.

목적지에 도착하고 나서 어떻게 이동할지도 고민했다. 세심하게 주의를 기울이지 않으면 분명 계획이 탄로 나서 실패한다. 여기에는 내 연기자 경력을 살리는 수밖에 없을 것 같았다. 얄궂게도 야마나카 레이코 원작의 <마녀의 도망>이 힌트가 될 듯했다. 그리고 지난달 핼러윈 파티도…….

그렇게 머릿속으로 계획을 짜며 묵묵히 자전거 페달을 밟았다. 도중에 한 번 주택가의 작은 편의점에 들러 주먹밥, 차, 쓰레기봉지, 지퍼 백, 일회용 고무장갑을 샀다. 다행히 지갑은 청바지 뒷주머니에 넣어두었다. 나 말고 다른 손님은 없었고, 일본어를 떠듬거리는 동남아시아인 점원은 모자를 깊이 눌러쓰고 고개를 숙인 내가 누군지 못 알아봤다. 나는 아무도 없는 근처 공원에서 주먹밥과 차를 먹으며 휴식을 취한 후, 비닐봉지를 자전거 손잡이에 걸고 다시 달렸다.

밤이 깊었을 무렵에야 드디어 첫 번째 목적지인 리나가 사는 맨션에 도착했다.

오토록도 포함해 리나의 집 여벌 열쇠는 우리 집 열쇠와 같은 키홀더에 달아서 청바지 호주머니에 넣어두었다. 나는 모자와 마스크로 얼굴을 감춘 채 편의점 비닐봉지를 들고 입구로 들어갔다. 밤이어서인지 혼자 있던 아줌마 컨시어지는 작업복을 입은 무슨 업자 같은 아저씨와 이야기를 하느라 나를 제대로 보지도 않고 "다녀오셨어요" 하고 인사를 던졌다. 나는 혹시라도 입주자와 얼굴을 마주치지 않도록 엘리베이터를 타지 않고 4층 리나의 집까지 계단으로 올라갔다.

집에 들어간 나는 고무장갑을 끼고 신중하면서도 재빠르게 방을 뒤졌다.

컵, 칫솔, 빗, 빨려고 내놓은 속옷과 수건, 신발, 화장품, 베갯잇, 시트 등등…… 작은 물건은 지퍼 백에, 큰 물건은 쓰레기봉지에 넣었다. 그리고 쓰레기통에서 리나가 씹은 껌, 사용한 티슈, 나무젓가락, 면봉, 생리대까지 챙겼다.

한창 작업을 하다가 거울에 비친 내 얼굴을 보고 깜짝 놀랐다.

화염의 열기 때문에 머리카락이 실패한 파마처럼 변했다. 그건 모자에 그럭저럭 감춰졌지만 얼굴도 화상이 심했고, 특히 귀는 크게 부풀어 올랐다. 이 얼굴을 얼핏 보고 이데 나쓰키라고 생각할 사람은 어지간해서는 없을 듯했다. 이런 줄 알았으면 열차를 탈걸 그랬다고 살짝 후회했지만, 그보다도 앞으로 주의해야 할 점이 있을 것 같았다.

한편 리나 집에 다음 계획에 쓸 만한 물건이 몇 개 있었던 건 행운이었다.

내가 아침에 가지고 나갔던 것과 똑같이 생긴 커다란 검은색 가방.

그 밖에 내가 그날 입었던 파카와 청바지도 있었고, 어째서인지 내 평상복과 똑같은 옷이 옷장에 죽 걸려 있었다. 그러고 보니 요즘 어떤 브랜드의 옷을 입느냐고 리나가 자꾸 물어봤었지…… 하고 생각하다 퍼뜩 깨달았다.

리나는 연기자를 그만둔 후에도 날 동경한 거야.

그래서 지금도 나와 똑같은 옷을 이렇게 많이 가지고 있는 거야.

눈물이 핑 돌았지만 감상에 젖어 있을 때가 아니었다. 일단 그 검은색 가방을 고맙게 쓰기로 했다.

그리고 큼지막한 감색 배낭이 있었다. '펠자나 후나바시 팬클럽 프리미엄 회원 한정 굿즈'라는 태그가 달려 있었다. 리나가 그 정도로 열렬한 J리그 팬인 줄은 미처 몰랐지만 이것도 사용하기로 했다.

리나는 내가 자전거를 타고 오면서 생각했던 물건도 버리지 않고 보관해놓았다. 부스스한 가발과 넝마가 된 옷, 어두운 색깔의 화장 분, 그리고 손거울과 클렌징 시트로 구성된 좀비 분장 세트. 핼러윈 파티 때 사용했던 물건이다.

좋아. 필요한 물건이 단숨에 갖추어졌다.

나는 우선 고무장갑과 아까 쓰레기봉지, 지퍼 백에 모아서 넣은 리나의 물건을 펠자나 후나바시의 배낭에 최대한 똘똘 뭉쳐서 쑤셔 넣었다. 다음으로 좀비 분장 세트와 검은색 가방도 작게 뭉쳐서 나중에 꺼내기 쉽도록 배낭에 넣었다. 가발은 어쩔까 망설였지만 아줌마 컨시어지가 날 알아보기라도 하면 끝장이다. 들어올 때는 운 좋게 눈에 띄지 않고 통과했지만 나갈 때도 정체가 발각되지 않아야 한다는 생각에 모자는 파카 호주머니에 넣고 가발을 쓰기로 했다.

커다란 배낭을 메고 가발과 마스크를 쓴 채 계단으로 1층에 내려가 또 고개를 푹 숙이고 총총히 컨시어지 앞을 지나갔다. 아까 그 업자는 없었지만 "다녀오세요" 하는 목소리가 뒤에서 들렸다. '이렇게 머리가 부스스한 입주자가 있었던가' 하고 의아해했을 수도 있지만, 적어도 이데 나쓰키인 줄은 몰랐을 것이다.

나는 리나가 시킨 대로 우리가 친하게 지낸다는 걸 공개하지 않았고, 휴대전화도 리나 집에 가져가지 않았다. 그러지 않았다면 교우 관계와 휴대전화 GPS 정보를 근거로 리나 집에까지 수사의 손길이 미칠지도 모른다. 생각지도 못한 형태로 리나에게 도움을 받았다.

다음 목적지는 우리 집이었다.

리나 집에서 직선상으로도 3킬로미터 넘게 떨어져 있었지만, 최단 경로를 택할 수는 없었다. 얄궂게도 야마나카 레이코 원작 영화 <마녀의 도망>에 사람을 죽이고 달아나는 주인공의 행적이 CCTV 영상 때문에 발각되는 장면이 있었으므로 그걸 참고했다. 나는 배낭을 멘 채 자전거를 타고 인적 없는 어두운 길을 골라 우리 집과는 엉뚱한 방향에 있는 역으로 향했다.

자전거 방치 금지 구역에 다다르자 자물쇠를 잠그지 않고 자전거를 버렸다.

그 역 앞은 예전에 리나가 자전거를 견인당한 곳으로, 매일 아침 자전거를 견인한다고 리나에게 들었다. 게다가 내 자전거는 인터넷으로 구입했고 귀찮아서 방범 등록도 안 했으므로, 날이 새면 수많은 자전거와 함께 견인되어 소유자도 알아보지 않고 폐기처분될 것이다. 아니면 누가 훔쳐 갈지도 모른다. 어쨌거나 내가 이걸 타고 야마나시에서 도쿄까지 왔다는 사실은 묻힐 것이다.

나는 주변에 CCTV가 없는 걸 확인하고 근처 공중화장실로 갔다. 칸에 들어가 마스크를 파카 호주머니에 넣고 배낭에서 좀비 의상을 꺼내 옷 위에 입은 후, 손거울을 보며 얼굴에 분을 발랐다.

배낭을 다시 메고 칸에서 나와 세면대 거울 앞에 섰다.

커다란 배낭, 부스스한 머리, 너덜너덜한 옷, 어두운 낯빛.

키 162센티미터의 날씬한 체형에 가슴도 눈에 띌 만큼 크지 않은 내 모습은 성별도 나이도 짐작이 안 가는 노숙자 그 자체였다. 늦은 밤에 거리를 정처 없이 돌아다니거나 공원에서 잠을 청해도 어색하지 않고, CCTV에 찍혀도 신원을 알아내기 힘들다. 이보다 나은 위장술은 또 없을 터였다.

나는 그 차림새로 화장실을 나와서 등을 살짝 웅크린 채 진지하게 노숙자 연기를 하며 걸음을 옮겼다. 리나 집과는 반대 방향으로 한참 빙 돌아서 우리 집으로 향했다. 그사이에 진짜 노숙자와 두 번 마주쳤지만 내 변장은 손색없는 듯했다.

우리 집에서 약 1킬로미터 거리에 있는 공원에 도착해 사람과 CCTV가 없는 걸 주의 깊게 확인하고 다시 화장실에 들어갔다. 공원 시계를 보니 새벽 1시가 되기 전이었다.

칸에 들어가자 다행히 아까보다 깨끗한 양변기 화장실이었다. 내린 변기 뚜껑 위에 배낭을 내려놓고 아까보다 대대적인 작업에 들어갔다. 배낭에서 검은색 가방을 꺼내 배낭 내용물을 옮겨 담은 후 배낭, 가발, 의상도 작게 뭉쳐서 가방에 넣었다. 클렌징 시트로 분을 지우고 모자와 마스크를 썼다.

나는 변기에 앉아 시간을 때웠다. 만약 경찰이 행적을 조사하더라도 앞으로 CCTV에 찍힐 나와 아까 요 부근까지 걸어온 노숙자가 동일 인물이라는 걸 간파하지 못하게 하기 위해서였다. 공원 앞 좁은 길을 사람이나 서행하는 차가 지나가는 소리가 몇 번 들렸지만 화장실로 들어오는 사람은 없었다.

피곤해서 그만 꾸벅꾸벅 졸다 번쩍 정신이 들어 밖으로 나가 공원 시계를 보자 2시 반이 지났다. 가방을 들고 부랴부랴 출발하려던 차에 공원 앞 좁은 길을 왼쪽에 운전대가 달린 검은색 외제 차가 오른쪽에서 달려왔다. 운전석에서 보이지 않도록 일단 숨었다가 공원을 나섰다. 얼마 전에 뉴스를 보니 '수수께끼의 여자 R'가 이 검은색 외제 차를 사용했다고 추정하는 모양이었다. 이 차가 지나간 후에 느닷없이 내가 CCTV에 찍혀서 그런 것이리라. 물론 나하고는 아무 관계도 없는 차다.

나는 CCTV와 가로등 불빛을 최대한 피하며 주택가 뒷길을 걸어 마침내 맨션에 도착했다. 관리인이 없을 시간이었지만 화상을 입은 얼굴이 맨션 CCTV에 찍히면 안 되니까 모자와 마스크를 쓴 채 고개를 숙이고 계단으로 2층에 올라갔다. 그리고 카메라에 찍히지 않도록 조심해서 문손잡이를 파카 소매로 닦으며 현관문을 열고 집에 들어갔다.

일단 분홍색 슈트케이스부터 확인하고 싶었다.

이 년쯤 전에 구라모토라는 사진작가가 우리 집에 와서 히로야를 죽인 과거를 빌미로 잡아 몸을 요구했다. 미리 계획한 대로 몸을 허락하는 척 빈틈을 노려 강력한 전기 충격기로 놈을 공격하고 목을 졸라 죽였다. 히로야와 달리 아무 미련도 없었으므로 이번에는 머리까지 자르고 갈아서 처분했다. 슈트케이스는 그후에 준비했다. 성인은 실종되더라도 경찰이 진지하게 조사하지 않는다는 걸 알지만, 두 명이나 죽였으니 어쩌면 들키는 게 아닐까 무서워서였다.

슈트케이스에는 현금, 여권, 갈아입을 옷가지를 넣어두었다. 현금은 조금씩 보충하는 사이에 일억 엔 가까이로 불어났다. 유사시에는 이 돈으로 블랙잭 선생님에게 얼굴을 수술받고 달아날 생각이었다. 내용물을 확인한 후 나는 작업에 들어갔다.

고무장갑을 끼고 리나 집에서 가져온 물건을 우리 집 곳곳에 놓아두었다. 컵, 칫솔, 헤어브러시, 빨려고 내놓은 속옷과 수건, 신발, 화장품, 베갯잇, 시트 등등…… 그에 대응하는 내 물건은 전부 가방에 담았다.

쓰레기통에 든 쓰레기도 리나 집 쓰레기통에서 가져온 쓰레기와 바꿔쳤으며, 내 세포가 남아 있을 법한 물건은 최대한 회수하고, 세포가 남아 있을 법한 곳은 최대한 청소했다. 마무리로 집에 묻은 지문을 철저하게 닦아서 지웠다.

이것이 바로 불타 죽은 리나의 시체를 나로 오인시키기 위한 작전이었다.

나와 리나가 과학수사를 소재로 한 <닥터 컵>이라는 드라마에서 만난 것도 지금 생각하면 운명처럼 느껴진다.

주연이었던 나는 시신의 신원을 어떻게 확인하는지 대강 배웠다. 몇 회였더라, 불타 죽은 사람의 신원을 확인하는 내용도 있었다. 불에 탄 시체는 겉모습으로 누구인지 판별할 수 없어 치형 감정이 중요하다고 드라마에 나온다.

하지만 리나는 생전에 치과에 간 적이 없다고 했다. 돌아가신 어머니가 이를 잘 닦는 습관을 길러주었다는 모양이다. 나도 아역 시절에 "연예인은 이가 생명"이라고 엄하게 교육받은 덕분에 충치는 하나도 없었다. 즉, 나도 리나도 이를 치료한 흔적이 없고, 치형 같은 자료도 남아 있지 않다.

그렇다면 남은 건 DNA 검사다. 체표면의 상피세포가 불타더라도 몸속에서 DNA를 채취할 수 있다고 한다. 나는 집에서 DNA 샘플을 채취하는 장면도 연기했다. 컵, 칫솔, 헤어브러시, 빨려고 내놓은 속옷과 수건…… 그리고 쓰레기통 내용물은 그 장면에서 내가 수집한 것들이었다.

또한 현재 기술로는 지문에서도 DNA를 채취할 수 있으며 지문이 묻은 시기도 대략 추정이 가능하다는 내용이 드라마에 나왔다. 그러므로 지문을 닦아낼 필요가 있었다. 내 집에는 리나의 지문도 얼마쯤 남아 있겠지만 내 지문이 훨씬 많을 테고, 리나는 한동안 우리 집에 놀러 오지 않았으니 그게 들통나면 DNA 위장 공작에 실패할 위험성이 컸다. 드라마에서 얻은 지식이었지만, 프로 과학수사관이 감수했을 테니 믿을 구석은 그것밖에 없었다.

나는 다시금 시뮬레이션해보았다.

불탄 내 차는 안 그래도 인적이 없는 산간 도로에서 비포장 샛길로 들어간 곳에 있다. 분명 며칠이나 지나서야 발견되리라. 발견되면 차 안에 있는 불탄 시체 두 구의 신원은 어떻게 확인할까.

그게 내 차라는 사실은 번호판으로 금방 알 수 있다. 하지만 나는 행방불명 상태다. 오타케도 별장에서 돌아온 다음 날부터 일한다고 했으니 내일이면 행방불명된 것이 확인된다.

한편 리나는 연예계를 은퇴한 후 공식석상에서 완전히 모습을 감추었다. 현재 무직이고, 당분간 누구랑 만날 예정도 없는 듯했다. 그리고 리나가 나와 친하다는 사실과 오타케와 사귄다는 사실은 비밀이다. 즉, 리나가 사건에 연관됐다고 생각하는 사람은 아무도 없을 것이다.

그런 상황에서 시체 두 구의 신원 확인에 들어간다.

분명 둘 다 성별도 구분이 안 될 만큼 불탔을 것이다. 정확한 사망 시각도 알 수 없겠지. 다만 오타케가 치과에 다닌 적이 있다면 치형과 DNA로 시체 중 한 구가 행방불명된 오타케임이 금방 밝혀질 것이다.

남은 한 구는 치아를 치료한 흔적이 없지만 체내 DNA가 행방불명 상태이자 차의 소유주이기도 한 내 DNA와 일치한다는 것이 집에서 채취한 DNA와 대조한 결과 판명된다. 나는 메이크업 담당도 스타일리스트도 전속이 아니었고, 매니저에게도 개인 물품은 맡기지 않았다. 촬영에 사용한 의상과 소도구도 할리우드에서는 보관해두는 모양이지만, 일본에서는 홍보 기간이 끝나면 처분하거나 세척해서 재사용하므로 내 DNA를 확실히 채취하기 위해 직장이 아니라 집에서 채취할 것이다.

혹시 내 친인척이 살아 있다면 DNA를 조회했을지도 모르지만, 내 친인척은 모두 죽었다. 게다가 시체의 키와 체형이 나와 흡사하고 혈액형도 같은 O형인데다 목에는 하트 모양 목걸이를 걸고 있다. 내가 최근에 하트 모양 목걸이를 걸고 다닌 걸 분명 매니저와 스태프가 증언해줄 것이다. 덧붙여 내가 리나와 친하게 지내는 줄 모르도록 목걸이가 리나의 선물이라는 건 아무에게도 말하지 않았다.

……그래, 이 정도까지 조건이 갖추어졌으니 분명 내가 죽었다는 결론이 나올 것이다. 게다가 정황상 분신자살로 보이고 나와 오타케가 사귄다는 소문이 나돌았으니 어쩌면 동반 자살로 추정되

지 않을까. 정확한 사망 시각은 알 수 없을 테니 내가 지금 맨션을 나서서 오타케와 합류해 죽은 걸로 판단하겠지.

뭐, 지문도 남아 있지 않을 만큼 집을 구석구석 쓸고 닦은 걸 수상쩍게 여길지도 모르지만, 이미지 상승을 노리고 잡지 인터뷰나 대담에서 "휴일에 기분 전환 삼아 집을 청소해요" 같은 말을 했으니까 어지간히 깔끔을 떨었구나, 하고 넘어갈 거야. 나는 머릿속으로 내게 유리한 시뮬레이션을 마치고 스스로를 안심시키듯 몇 번이고 고개를 끄덕였다.

하지만 쉴 틈은 없었다. 집에서 시간을 너무 잡아먹으면 작전이 발각될 우려가 있다. 나는 마지막으로 거실 책장 위에서 먼지를 뒤집어쓰고 있던 클리어파일을 가방에 넣었다. 거기에는 잡지 취재 따위에서 받은 명함이 잔뜩 들어 있었다.

고무장갑을 벗어서 가방에 넣고 모자와 마스크로 얼굴을 가린 후, 짐을 들고 파카 소매로 감싼 손으로 현관문을 열고 집을 나섰다. 슈트케이스와 가방을 끌어안고 겨우 계단을 내려와 재빨리 맨션을 나섰다. 이번에도 가로등과 CCTV를 피해 컴컴한 뒷길을 골라서 걸었다.

이제 야마나시 현으로 가서 오타케와 동반 자살한 걸로 보이도록 행동해야 한다. 오타케의 집에 갈까, 아니면 바로 야마나시 현으로 향해야 할까 피곤한 머리로 고민한 끝에 일단 오타케의 집에 가기로 하고 녹초가 된 다리를 채찍질하던 바로 그때.

늦게까지 술을 마시고 돌아가는 길인지 대학생으로 보이는 남녀 몇 명이 길 저편에서 큰 소리로 "봐봐, 이데 나쓰키가……" "우와, 진짜?" 하고 떠드는 소리가 띄엄띄엄 들렸다.

큰일이다, 들통났나? 나는 초조한 마음으로 재빨리 그들을 보았다.

하지만 그들은 이쪽은 거들떠보지도 않고 스마트폰을 들여다보며 "이데 나쓰키가 죽었다고?" "완전 충격. 팬이었는데" 하고 이야기를 나누었다.

그제야 알았다. 차와 시체가 발견돼 번호판으로 소유주가 밝혀졌고, 그 사실이 인터넷뉴스에 보도됐다는 걸.

다만 그때는 솔직히 그게 얼마나 위급한 사태인지 완벽하게 파악하지 못했다. 지금 생각하면 오히려 그래서 다행이었다. '이데 나쓰키의 시체'가 발견되고 나서 집에 드나든 탓에 내가 '수수께끼의 여자 R'가 됐다는 걸 알았다면 혼비백산했을 테니까.

아무튼 이제 아무에게도 들켜서는 안 된다는 것만은 똑똑히 자각했다. 오타케와 동반 자살한 걸로 위장하려고 움직이다 들키면 역효과가 난다. 나는 일단 근처 공원으로 가서 부근에 사람과 CCTV가 없는지 잘 확인한 후 슈트케이스를 아무도 찾지 못하게 덤불 속에 숨겼다.

그리고 화장실 칸에서 노숙자로 변장하고 나와서 벤치에 앉았다. 컴컴했던 하늘이 조금씩 밝아지는 가운데 슈트케이스를 지키며, 공원 옆길을 지나가는 사람과 차가 점점 늘어나고 진짜 노숙자도 몇 명 지나가는 걸 한 시간 넘게 지켜보다가 공원에 들어왔을 때와는 반대편 출구로 나갔다.

삼십 분쯤 노숙자 연기를 하며 걷다가 나무가 우거지고 아무도 없는 강가 공원에 도착했다. 거기서도 CCTV는 눈에 띄지 않았다.

공원 옆에 공중전화 부스가 외따로 서 있었다.

나는 부스로 들어가 집에서 가져온 클리어파일을 꺼냈다.

백 장도 넘는 명함 중에 적당한 걸 찾았다. 비밀을 혼자 간직해야 하니 출판사 사원보다는 프리랜서 기자가 낫다. 약점을 보여주고 숨겨달라고 부탁할 거니까 남자보다 여자가 낫겠다 싶어 여자 프리랜서 기자 명함을 몇 장 꺼냈다.

정말로 누가 숨겨준다는 보장은 없다. 최악의 경우 신고할지도 모른다. 그렇다고 이대로 혼자 달아나는 데는 한계가 있다. 그렇다면 역시 남에게 의지하는 수밖에 없다. 나는 망설이면서도 골라낸 명함에 적힌 번호로 전화를 걸었다.

하지만 아무도 안 받았다. 잘 생각해보니 이렇게 이른 아침에, 그것도 공중전화에서 온 전화를 누가 받겠는가. 반대 입장이었다면 나도 절대로 안 받는다.

그런 와중에 유일하게 일찍 일어나 전화를 받은 기자가 다니가와 마이코였다.

그것이 아주 운명적인 일임을 그때는 아직 몰랐다.

내가 "이데 나쓰키인데요" 하고 말하자 다니가와는 놀라서 허둥거렸다.

"뭐라고요? 하지만 이데 씨, 지금 뉴스에서 당신이……."

자세히 물어보니 야마나시 현에서 전소한 내 차에서 시신 두 구가 발견됐다는 것, 그리고 나와 연락이 안 된다는 걸 방송국과 인터넷 뉴스에서 속보로 전하고 있다고 했다.

나는 최대한 빨리 누구 눈에도 띄지 않을 곳에서 만나고 싶으며, 내게 연락이 왔다는 걸 아무에게도 말하지 말라는 뜻을 전했다. 덧붙여 현재 내가 있는 공원 이름을 말하자 다니가와가 어디인지 찾아서 차로 오겠다기에 나는 화장실 칸에 숨어서 기다리기로 했다. 전날까지 인기 배우였던 내가 밤새 공원 화장실을 전전할 줄이야.

나는 화장실 칸에서 의상과 가발을 벗고 화장을 지워 원래 모습으로 돌아갔다. 그리고 다니가와를 기다리며 사실을 얼마나 밝힐까 고민했다.

발견된 시체 두 구가 리나와 오타케라는 것. 하지만 리나의 시신은 분명 나로 판단되리라는 것. 내가 두 사람을 죽이지는 않았다는 것. 여기까지는 밝히기로 하고 야마나카 레이코의 덫에 걸려 두 사람이 죽은 건 말해야 할까, 말해본들 믿어줄까…….

결국 생각을 완벽히 정리하지 못했는데 "저어, 이데 씨?" 하고 밖에서 부르는 소리가 들렸다. 다니가와가 온 모양이었다. 나는 살그머니 칸에서 나왔다.

"앗, 얼굴은 왜 그래요?"

얼굴을 보자마자 놀란 다니가와에게 대답했다.

"불에 데었어요. 차가 불타서요. ……아, 그리고 분장기가 남아 있을지도."

"……네?"

다니가와는 상당히 혼란스러워 보였지만, 목소리로 나를 이데 나쓰키 본인이라 인정한 듯했다.

한편 나는 다니가와의 얼굴이 똑똑히 기억나지 않았지만 이렇게 볼품없이 비쩍 마른 기자가 있었더랬지, 하고 잠깐 생각했다.

다니가와는 공원에 면한 나무숲 아래, 인적이 전혀 없는 어두운 골목에 경자동차를 세워놓았다. 그리고 그 차에 나를 태워 자기 집으로 데려갔다. 도중에 다니가와에게 부탁해 아까 슈트케이스를 숨긴 공원에 들러 남의 눈을 피해 슈트케이스를 회수했다.

그후로 다니가와가 산다는 맨션에 도착해 집에 들어갈 때까지 아무하고도 마주치지 않았다.

나는 다니가와가 우린 차를 마시며 한숨 돌리고 나서 "저는 그 사건의 진상을 다 알아요" 하고 운을 뗐다. 다니가와는 내 이야기에 몹시 놀랐다. 뭐, 그야 그렇겠지. 죽은 줄 알았던 내가 살아 있는데다 정말로 죽은 건 에모토 리나와 오타케 도시야라니까.

야마나카 레이코가 범인이라는 걸 밝힐까 말까 생각하며 잠깐 뜸을 들였을 때.

다니가와가 차를 한 모금 마시더니 갑자기 몹시 콜록거렸다.

"괜찮으세요?"

처음에는 내 이야기가 너무 자극적이라 사레들린 줄 알았다. 하지만 상태가 좀 이상했다. 다니가와는 괴로운 듯 가슴을 누른 채 콜록거리다가 테이블에 손을 짚고 고개를 숙였다.

나도 모르게 말문이 턱 막혔다.

고개를 숙인 다니가와의 머리가 훌렁 벗겨진 것이다.

다니가와는 가발을 쓰고 있었다. 가발 밑은 솜털이 좀 있을 뿐 거의 민머리였다.

"아, 급하게 썼더니 고정이 제대로 안 됐네……."

다니가와는 쑥스럽게 웃더니 입도 벙긋 못 하는 내게 말했다.

"당신만 비밀을 이야기하면 미안하니까 나도 비밀을 밝힐게요."

그렇게 서론을 깔고 들려준 이야기에 이번에는 내가 놀랐다.

다니가와는 식도암이었다. 그것도 상당히 많이 진행됐다.

차를 마실 때조차 조심해서 삼키지 않으면 가슴에 격통이 느껴지는데, 지금 사레들린 것도 그 탓이라고 했다. 수척해지고 머리가 빠진 것도 항암제 치료의 부작용이었다. 더구나 부작용으로 미각에 이상이 생겨 가끔은 뭘 먹어도 쓴맛이 나는 모양이었다. 기자 일도 요 두 달쯤 지지부진했으며, 본격적인 복귀는 불가능하지 않겠는가 하는 이야기였다.

"부모님은 돌아가셨고, 형제도 연인도 없으니 이대로 고독하게 죽어가겠죠. 기자 일을 시작했을 때만 해도 내 기사로 세상을 바꾸기를 꿈꿨는데, 결국 그런 기사는 하나도 못 써보고…… 인생을 돌이켜보면 정말 아쉽기 그지없어서……."

다니가와는 신상 이야기를 하면서 점차 눈물을 글썽거렸다.

솔직히 그 이야기를 듣고 처음에는 당혹스러웠다. 느닷없이 아주 무거운 이야기가 시작되는 바람에 내 이야기가 끊겨서 어떻게 반응해야 할지 난감했지만 문득 아이디어가 번쩍였다.

다니가와의 현재 상황은 내게 안성맞춤 아닐까?

나는 가만히 생각에 잠겼다. 그런 내 모습에 다니가와도 당황한 듯 "저어, 이데 씨?" 하고 의아한 얼굴로 눈치를 살폈다. 나는 몇 번이나 숙고한 끝에 결의했다. 이런 기회를 놓치면 다음은 없다고.

"다니가와 씨. 제게 얼굴을 주시지 않겠어요?"

나는 단단히 마음먹고 그렇게 제안했다…….

히비키 이데 씨가 사는 맨션 주변의 CCTV에 찍힌 '수수께끼의 여자 R'의 영상이 가끔 텔레비전에 나오지만, 사람이 어둠 속을 걸어가는 걸 간신히 알아볼 정도죠. 경찰도 영상을 열심히 판독했지만 '수수께끼의 여자 R'가 어디서 와서 어디로 가는지 도중까지밖에 파악이 안 돼서 결국 두 손 든 모양이에요. ……요전에 뉴스에서 평론가가 이렇게 추리하더군요. "'수수께끼의 여자 R'는 불법 조직 소속이 틀림없다. 그 슈트케이스에는 암흑가에서 노리는 물건이 들어 있고, 그걸 빼앗기 위해 이데 나쓰키를 제거한 거다. '수수께끼의 여자 R'는 조직의 전면적인 지원을 받았을 테니 행적을 해명할 수 없는 것도 당연하다" 라고요.

야마나카 과연…… 그럴 가능성도 있겠네요.

그런 조직이 얽혀 있다면 더더욱 달아날 길이 없어. 생각만 해도 섬뜩해.

다니가와 결국 진실이 무엇 하나 밝혀지지 않다 보니 억측이 난무하는군요.

조직의 지원을 받다니, 완전히 헛짚었어.

날 도와준 사람은 여명이 얼마 안 남은 여자 한 명뿐이었으니까.

도박이었다. 이런 이야기를 믿어줄 것인가. 그리고 이런 계약을 받아들여줄 것인가. 그래도 난 있는 그대로 솔직하게 털어놓았다. 야마나카 레이코가 리나와 오타케를 죽였다는 것, 내가 얼굴을 바꾸고 야마나카 레이코에게 복수하기로 결심했다는 것, 그래서 맨션에서 성형수술 비용, 당장의 생활 자금, 복수 준비 자금을 가지고 왔다는 걸 슈트케이스에 든 돈을 보여주며 설명했다. 당연히 다니가와는 깜짝 놀랐다.

그러고 나서 드디어 계약을 제안했다.

앞으로 나는 다니가와 집에 은신한다. 그리고 다니가와와 똑같은 얼굴로 성형한다. 다니가와의 기자 일을 이어받아 생활하다 다니가와가 죽으면 완전히 신원을 바꾼다.

대신에 성형과 복수에 드는 비용을 제하고 나머지 돈은 전부 다니가와의 여생을 위해 남기겠다. 복수에 성공하고도 체포되지 않으면 내 반생을 그린 논픽션을 다니가와의 저서로 발표해도 상관없다. 물론 내 죽음의 진상은 절대로 쓰면 안 되지만, 그 이외에는 백 퍼센트 진실을 쓸 수 있으니 비업非業의 죽음을 맞은 배우의 논픽션으로서 틀림없이 히트를 치지 않겠느냐…….

이렇듯 이런저런 조건을 제시해 다니가와를 설득하면서도 역시 아주 무모한 아이디어였구나 싶었다. 그래도 이제 돌이킬 수 없다. 물론 계획이 실패하면 다니가와에게는 피해가 가지 않도록 하겠다고 약속했다.

다니가와는 몹시 망설였지만 결국 될 대로 되라는 듯 웃더니 이렇게 말했다.

"알았어요, 계약하죠. 나도 이대로 시시하게 인생을 끝내기보다 마지막으로 대담한 짓을 해보고 싶으니까."

이리하여 내 복수 계획은 시작됐다.

나는 그날부터 다니가와의 집에 숨어 지냈다. 그리고 기자 일과 다니가와의 목소리 및 몸동작을 배우 생활을 하며 익힌 기술을 총동원해 철저하게 습득했다. 앞으로 평생 이 역할을 연기하기 위한 궁극의 배역 연구였다.

병 때문에 다니가와의 일이 줄어든 건 솔직히 다행이었다. 바꿔치기할 준비가 다 되기 전에는 가능하면 사람과 만나고 싶지 않았다.

그래도 위험한 장면은 있었지만.

특히 주간지 기자가 취재하러 왔을 때는 전전긍긍했다. 그는 스캔들을 일으킨 유명인을 몇 명이나 취재해온 다니가와가 실은 스캔들의 흑막 아니냐는 얼토당토않은 주장을 들고 나왔다. 기자의 주장은 제쳐놓고 나는 아직 성형수술을 받지 않아 커다란 마스크로 얼굴을 감춘 게 전부라 정체를 들키는 게 아닐까 조마조마했다.

결국 삼류 기자는 눈치를 채지 못했고 기사도 물먹은 모양이지만, 다니가와 역시 상당히 걱정했던 모양이다. 나중에 그 주간지에 기사가 실리지 않은 걸 확인한 후 너무 안도한 탓인지 내가 우린 차를 잘못 삼켜서 가슴을 누르며 몸을 웅크린 채 몹시 컥컥거린 적이 있었다.

한편 성형수술.

그 기자가 다녀가고 이틀 후, 화상도 어느 정도 나았기에 모자와 마스크로 얼굴을 꼭꼭 감추고 슈트케이스를 지참해 블랙잭 선생님이 운영하는 미용성형의원에 갔다. 선생님은 만화 속 블랙잭처럼 냉정하달까 표정이 빈약한 오십 대 아저씨지만, 내가 나타난 걸 보고 깜짝 놀란 표정을 지었다.

"넌…… 이데 나쓰키!"

난 슈트케이스에 든 돈다발과 다니가와의 사진을 보여주고 고개를 숙이며 말했다.

"아무것도 묻지 말고 제 얼굴을 이렇게 바꿔주세요!"

선생님의 실력이 확실하다는 건 알지만, 범죄자의 얼굴도 바꿔줬다는 건 어디까지나 소문이었다. 혹시 여기서 신고라도 당하면 말짱 도루묵이었다.

선생님은 무표정한 얼굴로 쪼그려 앉아 슈트케이스에 든 돈다발을 헤아리기 시작했다. 덤덤히 다 헤아리고 나서 내 얼굴과 돈다발을 번갈아 보며 말했다.

"내 실력으로도 위험성이 있는 수술이고, 무엇보다 넌 내 회심의 작품 중 하나라 바꾸기는 아까워. 그리고 돈도 모자란데……."

"부탁드릴게요! 돈은 그게 다예요!"

난 눈물을 글썽이며 애원했다. 그러자 선생님은 나를 몇 초 바라보다가 입을 열었다.

"쩝, 없다는데 별수 있나."

그리고 웃음을 지으며 "알았어, 해줄게" 하고 말했다.

"감사합니다!"

나는 몹시 안도해 눈물을 흘리면서 몇 번이고 고개를 숙였다. 사실 다니가와의 치료비와 앞으로의 생활비, 그리고 복수 자금으로 슈트케이스에서 천만 엔 남짓 빼놓았지만 전 재산이라고 믿은 모양이다. 내 연기력의 승리였다.

그후 여섯 번의 수술을 거쳐 다니가와와 거의 완벽하게 똑같은 얼굴이 됐다. 나는 다니가와보다 열 살 넘게 어렸지만, 블랙잭 선생님은 피부도 적당하게 노화한 느낌을 내주었다. 마침내 난 얼굴뿐만 아니라 다니가와의 몸동작과 목소리도 거의 완벽하게 베꼈고, 업무 내용도 간신히 흉내 정도는 낼 수 있게 됐다.

다니가와도 처음에는 날 그다지 신용하지 않았던 것 같지만, 내가 얼굴을 바꾼 즈음부터 내 진심을 이해했는지 병마에 시달리면서도 협력해주었다.

난 이제 혼자가 아니었다. 다니가와 외에도 의지할 만한 협력자를 얻어 단숨에 야마나카 레이코의 정보를 조사했다. 다니가와는 한때 조사 보도 기자였던 가락으로 야마나카 레이코의 주소는 물론, 그녀가 드나든 탐정 사무소까지 알아냈다. 아무래도 야마나카 레이코는 그 탐정에게 내 주소 등을 조사시킨 모양이었다.

하지만 너무 무리한 탓인지 결국 다니가와에게 한계가 왔다.

지금으로부터 두 달쯤 전, 다니가와는 집에서 쓰러져 평소 다니던 병원에 구급차로 실려 갔다. 얼굴이 똑같이 생긴 내가 다니가와의 유일한 육친인 쌍둥이 동생 행세를 하며 면회를 가자, 다니가와는 “이제 틀렸나 봐” 하고 말했다. 나는 “그런 말씀 마세요” 하고 달랬지만 순식간에 상태가 악화돼 입원한 지 고작 열흘 만에 다니가와는 세상을 떠났다.

의료비를 다소 지원해주었다고는 하나 결과적으로 내가 다니가와의 수명을 단축시켰는지도 모르겠다. 다만 다니가와가 병상에서 이렇게 말해준 것이 그나마 위안이었다.

“죽기 전에 이렇게 재미있는 일을 할 수 있어서 기분 최고였어. 앞으로도 잘해.”

난 그 말을 가슴에 새기고 사망에 관련된 절차를 밟은 후 다니가와가 알아낸 ‘도노 탐정 사무소’를 찾아갔다.

거기서 비로소 알았다. 야마나카 레이코가 히로야의 어머니라는 걸.

따지자면 내가 히로야를 죽인 것에서부터 모든 일이 시작된 모양이다. 하지만 야마나카 레이코에게 나쁜 짓을 했다는 생각은 손톱만큼도 안 들었다. 그건 정당방위였으니까. 잘못한 건 히로야니까. 그런 빈대 같은 놈을 낳아놓고 도리어 나를 원망하다니, 적반하장도 유분수다 싶었다.

다만 나를 죽일 계획 자체는 야마나카 레이코가 단독으로 세웠지만, 그 빌미를 제공한 건 정보를 넘긴 도노였다.

그래서 난 도노와 거래를 했다.

당신이 맡은 조사가 살인 사건의 빌미를 제공했다는 사실을 퍼뜨리지 않는 대신에 내 의뢰를 받아달라고…….

히비키 그건 그렇고 '수수께끼의 여자 R'와 한번 만나서 이야기를 들어보고 싶네요. 그 사건의 진상만 가지고도 다섯 권짜리 시리즈를 그릴 수 있을 것 같아요.

야마나카 음, 다 그리기 전에 배후 조직에게 제거될지도 모르지만요(웃음).

전혀 웃을 일이 아니지만.

히비키 그렇지만 우리같이 창작을 업으로 삼는 사람한테는 '작품을 위해서라면 죽어도 좋다'는 식의 좀 유별난 부분이 있잖아요. 저는 정말로 어릴 적부터 이상한 놈이었다니까요.

야마나카 어머, 그래요? 지금은 멀쩡해 보이는데요.

히비키 그야 공식적인 자리니까요(웃음). 어릴 적에는 친구 엄마가 "쟤랑 놀면 안 돼" 하고 어울리지 못하게 할 정도였어요.

야마나카 참 별났었나 보네요(웃음). 구체적으로 어땠길래요?

히비키 집 근처에 커다란 슈퍼가 있었는데, 장을 보고 돌아가는 근처 아주머니를 집까지 미행하거나…….

야마나카 그건 변태잖아요(웃음).

히비키 초등학생 때였으니까 봐주십쇼(웃음). 하지만 재미있었어요. 끝까지 따라가보면 부자로 보이는 아주머니가 꾀죄죄한 집에 살기도 하고, 그 반대도 있고요.

다니가와 인간을 관찰하는 히비키 씨의 안력은 그런 놀이를 하면서 길러졌는지도 모르겠네요.

히비키 그렇게 말씀하시면 듣기에는 좋지만, 지금 생각해보니 그냥 변태네요(웃음).

세 살 버릇 여든까지 간다는 속담이 있지. 난 어릴 적부터 미행을 아주 좋아했어.

그 버릇이 심해져서 결국 탐정이 된 거야.

수입은 다소 적은 편이었지만 얼마 전까지 내 일은 순조로웠다. 특히 변장을 자유자재로 활용해 잠입 조사에 일가견이 있다고 정평이 난 덕분에 삼 년 전에 독립해 내 사무소까지 차렸다.

그런데 설마 내 조사 때문에 살인 사건이 벌어질 줄이야. 야마나카 레이코가 진심으로 이데 나쓰키를 죽일 마음을 먹을 줄은 몰랐다. 결과적으로 이데 나쓰키는 죽지 않았지만 오타케 도시야와 에모토 리나가 죽은 계기는 내가 만든 셈이다.

당장의 돈 욕심에 이데 나쓰키의 주소를 야마나카 레이코에게 알려준 것이 실수였다. 예전에 탐정이 스토커의 살인에 도움을 준 사건이 발생한 뒤로 탐정의 위법 행위를 비난하는 여론이 거세졌다. 이 일이 경찰에 들통나면 사무소는 영업 허가가 취소되고 나는 쇠고랑을 찰 팔자였다.

하지만 그걸 살해당할 뻔한 이데 나쓰키 본인에게 들었을 때는 놀랐다. 어느 날 갑자기 낯선 중년 여자가 사무소에 와서 자기가 이데 나쓰키라기에 처음에는 완전히 정신이 나갔구나 싶었지만, 자세한 이야기를 듣고 눈앞이 캄캄해졌다. 그리고 살인에 관여했다는 걸 폭로당하기 싫으면 협력하라고 협박했다.

그런 경위로 지금 이렇게 변장을 하고 여기 있는 것이다.

야마나카 레이코가 최근 푹 빠졌다고 공언한 『도쿄 디스토피아』. 조사해본바 작자인 히비키 다쓰오는 얼굴 사진을 일절 공개하지 않았다. 즉, 내가 변장하고 히비키 다쓰오 행세를 하면 팬인 야마나카 레이코도 간파할 방법은 없는 셈이다.

물론 예전에 야마나카 레이코와 만났으니 완벽하게 변장할 필요가 있었고, 『도쿄 디스토피아』도 꼼꼼히 읽고 내용을 숙지해야 했다. 다행히 지금까지는 꼬리가 드러나지 않았다. 이대로 계속하면 어떻게든 제 역할을 다할 수 있으리라.

그렇지만 정말로 힘든 건 이다음이다.

자신이 여기서 야마나카 레이코를 죽이고 나면 힘을 합쳐 시체를 처분해달라는 것이 이데 나쓰키가 의뢰한 내용이다.

이 대담은 순 거짓부렁이다. 클릭 브로드캐스트라는 인터넷 방송은 존재하지 않는다. 이 스튜디오도 허름한 빌딩의 공실을 내가 자비로 빌려서 벽, 바닥, 천장을 급히 공사했다. 카메라도 두 대 돌아가고는 있지만 스태프는 모두 내가 고용한 양아치다. 나같이 음지에서 벌어먹는 인간이 깨끗한 일만 할 수는 없으므로 예전부터 이런 작자들과 알고 지내기는 했지만, 이런 일을 부탁하기는 처음이었다.

살인의 계기를 제공했다는 이유로 다른 살인에 관여하는 건 본의가 아니지만, 탐정은 의뢰인의 분부에 반드시 따라야 하니까 어쩔 수 없다.

그나저나 죽은 다니가와 마이코라는 프리랜서 기자와 얼굴을 똑같이 뜯어고치고, 이런 가짜 방송까지 만들어가며 야마나카 레이코를 죽이려 하다니 이데 나쓰키도 제정신은 아니다. CCTV가 없는 빌딩으로 야마나카 레이코를 유인해 죽이는 게 완전범죄를 달성하기에 좋은 방법이기는 하다. 하지만 그렇다면 칼로 찌르거나 목을 졸라 평범하게 죽이는 편이 훨씬 간단할 텐데, 이데 나쓰키는 그 정도 가지고는 성이 안 차는 모양이다. "야마나카를 최대한 괴로운 방법으로 죽이고, 그 얼굴을 감상하고 싶어"라고 했는데, 아무래도 심리 상태가 많이 이상해진 것 같다. '리벤저스 하이'라고나 할까.

그런 경위로 받아들인 의뢰지만…… 솔직히 난 지금 최고로 즐겁다.

역시 남의 뒤를 캐거나 남을 속이는 짓을 뼛속부터 좋아하는 거겠지. 미행하는 버릇이 지나쳐서 탐정이 됐고, 몰래카메라 방송에도 사족을 못 써. 생각해보면 불륜 조사보다 목숨이 달린 몰래카메라를 기획하는 게 훨씬 스릴 있다. 이만큼 가슴이 두근대고 설레는 건 탐정 일을 시작하고 처음이다.

기꺼이 사람을 죽이는 취미는 없다. 하지만 죽이라는 의뢰를 거절할 수 없는 상황에 처한 이상, 평생에 한 번 귀중한 경험이라 생각하고 차라리 한껏 즐기기로 마음을 정했다.

드디어 이 몰래카메라의 하이라이트가 시작된다. 이제 그 비장의 카드가 나올 때가 됐다. 과연 잘되려나. 지금까지는 순조로웠지만 방심은 금물이지…….

다니가와 야마나카 씨는 어릴 적에 별난 취미가 없으셨나요?

야마나카 네, 히비키 씨만큼 임팩트 있는 취미는 없었어요(웃음).

다니가와 어릴 적부터 소설을 썼다거나, 살인 트릭을 고안했다거나…….

야마나카 그렇게 위험한 애는 아니었는데(웃음). 책을 좋아하는 평범한 아이였죠.

다니가와 하지만 지금은 별난 취미가 있다고 들었는데요.

히비키 어, 그래요?

오, 이데 나쓰키가 화제를 돌리는군. 자, 여기가 고비야.

다니가와 야마나카 씨는 '세상에서 제일 맛없는 먹거리'를 모으는 게 취미시라면서요.

야마나카 어머나, 누구한테 들었어요(웃음).

다니가와 편집자와 관계자를 취재했죠(웃음). ……그래서 실은 오늘 야마나카 씨도 아직 구하지 못하셨을 먹거리를 준비했습니다.

야마나카 엇, 이거 그런 방송이에요?

잠깐, 잠깐. 아까까지 진지하게 이야기하다가 갑자기 예능 프로 같은 코너를 한다고? 사전에 보여준 대본에 "서프라이즈 코너도 있음"이라고 적혀 있기는 했지만, 그래도 너무 갑작스럽잖아. 역시 인터넷 방송은 아직 시행착오가 많은가 보네.

다니가와 지금 AD가 가져온 페트병이 필리핀에서 판매중인 '세상에서 제일 맛없는 스포츠 음료'인데요. 야마나카 씨, 알고 계셨나요?

야마나카 아니요, 스포츠 음료는 처음이네요.

어쩐지 불안하네. 이걸 가져온 AD도 인상이 엄청 더러웠고.

다니가와 세 병을 준비했으니 다 함께 마셔보시죠.

히비키 어, 저도요?

놀란 척하는 것도 계획에 포함돼 있었지. 자, 뒷일은 맡긴다.

다니가와 걱정 마세요. 저도 마실 테니까요(웃음).

자, 마셔라, 야마나카 레이코.

설마 음료에 독성이 강한 농약이 들어 있을 줄은 상상도 못 하겠지.

나는 야마나카 레이코를 어떻게 죽일지 여러모로 궁리했다. 그냥 밤길에 숨어 있다가 칼로 찌르거나 차로 치어 죽일까……. 하지만 그래서는 만족스럽지 못한 점이 있었다.

일단 실패할 가능성이 있다. 나도 과거에 사람을 두 명 죽여봤지만, 두 번 다 다른 사람의 눈이 없는 내 방이 범행 현장이었다. 목격될 가능성이 있고 불확정 요소가 많은 방법으로는 살인에 성공할 자신이 없었다.

그리고 야마나카 레이코에게 최대한 고통을 주어야 속이 시원할 것 같았다. 가령 성공할 확률이 높더라도 고통 없이 즉사하는 방법은 논외였다.

야마나카 레이코는 그렇게나 착하고 아무 잘못도 없는 리나를 하필이면 그렇게 끔찍한 방법으로 죽였으니까. 불타 죽는 건 온갖 죽음 중에서도 제일 괴롭다고 인터넷에도 적혀 있었다. 그러니 야마나카 레이코도 똑같은 고통을 맛봐야 마땅했다.

하지만 야마나카 레이코를 불태워 죽이기는 몹시 어려웠다. 일단 그녀가 고안한 가짜 소화기 같은 덫은 하나도 생각이 안 났다. 그렇다고 집에 불을 지르면 야마나카 레이코는 구조되고 다른 사람이 화재에 휘말릴 가능성도 얼마든지 있었다.

그렇다면 역시 독살밖에 없지.

인터넷에서 찾아보니 불타 죽는 것과 독을 먹고 죽는 것이 고통스러운 죽음 1, 2위를 다투는 모양이었다. 그래서 우리가 가짜 소화기에 속은 것처럼, 야마나카 레이코가 자발적으로 독을 먹으면서 완전범죄도 성립할 수단은 없을까 고심했다.

그리하여 탄생한 것이 이 방법이었다.

야마나카 레이코는 요즘 '원숙한 미녀 작가'라고 치켜세워주는 게 좋은지, 아니면 단지 돈 욕심 때문인지 연예인이라도 된 양 텔레비전에 자꾸 출연한다. 뭐, 드라마 연기는 엉망이었으니 더이상 출연 제의가 들어오지 않겠지만 예능 프로에는 지금도 종종 불려 나간다. 분명 연예인에 비해 단가가 낮고 문화인치고는 비교적 다루기가 수월해서겠지.

야마나카 레이코는 극악무도한 살인귀의 본성을 지녔지만, 생긴 게 반반하고 예능 프로에서도 분위기를 잘 파악해 행동하는 타입이다. 한번은 퀴즈 프로 벌칙으로 아주 매운 요리를 먹기도 했다. 게다가 그녀는 <마녀의 도망>이 개봉하기 전에 나하고 대담할 때 세상에서 제일 맛없는 먹거리를 모으는 게 취미라고 했다. 그게 생각났을 때 좋은 아이디어가 번뜩였다.

가짜 텔레비전 방송에 야마나카 레이코를 불러놓고 세상에서 제일 맛없는 먹거리라는 설정으로 맹독을 준비해, 먹지 않으면 안 될 분위기로 몰고 가면 독을 먹지 않겠느냐는.

물론 진짜 방송국은 못 쓰니까 인터넷 방송으로 설정했다. 고육지책이었지만 오히려 잘됐다. 이러면 상가 빌딩의 공실에 차린 스튜디오가 다소 허술해도 변명이 가능하다. 무엇보다 거기로 야마나카 레이코를 꾀어내 죽이면 적어도 죽이는 순간은 외부인에게 목격당하지 않는다.

가짜 방송 준비가 끝나자, 좋아하는 만화가와 대담만 하면 높은 출연료를 받을 수 있다는 솔깃한 이야기로 야마나카 레이코를 꾀어내는 일만 남았다.

조사해보니 야마나카 레이코는 연예기획사 소속이 아니었고, 매니저를 쓸까 검토는 한 모양이지만 아직은 없었다. 즉, 출판사 등을 통하지 않고 야마나카 레이코와 직접 연락해 꾀어내면 행방불명돼도 무슨 사정인지 아무도 모를 터였다.

야마나카 레이코를 게스트로 부른 가짜 방송은 작전대로 순조롭게 진행됐고 마침내 지금 맹독이 든 스포츠 음료를 마시기 직전이다. 좋아, 이제 다 왔다.

웩웩 토하고 바닥을 뒹굴며 괴로워하는 야마나카 레이코에게 모든 내막을 밝히는 거야. 죽음을 앞둔 야마나카 레이코의 비참하고 꼴사나운 얼굴을 상상하며 오늘까지 애써왔으니까.

그리고 그 모습을 카메라에 담아야지. 여기서는 야마나카 레이코가 죽어가는 모습을 당당하게 촬영할 수 있어. 꼭 찍어놔야지.

후후후, 야마나카 레이코 이 어리석은 것. 당신은 여기 온 시점에 독 안에 든 쥐였어. 자, 빨리 그 음료를 마셔…….

야마나카 우와, 냄새도 독하네요.

불길한 예감이 드는데. 아니, 불길한 예감밖에 안 들어. 옛날에 내가 딱 이런 방법으로 다카시와 유코를 죽였는걸. 하지만 설마 이런 데서 날 죽이기야 하겠어. 눈 딱 감고 꿀꺽 마시자. 생방송이니까 괜히 시간 끌면 안 되잖아. 하지만 격한 거부감이 드는걸.

히비키 정말이네요. 엄청나요(웃음).

드디어 클라이맥스다. 나도 긴장되는군.

다니가와 그럼 셋이 한 번에 마실까요?

뭘 꾸물거려. 빨리 마셔.

야마나카 네? 아아, 네…….

마시기 싫은데. 하지만 안 마시면 분명 다들 이상하게 여기겠지. 아아, 하지만 도저히 못 마시겠어. 싫어, 무서워, 어쩌지.

속았지롱.

이만하면 됐으려나.

선생님, 내 연기 어땠어요?

얼마 전에 내 소설을 원작으로 한 드라마 <살의의 레슨>에 특별 출연했는데, 생각보다 훨씬 평이 안 좋았어. 나름대로 괜찮았다 싶었는데 자신감이 과했나 봐.

뭐, 연기자로서는 아마추어니까 남의 의견을 겸허하게 받아들여야겠지. 내게는 연기 재능이 없으니 다시는 드라마에 출연하지 않기로 맹세했어.

그런데 또 연기를 해야 할 상황에 처했지 뭐야.

하는 수 없이 그 분야의 프로에게 배우기로 했지.

이데 나쓰키 선생님, 예전에 <마녀의 도망> 개봉을 앞두고 나랑 대담했을 때 연기에 대해 이렇게 말씀하셨죠.

"오히려 연기를 하겠다는 마음을 버리고, 진심으로 캐릭터와 동화되어 그 상황에서 캐릭터가 할 생각과 느낄 감정을 고스란히 받아들이면 저절로 좋은 연기가 나오죠."

처음 들었을 때는 뭐가 그리 잘났다고 연기 운운하느냐, 일할 때는 시간을 엄수한다는 최소한의 상식부터 지키라고 생각했지. 하지만 나중에 이런 상황에 처하자…… 그 말이 의지가 되더군.

그래서 오늘 당신의 연기론을 실천해본 거야.

이런 상황에서 내가 연기할 캐릭터가 할 생각과 느낄 감정을 고스란히 받아들였지. 덧붙여 내가 연기할 캐릭터는…….

프리랜서 기자 다니가와 마이코 행세를 하는 이데 나쓰키가 눈앞에서 자신을 죽이려 한다는 걸 꿈에도 모르는 채 그저 '수수께끼의 여자 R'를 두려워하는 야마나카 레이코.

설정이 좀 복잡하지만 나 자신이야.

어땠어요, 선생님? 내 연기를 꿰뚫어 보셨나요?

아무래도 아닌 것 같네.

뭐, 당신도 일생일대의 연기를 하는 중일 테니 설마 나도 연기중이라는 걸 알아차릴 여유는 없겠지. 하지만 당신의 연기론도 큰 도움이 됐어. 오늘 연기해보니 아주 자연스러운 연기가 나왔다는 실감이 들고, 연기의 심오함을 약간은 맛본 것 같아.

대단해, 이데 나쓰키. 내가 목숨을 걸고 죽이기에 모자람이 없는 상대야.

하마터면 큰일 날 뻔했지. 최근까지 정말로 당신이 죽은 줄 알고 '수수께끼의 여자 R'에게만 촉각을 곤두세웠으니까. 당신이 내 덫을 피해 살아 있다는 것, 당신으로 추정되는 시체는 에모토 리나라는 것, 당신이 내 목숨을 노리고 있다는 것……. 전부 그가 알려줬어.

그나저나 당신이 날 죽이기 위해 떠올린 아이디어가 십삼 년 전에 내가 다카시와 유코를 죽인 방법과 똑같다는 걸 알았을 때는 스스로가 한심해지더군. 명색이 미스터리 작가인데 아마추어라도 떠올릴 방법을 사용했다는 거잖아.

그래서 그에게 많은 보수를 제시하고 의뢰했지.

"내가 당초 계획한 대로 이데 나쓰키를 확실하게 죽여줘요" 하고.

내 살인 계획이 실패로 끝나는 건 용납할 수 없거든…….

다니가와 자, 야마나카 선생님. 한 모금 쭉.
왜 이래? 분위기 좀 파악하고 빨리 마셔. 벌써 방송 사고 수준으로 시간을 끌었다고.

야마나카 음…….

후후후, 이데 나쓰키. 속 좀 타겠네. 이제 다음 행동에 나서겠지. 그리고 그 행동이 명줄을 재촉할 거야.

다니가와 그럼 제가 먼저 마실까요?

어휴, 이러면 안 마시고는 못 배기겠지.

야마나카 미안해요.

끝이다, 이데 나쓰키.

다니가와 욱…… 쏟았네요, 죄송해요.

으아, 뭐야 이 냄새?

히비키 어, 괜찮으세요?

이데 나쓰키, 하나 알려줄게. 탐정은 의뢰인의 분부에 반드시 따라야 해.

하지만 돈도 내지 않고 탐정을 협박하는 인간은 의뢰인이 아니지.

현재 내 진짜 의뢰인은 야마나카 레이코야.

역시 난 남의 뒤를 캐거나 남을 속이는 짓을 뼛속부터 좋아하는 거겠지. 원래 미행이 버릇이 지나쳐서 탐정이 됐고, 몰래카메라 방송에도 사족을 못 써.

야마나카 레이코는 이 가짜 대담에 속아 넘어간 척한 거야. 즉 이건 역몰래카메라인 셈이지. 진짜 목표물은 이데 나쓰키고.

그나저나 살인에 관여했다는 걸 폭로당하기 싫으면 협력하라니, 이데 나쓰키도 공갈이 너무 어설펐다. 야마나카 레이코가 살인을 저지르는 계기를 내가 제공했다는 걸 폭로한다, 즉 두 사람이 불타 죽은 사건의 진상을 밝히겠다는 뜻이다. 그럼 결국 이데 나쓰키가 살아남았다는 것도 공개해야 한다. 죽은 걸로 위장해 야마나카 레이코에게 복수하려는 이데 나쓰키가 그럴 리 없다.

다만 이판사판으로 나오는 사람은 무섭다. 섣불리 협박을 무시했다가 자포자기해서 폭주라도 하면 더 골치 아프다. 그렇다고 시키는 대로 하면 약점을 제대로 잡았다는 생각에 앞으로도 공짜로 부려먹으려 할지 모른다. 그래서 협박에 굴복한 척하다가 마지막에 배신하기로 한 것이다. 그 결과, 반대로 야마나카 레이코에게 이데 나쓰키를 살해해달라는 의뢰를 받았지만.

살인의 계기를 제공했다는 이유로 다른 살인에 관여하는 건 본의가 아니지만, 탐정은 의뢰인의 분부에 반드시 따라야 하니까 어쩔 수 없다.

더욱이 야마나카 레이코는 이 역몰래카메라의 필요 경비 외에도 보수를 두둑하게 챙겨주었다. 날 협박한데다 돈도 주지 않고 부려먹으려 한 누군가와는 아주 다르다.

물론 기꺼이 사람을 죽이는 취미는 없다. 하지만 죽이라는 의뢰를 거절할 수 없는 상황에 처한 이상, 평생에 한 번의 귀중한 경험이라 생각하고 차라리 한껏 즐기기로 마음을 정했다.

"내가 당초 계획한 대로 이데 나쓰키를 확실하게 죽여줘요."

야마나카 씨. 당신의 그 의뢰, 곧 이루어드리겠습니다.

야마나카 레이코는 좀처럼 페트병에 입을 대려 하지 않았다. 전부 미리 상의한 대로다. 게다가 마지막까지 이데 나쓰키의 계획을 사전에 알아차린 것처럼 보이지 않도록 불안한 표정을 유지했다. 드라마에 나왔을 때하고는 연기가 천지 차이였다.

보다 못한 이데 나쓰키가 먼저 페트병을 입에 댔다. 내용물은 보통 스포츠 음료지만, 야마나카 레이코를 속이기 위해 고약한 냄새가 나는 향신료를 넣었다고 이데 나쓰키에게 설명해두었다. 실제로 강한 향료를 섞었으므로 수상하게 여기지 않은 모양이다.

하지만 이데 나쓰키는 페트병을 입에 대자마자 놀라서 내용물을 옷에 잔뜩 쏟았다.

그야 그렇겠지. 휘발유를 어떻게 마시겠어.

벽, 바닥, 천장에 방화재를 붙여서 급히 리모델링 공사를 하느라 얼마나 애를 먹었는지.

의자에서 일어난 야마나카 레이코가 뒤로 물러나 안전 거리를 확보했다. 동시에 나도 일어서서 내 페트병 내용물을 이데 나쓰키에게 끼얹었다. 물론 이것도 휘발유다.

나도 안전 거리로 물러나 호주머니에서 재빨리 지포라이터를 꺼내 불을 켠 후, 깜짝 놀라 굳어버린 이데 나쓰키에게 휙 던졌다.

그때였다. 시야 오른쪽 구석에서 느닷없이 검은 형체가 나타났다…….

죽은 줄 알았던 나쓰키가 완전히 다른 얼굴로 내 앞에 나타났을 때는 놀랐어.

그 얼굴로 "도몬 씨, 실은 저 이데 나쓰키예요"라고 해서 처음에는 이상한 팬이라고 생각했지. 하지만 이야기를 듣고 진짜라는 걸 알았어.

분명 나쓰키 목소리였고, 그 쫑파티 이야기를 했거든.

『너의 옆얼굴』이라는 만화를 원작으로 한 영화의 쫑파티에서 술김에 에모토 리나가 내 딸이라고 말실수를 했다. 다들 안 믿을 줄 알았건만, 영화 주연이었던 나쓰키만은 내 이야기가 진실이라는 걸 나중에 알아차렸다고 한다.

하지만 쫑파티 때는 나쓰키도 유리코와 면식이 없었고, 그 뒤에 드라마에 함께 출연한 걸 계기로 친해졌다는 모양이다. 나쓰키는 유리코 본인에게 어머니 이름이 교코라는 것과 교코의 심장이 약했다는 것, 그리고 유리코가 걸고 다니는 하트 모양 목걸이가 교코의 유품이라는 이야기를 들었다고 한다. 난 전혀 기억이 안 나지만 그건 전부 내가 취해서 지껄인 이야기와 똑같았다. 그래서 나쓰키는 내 이야기가 진짜라고 확신했다.

나쓰키는 독단으로 그 사실을 유리코에게 말할 수는 없다고 판단해 입을 꾹 다물었다. 그렇게 친했던 것치고 유리코는 나쓰키에게 본명을 알려주지 않은 모양이지만. 뭐, 너무 일찍 떠서 연예계의 관습도 몰랐던 거겠지.

아무튼 다른 사람 얼굴로 성형한 나쓰키가 날 찾아와서 그런 이야기를 한 것만으로도 놀랄 지경이었다.

그리고 다음 이야기를 듣는 순간 내 인생은 끝났다.

유리코가 나쓰키 대신 죽었다더군.

대체 무슨 일이 있었는지, 어떤 경위로 유리코가 죽었는지 숨김없이 말해달라고 하자 나쓰키는 전부 이야기해주었다. 놀랄 만한 내용을 다 듣고 난 후 나는 바로 요청했다.

나도 복수에 끼워달라고.

당연하다. 야마나카 레이코를 죽이지 않고서는 나중에 편히 눈을 못 감을 것 같았다. 야마나카 레이코는 순수하고 천사 같았던 유리코를 죽인 악마니까.

난 나쓰키와, 나쓰키에게 얼굴을 준 말기 암 프리랜서 기자와 행동을 함께하기로 했다. 하기야 난 악역 연기자로 얼굴이 팔려서 조사를 도우려도 변장해야 했고, 도중에 지방 무대 공연 스케줄이 생겨서 큰 힘은 되지 못했지만.

그래도 가짜 인터넷 방송으로 야마나카 레이코를 꾀어낸다는 작전이 결정된 후로는 연줄을 사용해 야마나카 레이코에게 매니저가 없다는 사실을 알아내고, 중고 카메라를 입수하고, 가짜 대본 작성을 주도하고, 감독으로 변장해 야마나카 레이코와 미팅을 하는 등 조금은 공헌했지.

야마나카 레이코의 스포츠 음료에 넣은 강력한 농약은 내가 본가 창고에서 슬쩍한 거야. 요즘은 이런 농약을 구입하기가 몹시 까다롭지만 옛날부터 농사를 짓던 시골 농가의 창고에는 아직 무더기로 보관돼 있거든. 그걸 가지러 본가에 갔더니 늙으신 어머니와 동생 가족이 어찌나 반기던지, 가슴이 아프더라.

난 오늘 본방에 불참할 예정이었어. 비록 완전범죄를 꾀한다지만, 만에 하나 계획에 차질이 생겼을 때 현역 연기자인 내가 현장에 있으면 사태가 걷잡을 수 없을 거라며 나쓰키가 배려해줬지. 대신에 야마나카 레이코가 죽어가는 모습을 녹화해서 나중에 보여주겠다고 했어.

하지만 나쓰키의 만류에도 불구하고 결국 오늘 여기에 왔지. 도노라는 탐정이 스태프 역할로 데려온 양아치들은 일당을 받고 고용돼 서로 면식이 별로 없는지 변장한 내가 끼어들어도 신경도 안 쓰더군.

내가 오늘 온 이유는 두 가지야. 하나는 유리코의 원수를 갚는 순간을 현장에서 똑똑히 확인하고 싶어서.

그리고 또 하나. 실은 걱정이 가시질 않더라고.

도노라는 탐정이 이쪽에 붙은 것처럼 행동하면서 뭔가 못된 짓을 꾸미고 있는 것 같아. 뭐, 근거다운 근거도 없는 감일 뿐이지만, 내 감은 무시할 게 못 되거든. 오타케 도시야의 정체도 꿰뚫어 봤는걸.

그래서 만약 탐정이 배신하거나 뜻밖의 사태가 발생할 경우에 대비해 탐정의 눈에 띄지 않는 스튜디오 구석에 대기하고 있었어. 비밀 무기도 준비해서 말이야.

일단 버튼식 잭나이프를 바지 호주머니에 넣어놨지. 여차하면 이걸로 야마나카 레이코를 찔러 죽이는 거야. ……하지만 탐정이 배신하면 양아치들도 가세할 테니 칼 한 자루로는 상대가 안 되겠지.

그럼 더 강력한 무기가 있어야 할 텐데. 하지만 지금까지 드라마와 영화에서는 총을 수백 발이나 쏴댔지만, 당연히 진짜 권총은 안 가지고 있어.

그러니 내가 입수할 수 있는 가장 강력한 무기는 이것밖에 없었지.

연예계의 밑바닥을 기던 시절, 아르바이트를 하다가 출세해 여러 자격증을 땄고 창고 열쇠도 맡아서 관리했지. 그 창고는 유사시에도 별문제가 없도록 교외의 넓은 들판 한가운데 지었는데, 삼십 년 가까이 지난 지금도 거기 있더군.

여전히 보안 의식이 개판이라 CCTV도 없고 자물쇠도 안 바꿨더라고.

나는 당시 열쇠 관리를 맡은 걸 기회 삼아 몰래 여벌 열쇠를 만들었지. 일할 때 말고는 열쇠를 사무소에 반납해야 하지만 여벌 열쇠가 있으면 언제든지 창고에 드나들 수 있잖아. 동거하던 교코가 집을 나간 후 오디션에서 재수 없는 연출가에게 모진 말을 듣고, 연출가를 끔찍하게 죽여서 유명해지겠다는 생각을 진심으로 했었거든. 교코의 편지 덕분에 나쁜 생각을 버렸지만 여벌 열쇠는 어쩐지 버리기도 그래서 계속 가지고 있었어. 설마하니 이제 와서 그걸 쓸 줄은 몰랐네.

그저께 심야에 차로 창고에 가서 예전에 그러려고 했던 것처럼 그 물건을 훔쳤어. 그걸 배에 두르고 재킷을 입자 배가 엄청 나와 보이더군. 하지만 겉보기는 볼품없을지 몰라도 위력은 끝내줘. 어쩌면 이 건물이 무너질지도 몰라. 터널을 팔 때 거대한 암반을 날려버리기 위해 사용하는 거니까.

물론 재킷에 정전기 방지 가공은 했어. 설마 이제 와서 '화약류 취급 보안 책임자' 자격증을 딸 때 공부했던 걸 써먹을 줄은 몰랐네.

오른쪽 호주머니에서 라이터를 꺼내 재킷 오른쪽 옷자락 밑으로 빼놓은 도화선에 재빨리 불을 붙이는 연습도 해뒀지. 여차하면 야마나카 레이코를 끌어안고, 나쓰키를 어떻게든 피신시킨 후 나머지는 모조리 저승길 동무로 삼으려고.

목숨을 걸 각오로 일부러 이런 물건까지 준비했는데, 막상 본방이 시작되자 가짜 방송은 순조롭게 진행됐어. 탐정이 수상하다는 내 생각이 지나쳤나 싶어 김이 좀 빠졌지.

그리고 드디어 야마나카 레이코가 제 손으로 독을 먹을 순간을 맞이한 바로 그때.

나쓰키가 페트병 내용물을 잔뜩 쏟았어. 동시에 야마나카 레이코가 일어나서 뒤로 물러났지. 탐정도 일어서서 페트병 내용물을 나쓰키에게 끼얹…… 분명 시나리오와는 다른 상황이었어.

나는 나쓰키를 지키려고 달려갔지.

나쓰키는 투명한 액체를 뒤집어쓴 채 멍하니 탐정만 바라봤어.

탐정이 호주머니에서 은색 물체를 꺼내 나쓰키에게 던졌어.

난 그게 뭔지도 모르고 일단 잡으려고 반사적으로 오른손을 뻗었어.

하지만 닿지 않더군. 그건 그대로 나쓰키를 향해 날아갔어.

그 직후. 뒤에서 엄청난 열풍이 불어와 영문도 모르고 바닥에 엎어졌지.

나쓰키가 단말마의 비명을 질렀어.

동시에 야마나카 레이코가 실성한 듯 웃는 소리가 울려 퍼졌고.

하지만 화상을 입은 내 오른쪽 귀 제일 가까이에서 들린 건, 도화선이 힘차게 치이이익 타들어가는 소리였어.

Epilogue

실화 진상

6월 20일 호

신주쿠 빌딩 폭파 사건
수수께끼투성이의 진상에 다가선다!

4월 18일에 발생해 여섯 명이 사망하고 일흔아홉 명이 중경상을 입은 신주쿠 노던 빌딩 폭파 사건.

사망한 여섯 명의 시신은 폭발의 여파로 크게 손상되어 처참하기 이를 데 없었다고 한다. 또한 칠 층 건물 5층에서 발생한 폭발로 위아래층이 파괴돼 약 한 시간 후에 빌딩 위쪽 절반이 무너져 내렸다. 신속한 대피와 구조 활동이 없었다면 희생자는 더욱 늘어났을 것이다.

다이너마이트를 터뜨렸다고 추정되는 연기자 도몬 도루(본명 우메노 신지) 용의자는 사망하여 서류송검됐다. 한편 폭발 당시 5층에 있던 사람들 중 유일하게 살아남았지만 의식불명의 중태였던 19세 소년이 지난 6월 11일에 의식을 회복했다. 경찰은 부상이 회복되기를 기다렸다가 진술을 들을 방침이지만, 현재 대화는 곤란한 상태라고 한다.

앞으로도 소년의 상태가 호전되지 않으면 사건은 미궁에 빠질 우려가 있다. 새로운 사실이 밝혀질 때마다 진상의 윤곽이 점점 흐려져 수사가 난항을 거듭하고 있기 때문이다.

그런 가운데 조금이라도 사건의 진상에 다가가기 위해 다시금 사건의 경과를 정리해보았다.

사망자 가운데 '수수께끼의 여자 R'

빌딩 폭파 사건의 사망자 가운데 처음으로 DNA형이 확인된 사람은 '이데 나쓰키·오타케 도시야 살해 사건'의 범인으로 추정되는 '수수께끼의 여자 R'였다. 시신 중 한 구의 DNA형이 이데 나쓰키의 집에 남아 있던 지문에서 검출된 '수수께끼의 여자 R'의 DNA형과 일치한 것이다.

그녀의 시신에는 다른 시신에서는 찾아볼 수 없는 특징이 있었다. 바로 산 채로 휘발유를 붓고 불태운 흔적이다.

도몬 도루와 야마나카 레이코 사망의 수수께끼

사망자 가운데 두 명이 연기자 도몬 도루와 작가 야마나카 레이코로 판명됐다. 특히 도몬의 시신은 머리와 다리 일부가 거의 사라졌을 만큼 손상이 심해, 도몬이 폭발물을 몸에 두른 채 자폭했을 가능성이 부상했다. 또한 도몬이 예전에 일했던 건설 회사 창고에서 다이너마이트가 분실됐고, 사건 이틀 전에 창고 쪽으로 차를 몰고 가는 모습이 CCTV와 N시스템에 포착돼 그 혐의가 짙어졌다. 한편 위험물을 소홀하게 관리한 건설 회사도 비판을 받았으며 나중에 건설 회사 사장이 화약류 취급법 위반 등의 혐의로 서류송검됐다.

덧붙여 도몬은 범행 한 달쯤 전에 본가에 갔었다. 당시 어떻게 보였느냐고 도몬의 남동생에게 물어보자 "그러고 보니 조금 절박해 보였다"라고 대답했다.

한편 야마나카 레이코는 당초 사건 현장에 있었던 이유가 불분명했다. 하지만 야마나카의 자택 근처 카페 주인이 "야마나카가 사건 일주일쯤 전에 안경을 끼고 수염을 기른 중년 남자와 함께 와서 회의 같은 걸 했다"라고 증언했다. 또한 사건 팔 일 전인 4월 10일에는 도몬이 안경과 가짜 수염으로 변장하고 집을 나서는 모습이 맨션 CCTV에 찍혔다. 즉, 도몬과 야마나카는 극비리에 '회의'를 한 듯하다.

사망한 세 남자의 신원

나머지 사망자 세 명의 신원은 탐정업에 종사하는 33세 남성, 23세 무직 남성, 20세 무직 남성으로 판명됐다. 그중 무직 남성 두 명은 폭주족에서 파생된 불량 그룹 소속인 듯하고, 유일한 생존자인 19세 소년도 다른 그룹 소속이었던 듯하다.

덧붙여 탐정업에 종사하는 남성에 대해 취재하자 동업자 중 한 명이 "그는 법률상 문제의 소지가 있는 일도 맡았고, 폭력단 및 불량 그룹과도 친분이 있었던 것 같다"라고 대답했다.

뜻밖의 부녀 관계

그리고 얼마 전, 도몬 도루와 이데 나쓰키가 부녀 관계일 가능성이 아주 높다는 것이 DNA검사로 판명됐다. 수사가 벽에 부딪힌 가운데, 이데 나쓰키·오타케 도시야 살해 사건과 신주쿠 빌딩 폭파 사건의 관련성을 조사하고자 관계자의 DNA 시료를 재검토하던 과학수사연구소 직원이 두 사람의 DNA형 일치율이 높다는 걸 우연히 알아차렸다고 한다.

이데 나쓰키는 세 살 때 부모님을 교통사고로 잃었으므로 정확한 사정은 알 수 없지만, 이데 나쓰키가 자기 친딸임을 도몬 도루가 알고 있었을 가능성은 충분하다. 그럴 경우 도몬은 '수수께끼의 여자 R'가 정말로 증오스러웠을 것이다.

한편 야마나카 레이코는 자기 작품을 영화화한 〈마녀의 도망〉에서 주연을 맡은 이데의 연기를 절찬했고, 이데와 대담을 했을 때도 "친딸같이 생각한다"는 취지의 발언을 했다.

도몬과 야마나카 복수설

그래서인지 도몬 도루와 야마나카 레이코가 이데 나쓰키의 원한을 갚고자 신주쿠 빌딩 폭파 사건을 일으킨 것 아니냐는 설이 최근 나돌고 있다. 무슨 수단을 사용해 '수수께끼의 여자 R'를 찾아낸 도몬과 야마나카가 휘발유와 다이너마이트를 준비해, 탐정과 불량 그룹을 만나고 있던 '수수께끼의 여자 R'를 자폭할 각오로 습격해 복수를 달성한 것 아닐까.

물론 이 설에는 의문점도 있다. 도몬은 둘째 치고 이데의 친어머니도 아닌 야마나카가 목숨을 버리면서까지 복수에 나서겠느냐는 점, 애당초 왜 두 사람이 경찰에 신고하지 않고 '수수께끼의 여자 R'를 살해할 마음을 먹었느냐는 점 등 이해가 안 되는 부분도 많다.

아무튼 진상을 해명하기 위해서는 유일한 생존자인 19세 소년이 하루라도 빨리 회복될 필요가 있다.

⧺

나는 기사를 다 읽고 《실화진상》을 바닥에 내던졌다.

엉터리도 이런 엉터리가 없다.

도몬 도루와 야마나카 레이코가 손을 잡고 자진해서 범행에 나서다니 말도 안 되는 소리다.

나는 안다. 이 사건의 진상을 전부.

생존자인 나만은.

하지만 진상을 세상에 밝힐 수는 없다.

진실을 말하면 분명 나도 무사하지 못하겠지.

그러니 평생 십자가를 짊어지고 비밀의 무게를 견디는 수밖에 없다.

아니……. 그래도 분명 언젠가는 제거될 것이다.

녀석의 마수에서 달아날 방도는 없다. 지금 이 순간에도 무시무시한 술수로 날 죽이려 하고 있는지도 모른다. 평범한 인간은 절대로 맞설 수 없는 두려운 상대다. 나를 굳이 살려둔 것도 분명 천천히 즐기며 죽이기 위해서다.

그 사건이 발생한 진정한 원인, 그건…….

전부 다니가와 마이코의 저주다!

두말하면 잔소리지. 일찍이 다니가와 마이코가 취재한 도몬 도루와 야마나카 레이코까지 끔찍하게 죽었잖아. 도몬 도루는 옛날에 일했던 회사에서 다이너마이트를 훔쳤다지만, 분명 자기 뜻이 아니었을 거야. 다니가와 마이코의 혼령이 씐 거라고. 분명 '수수께끼의 여자 R'도 생전에 다니가와 마이코와 어떤 식으로든 얽힌 탓에 저주에 걸려 조종당한 거야.

다니가와 마이코는 살아 있을 적부터 사람에게 저주를 거는 무시무시한 힘을 가지고 있었어. 그래서 취재 상대가 그렇게 많이 불행에 빠진 거고, 자기가 암에 걸린 뒤로는 원념에 몸을 맡긴 채 주변 사람을 닥치는 대로 저주하기 시작한 거야. 그리고 사후에도 생전에 자신과 관계가 있었던 사람을 저주해 죽이고 있어. ……이건 스가와라노 미치자네 수준으로 강력한 원념이라고.

저주니 지벌이니 나도 《주간 특종 저널》에 마지못해 그런 기사를 썼을 적에는 안 믿었지만, 당사자가 돼보니 알겠더군. 그런 건 정말로 있어.

다니가와 마이코 주변을 은밀히 조사해봤는데 2월에 병원에서 암으로 죽었다는 사람이 4월경까지 맨션에 드나드는 모습이 목격됐어. 게다가 관리인 말로는 집에 최근까지 생활한 흔적도 남아 있었대. 완전히 귀신이 돼서 나온 거지.

내 꼴을 좀 봐.

다니가와 마이코는 「돌격 인터뷰」 기사가 불발로 끝났다고 해서 날 용서하지 않았어. 생전에 무례한 인터뷰를 한 날 불행하게 만들어 조금씩 말려 죽이고 있지. 오랫동안 일했던 출판사는 망했고, 프리랜서가 되고 난 뒤로는 일이 전혀 들어오지 않아. 간신히 《실화 진상》에서 일을 얻었지만 얄궂게도 사건의 진상을 아는 내게 이런 엉터리 기사를 쓰라는 의뢰였지. 그래도 먹고살려면 시키는 대로 쓸 수밖에 없어서……. 젠장, 죽일 거면 빨리 죽여!

물론 나도 유명한 절과 영능력자를 찾아서 제액除厄을 받으러 갔어. 하지만 다들 날 보고 아무것도 안 씌어 있다느니 지나친 생각이라느니 그러는 거야. 이놈이고 저놈이고 죄다 사이비라니까. 이렇게 흉포한 다니가와 마이코의 악령이 보이지 않는다니.

아아, 이대로 저주를 받아 죽는구나. 무서워, 원통해…….

이 사건의 진상을 모르는 사람들은 복수설이나 암흑가의 음모설같이 엉뚱한 견해를 내놓고 잘 아는 척 "무서운 사건이야" 하고 평하지. 진상과 떨어져도 한참 떨어져 있는데 무섭기는 뭐가. 정말 너무 멍청해서 오히려 부러워.

나도 세상 사람들처럼 사건의 진상을 하나도 모르는 멍청이면 좋겠다…….

옮긴이 김은모

경북대학교 행정학과를 졸업했다. 일본어를 공부하던 도중에 일본 미스터리의 깊은 바다에 빠져들어 헤어나지 못하고 있다. 아직 국내에 소개되지 않은 다양한 작가의 작품을 소개하고자 노력하고 있다. 옮긴 작품으로 이마무라 마사히로의 『시인장의 살인』, 『마안갑의 살인』, 아오사키 유고의 『노킹 온 록트 도어』, 이치카와 유토의 『젤리피시는 얼어붙지 않는다』, 오타 아이의 『범죄자』, 누쿠이 도쿠로의 『나를 닮은 사람』, 『프리즘』, 『미소 짓는 사람』, 기타야마 다케쿠니의 『인어공주』, 마리 유키코의 『여자 친구』를 비롯하여 우타노 쇼고의 '밀실살인게임' 시리즈, 미쓰다 신조의 '작가' 시리즈 등이 있다.

살의의 대담

초판 발행 2022년 6월 10일

지은이 후지사키 쇼 | **옮긴이** 김은모

책임편집 지혜림 | **편집** 임지호 | **디자인** 이효진
저작권 박지영 형소진 이영은 김하림
마케팅 정민호 이숙재 박치우 한민아 김혜연 박지영 안남영 김수현 정경주
브랜딩 함유지 김희숙 안나연 박민재 박진희 정승민
제작 강신은 김동욱 임현식 | **제작처** 천광인쇄사

펴낸곳 (주)문학동네 | **펴낸이** 김소영
출판등록 1993년 10월 22일 제2003-000045호

주소 10881 경기도 파주시 회동길 210
문의 031-955-1901(편집) 031-955-3578(마케팅) 031-955-8855(팩스)
전자우편 editor@elmys.co.kr | **홈페이지** www.elmys.co.kr

ISBN 978-89-546-8725-6 03830

엘릭시르는 출판그룹 문학동네의 장르문학 브랜드입니다.